SARAH SMITH

幽冥之謎

莎拉・史密斯 —— 著
周倩如 —— 譯

Since losing both of her parents, fifteen-year-old Katie can see and talk to ghosts, which makes her a loner until fellow student Law sees her drawing of a historic house and together they seek a treasure rumored to be hidden there by illegal slave-traders.

06

SPRING PUBLISHING
春天出版

凱蒂

那男的又吊在樓梯間了，這意味著今天的日子不會好過。

我撇開目光，悄悄從他旁邊經過。他只是懸在樓梯扶手的影子，啦啦啦，他不存在，沒什麼好擔心的。

我想著媽媽，轉移注意力。

或許今天她會回來，可能是中午，我獨自在家的時候。菲爾六點才會到家。或許我會產生幻覺，聽見敲門聲，而敲門的人就是她，總算出現的她，她的——

另一部分的我只是不斷說著，我想要見媽，我想要跟她說話，想要抱抱她，想要——

媽媽從來不喜歡我看鬼故事，說來有些諷刺。我在學校看過《猴爪》，內容是關於一個死於意外的小男孩。他的父母許了個願，希望他死而復生，結果在夜深人靜時，聽見一邊拖腳走路、一邊呻吟的不明物在敲門。媽媽也死於意外，有人開車撞了她。我沒辦法看她的衣物或聞她的香水；我讓菲爾全部收起來放好。她有雙我老愛借來穿的紅色夾腳拖鞋，記得菲爾把那雙鞋給我的時候，我放聲尖叫，要他拿開。

等我放學回來，那男的說不定仍吊在扶手上。這一次，他說不定不只是吊在那裡，而是終於緩緩轉過那張發紫的臉，然後開始抓住繩子把自己往上拉——

我寧願看見他，也不想看見媽媽。不，我想見她。不，我不想。我不知道我要什麼。

我應該自我介紹一下，就像參加匿名見鬼大會一樣。嗨，我叫凱蒂，我從來沒有見過鬼。我看見的東西都是假的，根本沒有人在我家的樓梯間上吊自殺。我會知道是因爲我問過了。

我看見的全是幻覺。很多人都產生過幻覺，發生在十五歲女孩的身上卻不常見，肯定是遭遇過不好的事情。

我的遭遇是媽媽死了。

就在一年前的今天。

我可以跟菲爾一塊兒打發時間，聊聊一年時間過得眞快，不過我們大概不會這麼做，因爲眞的挺尷尬的。也許我可以待在學校的美術室，讓羅森女士，學校的美術老師，擔心我會畫出什麼東西來。她會對我說：妳很有天分，可是難道妳不想畫點別的東西嗎？

羅森女士最討厭了，總是企圖想要了解我，同情我。她根本對我一無所知。只因爲她是媽媽的朋友，以前我畫些毛茸茸的小貓咪或公主裝的時候，她經常稱讚我的作品，所以老想看看我畫了什麼。我不想被人同情。我寧願被學校半數的學生嘲笑，也不想被羅森女士同情。

那麼，要是今天我不想獨自在家，該去哪裡打發放學後的時光呢？

我和媽媽過去常到牙買加湖（Jamaica Pond），在事故發生以前，在那裡只有爸爸沒有鬼以前。好久好久以前。

公園很安全，陽光普照，滿是鞦韆、長椅和碧綠的草地。

沒有人在公園死去。

◆

放學後，我來到公園，天氣有點起霧，略帶寒意，北邊泛著微光，還有樹木斑駁的剪影做點綴。我用鏈條鎖住腳踏車，盤腿坐在公園的長椅上，膝上放著素描本。我往後一靠，讓思緒模糊，雙眼矇矓：空白的紙張、淺灰色的湖、淺灰色的棒球場、黑色的松樹。我想畫一幅黯淡的印象畫，沒有邊，沒有線，讓人覺得淒涼又悲傷，彷彿失去摯愛的畫。一幅解釋媽媽爲什麼不在這裡的畫，卻不提她的死。

我睜開雙眼看出去。

我不是一個人。草地那頭有個男孩正在跟一隻狗玩耍，他們看起來又疲憊又濕冷，都想要回家似的。男孩笨拙地把球一丟，然後追過去，彷彿有人告訴他得多跑幾趟才可以進屋。狗閒得發慌，嗅著草地旁的灌木叢，不理球也不理男孩。我把他們畫進畫中，利用他們凸顯寒冷。男孩在手心吹氣，拱起肩膀抵擋濕氣，白色鬥牛犬對著男孩豎起一隻耳朵，悶悶不樂地低聲抱怨，*我看不見你，你不是我的主人。*

「子彈？子彈！壞狗狗！」

我錯了，那隻狗的主人不是男孩。鬥牛犬拖著僵硬的步伐走向一名拿著狗鏈的女子，高興地抬頭對她汪汪叫，接著他們一起轉身離開，往棒球場走去。男孩目送那隻名叫子彈的狗離去，用力祈求自己也能有一隻。我幾乎可以聽見他的渴望，儘管那隻狗沒什麼理會他。

後來，男孩東張西望，想找點其他事情做。他看見了我，於是步履蹣跚地穿過草地朝我走來，一邊踢著球。

他的年紀比我想像的大，大概十幾歲左右。他走近的同時，我可以看見他的圓臉和厚眼皮。媽媽以前經常跟唐氏症的孩子一起做事。我的心不禁一揪，害怕卻充滿喜悅，他就像媽媽捎來的消息。我對他微笑，他也回以微笑，友善，又有點膽怯，彷彿其他人通常只有爲了取笑他才會注意他。

他的穿著很奇怪，衣服胡亂搭在一起，寬鬆的短褲和看起來像是用毯子做成的厚夾克。沒有大衣，沒有手套。他看起來不冷，不過我幾乎可以聽見媽媽在說，對著那孩子的媽媽說：他穿得夠暖嗎？

也許今天我有辦法想起她時，不會突然大哭大叫。

「我叫喬治。」他說。

「你好，喬治。我是凱蒂。」

「妳好！」他露齒笑著說，「凱蒂。」他看了我的素描本一眼，「那是我，喬治。」他蹲下來，手放在膝上，看著畫中的自己。他有近視，瞇起了眼看。

他長得不錯，有點像妖精：精緻卻不太眞實。

「你住在這附近嗎，喬治？」

「是的！」喬治是那種中氣十足的孩子。

「你喜歡狗嗎？」

「狗都不跟我玩。」喬治說，「妳喜歡畫畫？」

「嗯，很喜歡。我可以再畫畫你嗎？」

一想到可以討我歡心，他笑得燦爛如陽。他人眞好，今天跟喬治這樣善良的人一起度過眞不錯。

他坐在對面的長椅上，後方群樹林立。我很快畫出他的外型，捕捉他的臉部比例，然後開始描繪輪廓。太陽從雲層透出來，陽光讓松樹轉成深綠色，並形成許多斑駁陰影。喬治不好畫；當枝葉擺動或光線轉換時，他的臉也跟著改變，或成熟些，或年輕些。雲朵如手指般在太陽前方拖得細長，陽光忽明忽滅；在喬治身後的某個地方，散發出不可思議的光線，本來想要畫些蓊鬱樹景做對比的我，開始畫起一棟房子。

一棟著了火的房子，窗戶格格作響，濃煙瀰漫，屋頂微微傾斜，然後開始坍塌。

住手！我把鉛筆塞進素描本邊緣的鐵環，看著這幅應該獻給媽媽的畫，現在卻成了關於死亡的畫。畫中的喬治大個幾歲，看起來很害怕。他的臉面向我，正漸漸轉過去，回頭看著那棟房子。他準備回到房子裡，他不願意，卻準備這麼做。他就要死了。

我抬起頭，看見喬治忘我地擺著姿勢，在他後方，我看見了那棟房子。

房子就在我畫的位置上，半掩在樹林裡。我以前沒有見過，現在卻出現了。那棟房子有高聳的紅磚煙囪，還有像松樹的尖屋頂，以前可能很美麗，現在卻讓人覺得毛骨悚然，就像我的那些幻覺一樣。搖搖欲墜的破窗宛如死人的嘴。殘磚破瓦散落在周圍的草地上，彷彿房子正一點一滴把自己吐出來。

屋頂缺了一大塊；我透過燃燒中的木材看見了天空。

但是房子沒有完全燒起來，不像我畫中的那樣。

還沒有。

「那是我家。」喬治走到我後方說。

喔，該死。「你住在那裡？」當然了，破爛的衣服，近視眼，我的朋友喬治住在廢棄的房子裡。

所以呢？我幾乎可以聽見媽媽的聲音，妳該怎麼做？

今天我應該把媽媽的話聽進去，做點什麼。

「喬治，你一個人住嗎？誰跟你住在那裡？」

「我和爺爺一起住，我的名字是喬治．普金斯。我住在普金斯先生在牙買加湖畔的房子裡。」

普金斯先生的房子。某個無家可歸的老人。我成了媽媽的傳話筒似的。家裡有電嗎，喬治？有廁所嗎？你有床嗎？你爺爺是不是習慣在床上抽菸？

因爲，喬治，住在那樣的地方，我知道你會怎麼死。我剛剛畫下來了。房子著火的時候，你準備出來，卻又回頭走了進去。

「你的爺爺——普金斯先生——他年紀很大嗎？」

喬治戰戰兢兢地點了點頭。「可是爺爺會永遠照顧我的。」

是啊，他當然會了，直到那場大火。你會回去找他，然後你會死。

「喬治，你願意陪我散散步嗎？」

「喔，好！」

警察局就在幾條街外，我敢說那裡肯定有人有興趣知道關於喬治和爺爺的事。

「可是我得在天黑前回家。」

樹蔭慢慢往棒球場延伸過去，不過我答應喬治他會在天黑前回家，我不是全然在說謊。他會回來的。坐警車回來。

「沒問題，喬治。我去牽我的腳踏車。」

我學老母雞揮手把喬治趕回草地上，然後伸進口袋拿出腳踏車鑰匙，蹲下解鎖。喬治在長椅旁晃來晃去，一邊看著我的腳踏車，好像從來沒有見過一樣。

就在這個時候，這一刻，我明白了。

你以爲我立刻就會明白，實則不然。

我從來不畫即將發生在人們身上的事情。

我只畫發生過的凋零和死亡。

手裡仍拿著鑰匙的我，伸手到地上撿起素描本。雖然爲時已晚，但我看見了喬治的雙腳，看見了喬治扣緊的皮靴。他的腳邊除了陽光下的枯草，什麼也沒有——

「喬治，你沒有影子。」

「喔，」喬治說，「我忘了。」於是，在他的腳邊，一塊像汙漬的影子開始蔓延，再蔓延。起初沒有形狀，後來與草地上的陰影輪廓化作一氣。

鬼男孩喬治，我最新的幻覺，站在草地中央，燈光忽明忽滅照在他的身上，周圍地面籠罩著大樹形狀的陰影，不斷蔓延，再蔓延。我站起來，慢慢向後退。喬治叫我的名字，伸出雙手。我尖叫，逃跑，把他拋在那裡。

洛

你不喜歡我父親，他大概也不喜歡你。如果你是共和黨人、南方人、銀行家、公司律師、出身富家的白人，我父親就想要你的錢。爸爸是支持蓄奴賠償的重要人士。他常說，美國會有今天，是靠黑奴打下來的，這是白人欠我們的。

他很好辯，跟不少人吵過嘴。他的同事，其他的歷史學家，他的編輯、經紀人、出版商、公關，還有在電視上訪問過他的那些人。「我體內的古非靈魂在爲我的同胞哀悼。」他穿著Brooks Brothers高級西裝說。

「你父親是有原則的人。」媽媽說，「不用說，查爾斯固執得像頭牛。洛，總有一天，你會慶幸自己也遺傳到幾分這種特質。」

目前，他最主要的原則，就是我必須贏得沃克獎。

我猜這個獎的用意，是爲了尋找下一個金恩博士，下一個歐巴馬，下一個民族之聲。波士頓各地的非裔高中生將撰寫文章，進入決賽的人則把文章帶到非洲人會堂（African Meeting House）或特雷蒙教堂（Tremont Temple）。老婦人會戴上做禮拜的帽子，裝上最潔白的假牙。牧師會大老遠從芝加哥過來。德瓦爾．派區克（Deval Patrick），首位非裔麻州州長，會負責頒獎。爸爸通常是評審之一，但今年，當爸爸被邀請時，他說，「我就婉拒了，因爲我希望我的兒子參加比賽。你打算投稿對吧，洛倫斯？」

嗯哼、嗯哼，我說。還有，爸，我的名字不是洛倫斯。

「要是沃克家的人贏了沃克獎，」爸爸繼續說，「那就太好了。哈、哈。」哈、哈、哈。是的，老爺。

麥爾坎❶把蓄奴賠償說得頭頭是道。「這代的美國白人之所以佔有經濟優勢，是因爲我們的祖先無償替他們的祖先工作了四百年之久。」儘管歐巴馬總統當權的今天，仍有人談論美國欠我們什麼。激進的同胞架設網站，遞上陳情書：他們想要他們的四十畝地和一匹騾，外加利息。黑人保守團體Project 21則完全反其道而行，布克T❷更說：不，噓，沒有，他們黑人不想要賠償，噓，他們只想進馬鞍俱樂部（Somerset Club）。他們所有人都經常引用蓄奴賠償的重要學者——查爾斯・藍道・沃克的話。

也就是我父親。

爸爸這輩子佔盡蓄奴賠償的便宜：助學獎學金上菲利普斯學院，全額獎學金上哈佛大學，任職哈佛青年研究員（Junior Fellow），族繁不及備載，甚至出書，上電視，上全國公共廣播電台。有天他可能當上哈佛系主任。蓄奴賠款對他很有用，他認爲應該對我有用。查爾斯・沃克的孩子何不也吃點甜頭呢？

---

❶ 麥爾坎X（Malcolm X）：美國黑人民權運動領導人物之一。批評人士認爲他煽動散布暴力、仇恨、黑人優越主義、種族主義、反猶太主義；肯定人士則視他爲非裔美國人權利提倡者。

❷ 布克T（Booker T）：黑人運動領袖和一位偉大的教育家。在當時提出發展黑人職業教育的思想，對促進美國黑人教育有很大影響。

只是查爾斯．藍道．沃克，深諳蓄奴賠償的大人物，我族的古非靈魂，娶了媽媽。一個白人。

我的膚色較淺，足以曬出雀斑。不會唱歌，不會跳舞，不會打籃球。不戴亮晶晶的項鍊耳環，不穿連帽上衣，不過爸媽也不會讓我這麼打扮就是了。當然，沒人會把我誤認成白人。我被刁難過，被打量過。但是我敢說自己是百分之百的黑人，有膽站在特雷蒙教堂的台上，大肆談論白人欠我們什麼嗎？

我覺得愛因斯坦還比我像個黑人。

但這些都不夠讓我逃脫比賽的命運。

沃克獎像是我欠爸爸的東西。

此外，我還得跟兩個最好的朋友一較高下。

◆

媽把鞋子踢在門口，甩掉髮上的雨水，外套丟在樓梯的扶手上，公事包擱在牆邊。她看起來在哭，剛跟古蹟保存委員會開完另一場會議回來。「他們怎麼可以這樣？」她對著樓梯上方大喊，「他們對歷史一點兒都不了解嗎？查爾斯，你怎麼能答應他們？」

「普金斯參與過奴隸貿易，蘇珊。」爸爸站在樓梯中間，即使赤腳穿著長襪仍然看起來威風凜凜。「那是妳想保存的歷史，我可不會為那棟房子花半毛錢。」

「查爾斯，你知道重點不是這個。」

「重點永遠都是這個，蘇珊。」他用一貫的口氣說。「等妳讀了我下一本書，就不會想要保存松岸莊園了。」

「我不在乎你的書，查爾斯。」這話在我們家可是異端邪說。媽媽在公事包旁蹲下來，拉開拉鍊，拿出一張捲起來的海報，像劍一般揮舞，然後轉身走進她的辦公室。我和爸爸聽著紙膠帶被一條條撕下來的聲音。前門的窗戶暗了下來。

媽媽想要保存的是一棟叫松岸莊園（Pinebank）的房子，因為這是佛雷德瑞克・洛・奧姆斯德（Frederick Law Olmsted）的願望。媽媽常說「奧姆斯德，是美國最偉大的景觀設計師。」口氣就好像回教徒在說「聖人穆罕默德，祈求真主賜他平安。」媽媽在辦公室放了奧姆斯德的簽名照、半身銅像和素描畫。

「還有，你們知道梅尼諾那個虛偽的大嘴巴在做什麼嗎？」她對我們大吼，「他想趁聖誕假期，大家都不在的時候，舉行拆除松岸莊園的聽證會。」

「我會反對留下松岸莊園的，蘇珊。」爸爸大聲說。

「你不可以反對，查爾斯，不可以。」媽媽走回玄關，拿起扶手上的外套，擦乾眼淚上樓，刻意不理會爸爸。

爸爸走進廚房，也不理會她。

◆

房子、歷史，是我們家經常爭吵的東西。

至少這是我們嘴上說在爭吵的東西。

照理說，我長大後要當個歷史學家。爸爸總是認為他的兒子應該像他一樣，而我猜他也認為媽媽要像他一樣。他娶媽媽的時候，她在哈佛攻讀歷史和文學，偶爾種種花草當作消遣，偶爾幫朋友整修房子，因為她對裝潢特別有眼光。爸爸在辦公室裡放了一張她的照片，一個坐在圖書館看書的研究生。只是她會在每個星期六花時間拆牆壁、補灰泥、做園藝。

「蘇珊，妳怎麼老愛幹些勞力的工作？」他過去常常這樣問她。

我記得我開始讓爸爸失望的那一刻。當時我九歲，夏季時分，媽媽帶我到納罕特市的朋友家中，一棟十八世紀的房子。媽媽正在告訴朋友該怎麼整修花園。他倆在外頭說話，我待在一間老式廚房。廚房有個大壁爐，附有烤麵包的烤箱，壁爐的右側有一扇門。我把門打開，裡頭卻不是儲藏櫃，一邊是一排排的架子，另一邊則是煙囪。

我可以看見整座煙囪，好像巨大的磚造蜂箱。煙囪後面，我看見另一道牆，通往另一個房間，樑柱和接榫全部外露著。

我彷彿打開了通往房子內部的門。

我跑出去確認。另一道牆是麥卡夫一家的客廳，肯定是。他們家客廳的磚造壁爐就屬於這座煙囪。而電視後方貼了壁紙的普通牆壁，是我在壁爐內部看到的同一道牆壁。我想敲敲牆壁，然後飛快繞到另一邊，聽自己敲牆壁的聲音。一切都不盡相同，都有其意義，我站的地方就是所有元素連結在一起、拼圖的中心。我來來回回地跑來跑去，站在通往房子內部的門邊。

後來，我站在廚房時，聽見媽媽和朋友正在外頭討論菜園。我發現：廚房就位於菜園裡，菜園就位於這個世界之中，一切都是同一塊拼圖，一切都有關聯。我就站在歷史中。

我知道我再也不會無聊了。

我開啓了我的心靈之眼。我說過當時我只有九歲嗎？

我說過我是個書呆子嗎？

我寧願告訴爸爸我搞了骯髒的人獸交，也不想告訴他我這輩子想要成爲一個維護古蹟的建築師。

松岸莊園。我還小的時候偶然遇見了它，就在我迷上房子的幾年後。從此，每當我需要沉思，我就會來到這裡。這裡曾是一位百萬富翁的鄉間小屋，不僅僅是普通的百萬富翁，是美國第一位百萬富翁。現在，房子卻在市立公園的正中央分崩離析。這裡是爲自己哀悼的絕佳地點。人終將一死，草地會把我們覆蓋，等我們到達天國那一端，所有煩惱終將結束。過去，麥爾坎・富比士常去當鋪買獎牌和獎杯，以提醒自己世無定事。同樣的道理。

媽媽希望松岸莊園留在這裡，是因爲在一八九〇年時，奧姆斯德想要把莊園保存下來改建成餐廳。只要站近點看就知道爲什麼了。房子佇立在一條蜿蜒小徑的盡頭，於懸崖處俯瞰著湖泊，有尖尖的屋頂，四周環繞一大片松樹林。或許是奧姆斯德造了小徑，種了樹林，但就算這裡不是公園而是停車場，你仍然可看見若隱若現的高聳房子和湖泊上方一座座的煙囪，仍然可以感覺房子就屬於這裡。松岸莊園佇立在其土地上的風采，宜人得宛如爵士樂。

感恩節過後的星期三，我帶著我的一票好友去看看那個地方。

布魯克蘭高中有各式各樣的小團體。在腳踏車架旁邊抽菸的孩子，沒進哈佛父母就不放過他們的孩子，死讀書的傢伙，足球選手，數學天才，賣假草藥的藥頭，還有對《星際大爭霸》每句台詞瞭若指掌的人。我和雪兒、戴瑞爾、巴比李是獨一無二的小團體，雪兒、戴瑞爾和巴比李是明星學生，我只是我，明星人物的兒子。

「沃克獎的文章，你應該寫些跟景觀有關的主題。」雪兒說。「景觀、房子，隨你喜歡。」

「是啊。」我說，「參加沃克獎談論房子和歷史，最好有用。」

「你可是有現成的聽眾啊，老兄。」巴比李說。

「沃克獎談維護古蹟？當著我爸的面？」

「所以你會談蓄奴賠償囉？」雪兒說。

「我才不會。」

「喔，是啊。你當然不會。」

雪兒．達庫尼亞。父親是巴西外交官，母親是來自底特律的美國歌手。雪兒有完美的古銅皮膚，完美的非洲五官。她可以打進漂亮黑人女孩的小團體行列，只是她對自己的黑人身分完全無感。妹子，妳難道沒有被打量過嗎？沒有被歧視過嗎？雪兒只是一笑。在巴西，她母親是赫赫有名的森巴舞者。她覺得蓄奴賠償很可笑。

「我要寫身爲非裔巴西人的我，總被誤以爲是非裔美國人的事。」雪兒說。「戴瑞爾也打算投稿，是吧，我的英雄？」

「是啊。」戴瑞爾說，看起來有些不安。「我要寫學習閱讀的事。」話一說完，我們所有人陷入沉默。

戴瑞爾．穆罕默德．強森。我倆一起念主日學校三年級時，我就認識他了。我發誓他那時候就有六英尺（一八三公分）高。這位老兄食大如牛，快如閃電。布魯克蘭的足球教練把他從市府公車上抓下來，幫他計畫好從現在一直到踏上超級盃的未來。沒人在乎戴瑞爾能不能分辨出字母B和D的不同。

但戴瑞爾在乎，雪兒也在乎。後來我和巴比李被雪兒訓了一頓，也跟著關心起來。去年夏天，戴瑞爾發現閱讀障礙給他帶來多大的麻煩後，便去見他的教練，告訴他，在學會閱讀之前，他是不會踢足球的。教練親自幫他找了私人家教，但戴瑞爾嚴詞拒絕，於是今年並沒有參賽。這老兄熱愛足球，前途一片看好，他卻選擇不踢。

戴瑞爾是我的英雄，我欽佩他的堅忍不拔。我愛那個傢伙。

現在，我卻準備與他競爭。

「你會贏的。」我對戴瑞爾說。

「你爸爸是哈佛大學有名的歷史學家。」雪兒說。「你談蓄奴賠償，他們頒獎給你。戲就該這麼演。我和戴瑞爾會獲得佳作。」

「才不是這樣。」我很擔心就是這樣，「我不會談蓄奴賠償。我不要靠爸爸取勝。」

「那麼，就寫些你在乎的東西。」雪兒說。

雪兒的媽媽是藝人。我爸爸是黑人的民族之聲。我每堂課都坐在教室的最後面，畫房子平面圖和景觀草圖，被老師點名時總是不知所措地呃呃啊啊。我在乎沒人在乎的東西，專注得像個書呆子，但我就只在乎這個。我爸爸是哈佛教授，我的成績差強人意。

「我要寫屠殺白人。」巴比李沾沾自喜地說，「他們肯定會把獎頒給我了。」巴比李是我們擁抱多元文化的成果；他白得發亮。

「想得美，老兄。」戴瑞爾靜靜地說，「你得是明星才行，像是足球明星，或是這位蓄奴賠償大人物的兒子，不然至少得長得漂亮。你只是個普通傢伙。」

我清清喉嚨。「嘿，你們打算整個下午互相糗來糗去嗎？我想要架個網站，替松岸莊園做點事。我需要你們的點子，需要你們的幫忙。」

我不太會說話，卻善於架網站。架網站與畫房子平面圖差不多，幾個頁面、幾個房間、幾項功能。找個主題，連接各個環節，湊在一起。乾淨俐落的拼圖。

若是演講，得爲自己挺身而出，得知道自己是誰。

我讓一票好友走在我前頭，踏上小徑，觀望他們是如何欣賞那棟房子。雪兒穿著粉紅外套和高跟皮靴，矮不隆咚的白人巴比李無時無刻舉著他的攝影機，而戴著金耳環、留著平頭的戴瑞爾大步跑在他們前面。

他們不明白松岸莊園有多棒。他們看見的只有塗鴉和殘磚破瓦。

「在我住的地方，」戴瑞爾說，「大家會拆掉像這樣的房子，然後開派對慶祝。」

「我可以拍些雪兒站在這房子前面漂亮搶眼的鏡頭。」巴比李說，「只要角度抓對了，沒人看得見這棟房子。」

雪兒開始像模特兒一樣擺姿勢，伸長她的雙臂。

「嗯哼，可是難道你們看不出來這棟房子就屬於這裡，和周圍風景整個融爲一體嗎？」我問他們，「你們一定得感受一下。美得像詩一樣。」

「這首詩連個屋頂都沒有。」巴比李看著取景器說。

「這棟房子也許很有歷史，」雪兒說，「可是醜死了。醜、醜、醜。」

巴比李放下攝影機，拿出數位相機，盯著螢幕走來走去，但沒有拍下照片。

「聽著，」我說，「這棟房子是波士頓最著名的古蹟之一。看到那白色邊飾了嗎？美國第一棟使用陶土磚的房子。看看它融入整個景觀的樣子，奧姆斯德說這是全美國位置最好的房子。」

「陶土磚。」戴瑞爾不以爲然地哼了一聲，「天啊，你眞怪。」

「各位，認眞點好嗎？我該怎麼說服湯姆．梅尼諾花個幾百萬整修這棟房子？」

「以現在這種經濟環境？」雪兒搖搖頭。戴瑞爾和巴比李點點頭，同意她的話。雪兒拉緊粉紅外套裹住身子。

「至少想一想吧，各位？」

「去星巴克吧。」雪兒說。

我們沿著小徑往下走，朝車子走過去。

「你可以寫部落格。」雪兒說。她就是靠這個方法教戴瑞爾讀書寫字的；他們合開了一個部落格。

「是啊，寫寫這棟房子。」戴瑞爾說，「告訴大家陶土磚的事。」他咯咯發笑，彷彿這是他這輩子聽過最好笑的事。

「寫個故事，」巴比李說，「拍部電影。」

「把這房子往日時光展示出來，」雪兒說，「展示當初漂亮的模樣。」

「這個地方確實有個故事。」我說，「一個秘密，跟一些遺失的錢有關。我猜我可以拿來利用利用。」談錢是個好主意，松岸莊園需要花上好幾百萬維修，「可是我爸爸決心要拆掉這棟房子。我不能開個部落格，讓我被他數落得體無完膚。」

「你得好好教訓你爸一頓，老兄。他把你吃死死的。」

「你爸爸握有什麼對抗松岸莊園的證據？」巴比李問道。

「我不知道，在他的新書裡。不過他在擬初稿時從不談論他的書。松岸莊園的所有人參與過奴隸貿易，可是如果爸爸這麼擔心這件事，他早就把波士頓拆掉一大半了。」

「你爸是有可能這麼做。」雪兒附和道。

「那女孩在做什麼？」戴瑞爾說。

房子旁邊的樹蔭下站著一個女孩。我們看見她轉身，開始沿著小徑往回走，然後漸漸遠離我們，走向棒球場，走向鎖著一輛腳踏車的公園長椅旁。她一隻手輕輕揮舞，彷彿在趕蒼蠅，一邊在說話。

「瘋子凱蒂。」巴比李說。

「她就是那個——？」雪兒說。

「沒錯。」巴比李說。

凱蒂．馬倫斯。七年級時我曾經非常迷戀她。她是個可愛的女孩，有一頭捲髮，小巧的鼻子，恰到好處的厚唇，而且很風趣。我們不同班，不過有天下午，我們兩班有事都去了高中部一趟，結果最後我和凱蒂在中庭聊了起來。我滔滔不絕告訴她學校的舊大門是如何被拆除，新大門又是如何圍繞著舊大門建起來的，就像我在西班牙的教堂看過的那樣。她沒有笑我，不像我那些朋友，於是我告訴媽媽，我打算帶凱蒂．馬倫斯參加七年級舞會——我記得當時還沒有跟凱蒂提過這件事。媽媽做了點調查，告訴我凱蒂的母親離婚了，母女倆住在威士忌岬角區（Whiskey Point），問我想不想帶其他的好女孩去？

每次我跟凱蒂說完話，總覺得自己很愚蠢，很無力，感覺背叛了她。我想是因爲我沒有開口邀她參加舞會，又隱瞞了我那「妙不可言」的家人，還滔滔不絕談論著房子，荼毒她的耳朵。我最初逝去的愛：一切都在腦中，歷歷在目，就像好多其他的，我逝去的愛。

後來，她媽媽過世了。

「看看那雙美腿。」巴比李說，「可惜她是瘋子。」

「別說了，巴比李。」

凱蒂在自言自語。她跪下來解開腳踏車的鎖，手上拿著素描本。她拿得很緊不讓它掉下去，動作很笨拙，彷彿身處另一個世界，對當下這個世界毫不留心。她放下素描本——開始尖叫。

她尖叫，大聲吼著什麼。她猛然站起來，朝腳踏車節節後退，咆哮著，然後轉身沿著小徑往回跑，逃離松岸莊園，朝我們而來。

相遇是不可避免了；我們就站在小徑通往湖泊的路上。她看見我們，在半路停下來，背對著她的腳踏車，頻頻喘氣。滿臉驚恐。

還有尷尬。至少我和她是如此。

「喔，該死。」她說。

「妳還好嗎？」我故作輕鬆地說。

她張開嘴巴，又硬生生地閉起來，用手搓了搓臉頰。她比以前纖瘦許多，在冷風中更顯蒼白。我想要帶她去星巴克，買杯熱可可給她，比七年級時更勇敢。

「我以為我看到了什麼。」她終於開口，「好像是一隻老鼠。」

「喔。」我還能說什麼呢？

「沒事。」她轉身離開小徑，再走下樓梯往湖泊走去。我望著她。她在樓梯底部停下腳步，等著我們離開。

「她真親切。」雪兒喃喃地說。

「她丟下她的腳踏車。」戴瑞爾說，「就留在那裡，也沒上鎖。」

她的腳踏車旁邊，丟棄在棒球場邊的素描本，隨著微風一頁頁翻開，鬆脫的幾頁開始被風吹走。

「我去幫她把那些畫撿起來。你們先走吧，我到星巴克和你們會合。」

雪兒看了我一眼，什麼都沒說，跟著戴瑞爾和巴比李前往停車場，我則穿過草地。我把素描本塞到腳踏車底下，開始把她的畫一張張撿起。

畫中有個草地上的男孩。她把牙買加湖畔的草地畫得栩栩如生，霧氣自水面升起，發著詭異冷光，還有群樹形成的漸層黑影。但她省略了棒球場，步行道，所有現代事物。有個孩子獨自站在草地中央。在他身後，路的盡頭，群樹之中，有棟房子，隱約顯露出建築物的輪廓。

松岸莊園。

但不是現在這棟松岸莊園。兩百年來，松岸莊園一直屹立不搖佇立在牙買加湖畔，一直是同樣的地基，同樣完美的空地。但並非一直是同樣的房子。許多年下來，松岸莊園曾燒毀、坍塌，又在原地重生：鄉間小屋到木造宅第，最後成了磚造莊園。

她畫的松岸莊園是木造的，在一八六八年被燒毀的那棟。

凱蒂在畫我最喜歡的房子？

我轉身，她站在小徑上，草地邊，看著我。

其餘鬆脫的頁面大多被吹到棒球場的圍牆上。我把它們收集起來，除了留下第一張，都塞回了她的素描本裡，然後推著腳踏車走向她。

「妳沒事吧？」我傻呼呼地說，接著又說，「這些是妳的畫。妳在畫松岸莊園嗎？」

「我只是——隨便畫點什麼，然後我就看見了……」她的聲音越來越小。

「老鼠？」

「是啊。」她說。

「你是洛倫斯・沃克。」她說，「我們學校的。」

爸爸和媽媽擲銅板決定誰有權選擇我的名字。媽媽贏了。（他們對名字的意見不同？他們從來沒有任何事意見相同。）爸爸說洛這個名字用在任何人身上都聽起來荒謬至極。像是電視男主角，他說。「洛・沃克。」我說，「只有洛，我的名字是洛。」

「我是凱蒂・馬倫斯。」她說，好像我不知道一樣。

我知道。

「妳在畫松岸莊園？」我又問了一遍。

「我在畫風。」她說。突然間，她綻開微笑，七年級的那個凱蒂又回來了。「風、寒冷，都表現在光線底下……」她的微笑瞬間變得疲憊，彷彿想起了剛剛發生的事。

「我喜歡這張。」我把松岸莊園的那張畫拿給她看，「我很喜歡。」

「喔。」她說，「嗯，那沒什麼。」

我該怎麼做才能讓這一刻繼續下去？「妳還有其他張像這樣的畫嗎？裡頭有松岸莊園的畫？」

她想了一下，打開素描本，往後摺遞給我。她戰戰兢兢地看著我。

凱蒂肯定是讀了西伯格所撰寫的普金斯傳記。她畫了松岸莊園當晚燒起來的瞬間。房子陷入火海，再五分鐘就要倒塌。那男孩站在前面，就是另一張畫裡的那個男孩。他向著我往前傾，幾乎要衝出畫來。我可以聽見他在喘氣，雙眼閃爍著火光，而且很害怕。

我認識他。

他是西伯格傳記裡的男孩。松岸莊園失火後死去的男孩。

什麼樣的人像這樣描繪過去？如此栩栩如生，彷彿令她心疼？

我抬頭看她，凱蒂・馬倫斯，瘋了的凱蒂，卻瘋得那麼特別，那麼有趣。她看著我，好像覺得我準備說她是個怪胎，好像覺得自己就只是個怪胎。別把我做的事情說出去。瘋子凱蒂，變得又纖瘦又蒼白，有著美麗長腿和碧綠雙眼。

會畫畫的凱蒂，像吉他大師羅伯・強生精於彈吉他那樣，於夜半站在十字路口，把她的靈魂交給魔鬼。

妳覺得妳是怪胎嗎，凱蒂？妳與眾不同，我知道與眾不同是什麼樣子。我是個只會聊陶土磚的呆子，連我朋友都不懂我。我不知道妳畫松岸莊園的時候是想畫什麼，總之妳畫了房子。

七年級時，我應該帶妳去舞會的。我們本來可以天天談天說地。

我心想，也許、也許去年那些事發生在妳身上時，我本來可以陪在妳身邊。

「明天放學後想要聚一聚嗎？」我問道，「去布魯克蘭村喝杯咖啡什麼的？讓我再看點妳的畫？」

她看起來有點驚訝。「爲什麼？」

我的膚色太淺，淺得足以看出我在臉紅。「嘿。」

她盯著我看，表情在說，是爲了同情她，還是取笑她？

因爲我想跟妳說話。「因爲想喝咖啡。」我說，「如果妳想的話，如果妳……我的意思是，妳會畫畫，而我需要有人幫忙畫松岸莊園，爲了我架的一個網站。我可以至少跟妳說說那個網站的事嗎？」

我覺得自己像在約她出去，或是在坦承什麼。

她搖搖頭，卻說，「當然。」她終於開口，「好，當然，有何不可。你可以看看我的畫。」

我得到她的手機號碼，也給了她我的。我陪她走下小徑，往普金斯街走去。

凱蒂

知道嗎？有時候大家想跟我說話。天啊，妳媽媽那樣死去眞的太可怕了，妳有什麼感覺？他們眞的想知道的，是這件事永遠不會發生在他們身上。

我都知道。

所以，我何必費心跟洛・沃克說話呢？

因爲他主動向我問話。我眞可悲。

因爲他長得帥又聰明。我喜歡他的襯衫和大大的黑框眼鏡；他的穿著保守又復古，看起來就像克拉克・肯特。他還有雙漂亮的手。因爲我要想成爲跟他這種男生出門喝咖啡的女孩，雖然我不是。因爲我想成爲普通女孩，不瘋的女孩。

因爲，即使我站在那裡不斷發抖，渾身是汗，知道自己在他面前出現幻覺，我卻從來、從來不覺得他會嘲笑我。

洛一定是瘋了才沒有嘲笑我。

「妳想要吃點冰淇淋嗎？」菲爾問著，闖進我的美夢，夢裡有個眞正的男孩約我出去。

每次看完心理醫生，菲爾總會帶我出去吃冰淇淋、披薩之類的東西，彷彿我摔了個跤，或是手指扎了根刺，去給醫生取出來，是個勇敢的女孩。菲爾不知道怎麼安慰人，這點有些悲哀。雖然如此，他很努力在嘗試。就像爸爸說的，我該給他點什麼去努力。

「我們吃聖代吧？」我問菲爾，還是讓他覺得自己有幫上忙的好。我的心理醫生，莫理斯女士，企圖讓我談論對媽媽的感覺。她有一大堆理論，像是我應該有什麼感覺，應該怎麼去回憶媽媽。我只是坐在那裡聽她說，盯著她的胖腳踝，花上整整一小時重複說著沒什麼。

我和菲爾先去吃聖代冰淇淋，晚點再吃剩飯當晚餐（我們的廚藝簡直在虐待腸胃），然後我坐在餐桌前寫功課，菲爾在旁邊改考卷。我該介紹一下菲爾這個人：菲爾．斯蒂芬斯。高中英文老師。我的繼父，我想是吧。他長得像一根戴著眼鏡、長了耳朵的竹竿。他喜歡格子布、Mister Rogers毛衣，還有球鞋。他正在寫一本關於英國作家華茲華斯的書，已經寫了好久了。他只跟其他老師說話，只讀已絕版的書。學校裡的每個人都曾以為他是同性戀，或是傻瓜。他的確很傻，但三年前他在親師座談會上看見媽媽時，儘管兩人已是認識多年的朋友，那晚他變得有點語無倫次，毫不猶豫約了她出去。就這樣。媽媽可說是剛問完我的意見，他們就立刻結婚了。

挺甜蜜的。若拍成電影，吉米．史都華該扮演菲爾。打從一開始，他就表示我們三個是一家人。如果媽媽沒死，肯定很美好。他有辦法投出強勁的曲球——他曾經教過我一次——我可以看見他會擁有屬於自己的小男孩。

他得到的卻只有我。

總有一天，我覺得他會得到的，是羅森女士，那個同情心過剩的美術老師。他們經常一起吃中餐，他穿著他的法蘭絨襯衫，她則頂著灰白頭髮，穿著飄飄裙和勃肯鞋，帶著如小狗般沒完沒了的同情眼神。**可憐**的菲爾，**可憐**的凱蒂。要是他開始跟她交往，我就拿把叉子插進腦袋。

「我得去電腦上做功課。」我告訴菲爾，然後走進房間。

菲爾隨我上網，從來不曾檢查我是不是在瀏覽自殺網站，或是在聊天室裡被四十歲的大叔言語調戲。菲爾很信任我，把這件事看得很重。就像我說的，他很傻。我該感到內疚，因爲我在房間做著某件他絕對不會贊同的事。

我甚至不需要網路。

也不需要電腦。

我在跟爸爸說話。

我本來想說「眞正的爸爸」，但他也是我的幻覺之一。根據每個認識他的人所言，我眞正的爸爸是個典型的「莽漢」。他死於阿富汗，當時我不到一歲，不過在那之前，他和媽媽就已經分居。在我六歲左右，還沒見過其他鬼的時候，我開始假裝他來看我。我現在仍在假裝。我眼中的爸爸是可愛的好人。我問問題，他就回答。我說話，他就聆聽。他甚至向我道歉，說他不是個好爸爸。他道歉得很眞誠，畢竟是我幻想出來的。

「那麼，凱蒂，」爸爸說，「最近好嗎？」

我好一陣子什麼也沒說，他只是靜靜聽著。我想過告訴他，洛約我喝咖啡的事，但這樣就太小題大做了。無論洛想要什麼，絕對不會是瘋了的我。我只希望他要的是畫不是嘲笑。於是，我改把喬治的事告訴了爸爸。

聽著，我終於開口說，你知道你不是眞的。你和我見到的其他鬼魂和死掉的動物都不是眞的。

「妳眞的認爲我是妳幻想出來的？」爸爸說。

我希望爸爸不是我幻想出來的。他跟其他鬼不一樣。如果說他是被炸死之類的，他看起來一點也不像。他看起來很正常，就像那個叫喬治的孩子一樣，直到我發現喬治沒有影子。

我不知道該怎麼解釋這件事，即使是自言自語仍然詞不達意。

你不是真的，爸爸，我知道。可是那個孩子，喬治？他……不一樣，他好像真的存在過。

「他當然存在過。會死就表示存在過，對吧？」

「爸爸，他是我幻想出來的。」我還沒意會過來已經大聲說出口。

「有什麼問題嗎，凱蒂？」菲爾在另一個房間叫道。

「沒事，做功課而已，別在意。」

爸爸拿出打火機，從他那包怎麼抽也抽不完的香菸盒中敲出一根香菸。如果他是真的，我早就死於二手菸了。他發現我眉頭深鎖，雙肩緊繃。

「如果我是妳幻想出來的，我怎麼還在抽菸？」

因爲在我唯一擁有你的那張照片裡，你在抽菸。

他點燃香菸，用菸頭指著我。「別學啊，我已經沒什麼可以損失了，但妳可別學抽菸。」

我不會抽菸的。爸爸，我是怎麼了？爲什麼我會幻想出一個死掉的孩子？爲什麼他有唐氏症？

這肯定跟媽媽有關。所有事情都跟媽媽有關。

「他是個智能障礙的鬼。」爸爸說。

你不該這麼說。

「說什麼，鬼嗎？鬼，」爸爸說，「幽靈，呸。總之是我幾乎每天下午都來看妳，妳卻仍然不相信的東西。或許妳得幫他一個忙。鬼不是常找人幫忙嗎？」

我不想幫任何人做事。為什麼我不能像其他人一樣？為什麼我不能單純做個誰家的孩子？

他站起來，走過房間到我面前。「親愛的，」爸爸說，「喔，親愛的。妳看得見鬼，人生就是這樣，這就是妳。」

「我看不見鬼。」

他開始忽隱忽現，然後又恢復形體。「我喜歡有妳陪伴，孩子。我愛妳，我永遠愛妳。」他彎下腰，我感覺到頭頂落下了輕輕一吻，聞到記憶中的香菸味，接著他就消失了。

我說過他人很好。

但是我看不見鬼。

如果我看得見，如果我看得見世界上任何一隻鬼，如果在亡者世界有鬼想要與我聯繫，那肯定是媽媽。而這事早該發生，我早已見到了她。

但是我沒有。

從來沒有。

洛

幾年前，爸爸下維吉尼亞州參加一場歷史研討會。他帶我一起去介紹給別人認識。那幾天，我得以和一位研究生參觀莊園，爸爸同意我去，因爲這是學習種族史的大好機會。

我本來該學到的，是莊園博物館館主會怎麼對待那些想要學習景觀和建築的傲慢黑人小夥子，不過我沒有和爸爸在一起，身邊也沒有認識的人，再加上那個研究生不打算出賣我，所以在幾個混蛋說了些屁話後，我趁機僞裝了身分。

「我是西班牙人。我特地從西班牙來參觀你們美麗的莊園。」

一旦克服了僞裝的罪惡感，我度過了一段無比快樂的時光。抱歉，但我眞的很快樂。莊園令我嘆爲觀止。正面有高大的門廊和雪白的柱子，後面則有一間破舊小屋，空間分配錯得離譜：寬敞的會客室、潮濕又有異味的小廚房、樓上擁擠的臥室。房子平面圖一目了然且相當嚴謹。再說到那些後代子孫。這些地方大多是私人博物館，歸原始主人的後代子孫或仿效者所有。他們願意接收這間莊園，愛它、替它重新油漆、幫它的歷史景觀除草，然後對大眾開放。「付給我十元，你就可以進來參觀當初關黑鬼的私人監獄。」

房子代表一個個故事。每棟房子最隱密的部分，不是煙囪和樑柱，而是建起房子的人。莊園博物館可比是那些人對陌生人跳脫衣舞。我可以花上好幾年待在莊園裡。很抱歉這樣說。

爸爸知道了可是會和我斷絕父子關係。

在我們家，爸媽的辦公室分別在前廳的左右兩側。媽媽的辦公室充斥房子的設計圖和花園的格局圖。書架上擺滿關於園藝史和房屋色調的書。還有奧姆斯德的簽名照、半身銅像、素描畫和一盆菊花。壁爐架放了一幅玫瑰靜物畫。媽媽的公司叫園中之屋。我愛她。我希望可以從事和她一樣的工作。但她是白到不能再白的白人。而對我來說，白不是一個選項。

走廊對面，是爸爸的辦公室。辦公室牆上掛滿爸爸和其他名人的合照。再來是他的書桌，他總是在上面用奶奶的人工打字機打下書的初稿。爸爸私底下有個壞習慣：書稿交到出版社的手上時，是電腦檔，但在初稿時期，在他閉門造車，拒絕任何人一睹內容，讓自己的靈魂在月光下長嚎的時候，爸爸把書稿寫在已有六十年歷史的打字機上。答、答、答、叮，總在深夜敲打著。奶奶獨自把他扶養長大，下班後趁夜打字賺外快。爸爸，她最疼愛的獨子。

他曾經說過，奶奶打字的聲音讓他感到心安。很難想像爸爸對什麼東西感到不安。

我環視爸爸的辦公室，看著電腦桌上那台昂貴的小電腦、書桌上那台老舊的打字機，以及他買來搭配客廳沙發的白色皮椅。

皮椅的顏色就跟白皮膚如出一轍，只比我的膚色白了幾個色號。

你以爲人們會謹慎挑選到家中作客的對象。沒什麼比家更私密的了，你在乎什麼，你躺的床等等；然而，人們讓你進家門時，就大剌剌地把一切攤在你面前，「別客氣，這就是我的私人生活，這就是我的白色沙發。」

我不想告訴他倆任何一人，我最近跟威士忌岬角區來的白人凱蒂走得很近。畫房子的凱蒂，我從未忘記的凱蒂。我絕對不會告訴媽媽。我只希望媽媽已經忘了她。

屋外，我們有寬敞的門廊和白色的柱子，前面還有一棵木蘭樹。目前，沒有葉子的木蘭樹看起來就跟普通樹木沒兩樣，但等到春天來臨，它會是溫暖南方的一吐春息。

窗戶那裡放了媽媽的海報，內容寫著關於奴隸商人普金斯所有的那棟房子：拯救松岸莊園。

這棟房子哪裡是我的容身之處？

◆

「一棟房子就代表著一個歷史，對吧？」我對凱蒂・馬倫斯說。

她帶來了更多畫，一個用垃圾袋包起來的大文件夾。星巴克聞起來是星巴克印象中的聖誕節：滿溢薄荷咖啡和薑汁咖啡的香氣。雨打在玻璃窗上，如石子般用力，模糊了對街chobee hoy不動產的窗內燈光。

「爲什麼妳會對松岸莊園有興趣？」我問她。

「外型吧。」她聳聳肩。

「不，我是說，爲什麼妳會對松岸莊園的歷史有興趣？是西伯格的書嗎？」

她看起來一臉茫然。她肯定讀過那本書，大概只是跳過了那一段。

「那莊園有什麼歷史？」她問道。

「幾乎可以說是整個波士頓的歷史。普金斯家族是美國第一批百萬富翁，像甘迺迪家族一樣，是重要的政治世家。湯馬士・普金斯認識約翰・漢考克❸，拜訪過喬治・華盛頓。他協助創立了波士頓圖書館和普金斯盲人學校。他很長壽，九十歲才辭世，年輕時見過克利斯普司・阿圖

❸ 約翰・漢考克（John Hancock）：美國革命家、政治家，富商出身，是獨立宣言的第一個簽署人。

卡斯[4]的屍體，甚至差點目睹內戰。至於那棟房子？房子很棒。妳想喝什麼咖啡？」

我看見雪兒坐在星巴克的店後面喝著拿鐵，粉紅外套在聖誕燈下閃閃發亮。到處不見巴比李和戴瑞爾的蹤影。其他學校常來的那些小團體不是已經喝起咖啡就是還沒到。凱蒂看了一眼前面的空椅子，然後往店後方移動，朝雪兒前進。

「嘿。」我抓了一張靠窗的椅子，示意她拿另一張。「這是我們的。妳想要喝點咖啡嗎？」

她要小杯的黑咖啡。我到櫃檯去點，雪兒經過我旁邊，把杯子丟進垃圾桶，揚起眉毛看了我一眼。我把咖啡端回去時，用一隻手對她做出趕人的動作。

「奧姆斯德在設計波士頓公園時，想把松岸莊園變成餐廳，一個供全波士頓市民聚會的地方。這麼做一定很棒，那裡眞的很美，莊園佇立在那個空地是如此生氣蓬勃。我媽媽正在想辦法拯救它，我也想做點什麼，爲它架個網站，讓大家看看這棟房子可以多美麗。」

「我可以幫上忙？」

「妳畫的那些畫……不知道妳能不能再幫我多畫一點。湯馬士．普金斯，普金斯遺產的秘密，大火。讓松岸莊園爲世人所見。妳可以幫我畫些像這樣的東西嗎？」

「我不知道。」凱蒂說。她站起來，一臉沉思，走到櫃檯替咖啡拿糖。我看著她的腿，深吸一口氣。

「你只是想要我畫那棟房子？」她重新坐下來說。

不『只是』畫房子。「就像妳上次畫的那樣。」

「怎麼樣？」她的雙肩拱了起來。凱蒂開始起了戒心。

「就像房子燒起來的那張畫。」我說，「畫得眞是太好了，莊園看起來好像回到了十九世紀。還有那場大火——」

她的纖長雙手微微縮起來，彷彿有人準備責備她什麼。

我說錯話了，卻不知道說錯什麼。

「你不想要漂亮的畫，」她說，「你想要我的畫。我們趕緊把事情辦一辦吧。你想看我的素描。」

她大剌剌地從防水垃圾袋拿出破舊的文件夾，把我們的咖啡移到一旁，在桌上打開文件夾。她抬頭看我一眼，好像我是另一個在草地上嚇到她的東西。

布魯克蘭高中的美術課：多半是靜物畫、透視畫、朋友的肖像、自己的手。凱蒂畫的遠遠不止於此。第一張畫是一束水仙花，生意盎然，像春天裡的長號獨奏。再來是長椅上的戴瑞爾，表情凝重，像彈簧般扭曲。還有彼魯奇博士，北美大陸最愚蠢的歷史老師，臉上帶著每次有人說了什麼獨到見解，就會擺出的臭臉。

「彼魯奇老是因爲我上課畫平面圖罰我留校察看。妳很厲害，我眞的希望妳可以幫我。」

「你也上課畫畫？」她說，但仍然很冷靜。

「只在彼魯奇的課堂上。那傢伙根本不懂歷史。」況且，要是在高中表現得太好，我就得進哈佛了。「羅森女士肯定很喜歡妳。」

凱蒂皺起眉頭。她穿著過膝長襪，其中一只落到了腳踝處。她彎腰把襪子拉起來。

我又做錯事了，卻不知道做錯什麼。我一頁頁翻著她的畫。畫中有許多孩子在玩耍。一個男

❹ 克利斯普司．阿圖卡斯（Crispus Attucks）：非裔美國水手，美國獨立戰爭裡的第一位英雄。

孩堆著積木；從他的嘴型和笑容可以看得出來，他很期待把積木撞倒。兩、三個男孩激動地比手畫腳在吵架；一個張大嘴巴在唱歌的女孩，看起來彷彿準備咬下一口蘋果。我過了一會兒才注意到那些斜視的雙眼、粗短的鼻子和寬大的臉頰；他們都是唐氏症孩子，像她在松岸莊園畫的普金斯男孩。裡面也有一張他的畫，瞇著雙眼看著冬天的太陽。

「我媽媽是美術老師，她教一些特殊孩童美術。」凱蒂突然說，「我有時候會出去畫畫他們，算是紀念她的一種方式。我畫一大堆東西，就是停不下來。」

「眞的畫得很好。」

「這些是——爲她畫的，都與她有關。」她又突然說，「別看了，剩下的就算了，好嗎？」

但我繼續翻到下一頁。

是那張著火的房子和害怕的普金斯男孩。下一張是一場車禍。凱蒂畫得鉅細靡遺。那男的正在講手機，撞上時手機直接戳進他的側臉。第三張是從某個高處跳下來的女人。肯定是個女的，因爲她穿著高跟鞋。

我可以感覺到咖啡湧回喉頭。

我抬頭看凱蒂，望著她的蒼白臉頰和瘋狂的綠色眼睛。她站了起來。

「我猜這就是你想看到的？」她說。

「不是。」

她把其他的畫掃到自己面前，通通推進垃圾袋裡。「你的朋友告訴你瘋子凱蒂畫恐怖的畫。你看到了一張，於是非得再看更多，只爲了證實他們說得沒錯。」

「我朋友什麼都沒說。我七年級就記得妳了，妳會畫畫。」

「七年級。」她輕蔑地說，彷彿那是幾百年以前的事情。

我看著她的畫，非常認眞地看，痛苦全部藏在那些邊緣參差不齊的扭曲線條裡。她不是在對我生氣。她很生氣是因爲媽媽走了。

她企圖從我手中搶回她的畫，我伸手抓住了她的手。

她很生氣，因爲她在害怕什麼。

「別這樣。」

我說得堅決，內心卻搖擺不定。

「你看到我因爲自己畫的東西失控了。」她說著，想要把手抽開，「恭喜你，混蛋。現在我已經表演完了，可以請你放開我的手讓我回家嗎？」

「別走。」

她看著我，那眼神肯定是她看著所有東西的模樣，害怕又生氣，因爲媽媽的死傷她至深。站在月光下的十字路口，她畫下一幕幕的死亡，畫下松岸莊園。

「那張戴瑞爾的畫，」我告訴她，「妳捕捉到他的精髓。還有彼魯奇、水仙花，還有那棟房子，妳也捕捉到了松岸莊園的精髓。我沒有想要找妳麻煩，看看我們之中會不會有人放聲尖叫。妳記得那一天嗎？妳看起來眞的很害怕。」

這比開口邀她去舞會還嚴重，這是在叫她談她自己。此外，我仍然握著她的手。凱蒂，至少妳不是那種不敢告訴父母自己想要什麼的人。

「害怕？」她說，「眞的嗎？」

我已經說得太多，無法停下來。

「告訴我爲什麼。」

凱蒂

洛．沃克讓我開口說話，一說就停不下來。我可以好幾個小時盯著心理醫生的胖腳踝，一個字也不說，可是——

「媽媽把車子停在對街，當時她手上拿著一包賣場買回來的東西，沒看見車子過來。跑車上那傢伙正在講手機，所以……」我聳了聳肩，「所以現在，每隔一陣子我就必須畫些東西，畫些……死掉的人。」

洛給我的咖啡早已冷卻，我只是隨意攪拌著，假裝咖啡還是溫的，然後一邊搞砸眼前的機會。他可能是唯一一個約我出來的男生了。

「我是說，你知道的，世事無常，而我就是停不下來。這就是我的毛病。人遭遇壞事，我大可尖叫或大哭，但我卻選擇畫下來。所以要我幫你畫畫，那些畫大概很不堪入目，根本用不上。」

洛只是點頭。他其實根本不懂。他的父母健在，也從來沒有遭遇過什麼事。

「我的心理醫生說畫畫是處理情緒的方法。我可以想到很多更好的方法。」

洛又點頭。「妳寧願畫死人，也不願意想起媽媽？有用嗎？」

「有用就糟了。」

「妳要再來一點咖啡嗎？」他問我。

他還沒跑走，我不知道爲什麼，但就是沒跑。我差點笑了出來。「好。」

「這次要加糖嗎？還是加點可可粉？」

「咖啡就好。」

我一口喝下，混著咖啡因繼續滔滔不絕說下去。「我替那些畫編故事。穿著高跟鞋的女人？我本來要畫尼維特公園裡的玫瑰園，結果她就出現在人行道上。我肯定在電視或其他地方聽過她，我彷彿知道她的一切，然後我就畫了起來。她爲了讓前男友後悔，穿上最美的鞋子。她以爲自己會成爲美麗的屍體，她男友則會很傷心。後來在途中，她突然明白他只是一個沒出息的廢物，她應該直接搬回曼非斯市，就像當初遇見他之前打算的那樣。但她死了。」她從屋頂上跳下來，像一瓶番茄醬撞上人行道。我不準備把這個告訴洛。「我——必須把她畫下來，好讓我不再去想她，你懂嗎？」

媽媽死後的那一晚，我拿了手電筒，騎車到事故發生的地方。我想要和她在一起。雖然他們把大部分的血沖進了排水溝，但我蹲下來，還是在人行道的縫隙和邊緣看到了一些。沒什麼比這種感覺更糟的了。我想要跑回家，告訴媽媽，我看到好可怕的事，恐怖極了，然後要她告訴我一切都會沒事。

「撞上妳媽媽的那個男的後來怎麼樣了？」他問道。

「便宜他了。他獲得緩刑，搬走了。我希望他很痛苦、很痛苦地死去。我不能想起媽媽，洛。我就是不能。」

一般人和男生喝咖啡的時候都聊些什麼？「說說你的家人吧。」我說。

洛用力嚥了口口水，似乎有話不想講。「我爸媽？」他說，「跟妳的遭遇不能相提並論，可是他們常吵架，天天吵。現在因爲松岸莊園，更是變本加厲。他們一直傷害對方。我媽媽住在家的一邊，爸爸住在家的另一邊，湊在一起就只爲了吵架。」他說，「我畫房子，畫平面圖，畫很多景觀優美、令人開心的房子。這麼做讓我覺得自己好像可以幫上什麼忙。」

「像是讓他們和好？」

他做了個鬼臉。「是啊，又不是皆大歡喜的勵志片，小小洛畫了一棟房子，結果找到一個幸福美滿的家。其實，我不太喜歡我爸爸，我們也一天到晚吵架。我覺得他是錯的，而他覺得我是媽媽的小跟班。媽媽很勢利，他們兩個都是，但我不想失去他們。」

他想了一下，然後突然微微一笑，笑容半喜半憂。因爲那抹微笑，我愛上了他。

「事實上，」他說，「我只喜歡房子。」

我願意爲他做任何他想做的事情，就爲了再看見那抹微笑。我願意爲他畫房子，可是……

「洛，謝謝你沒有尖叫跑走，可是我的畫很詭異，你不會想要我幫你畫畫的。」

洛．沃克靠回椅背上，看著我。

「我眞的想要妳幫我畫畫，」他說，「如果妳可以接受，如果妳願意的話。」

洛，我會畫出什麼東西，連我自己都不知道。別不當一回事，我是瘋子。

可是……

「拜託？」他說。

我準備讓他失望，讓他討厭了……

「好吧。」我在有理智拒絕之前答應了，「我會幫你畫松岸莊園。」

我們有一會兒什麼也沒說，只是看著對方。他對我微笑。他的輪廓很漂亮。我想問他我可不可以畫他。

現在可不是問這個的好時機。

「我想問妳，」他說，「妳畫的那個男孩，爲什麼是他？」

「我不知道。」我想起喬治，那突兀的男孩。喬治也是一個故事，就像尼維特公園的女人一樣。兩個都是我的故事，心理醫生莫理斯女士這麼說。她還說，我有創傷後壓力症候群和害怕被拋棄的後遺症。莫理斯女士什麼都懂。「喬治，他的故事是他跟爺爺住在一起，他必須回到屋內，爲了某件事，某個人，我想是爲了他的爺爺。」我就會爲了媽媽回去，「回去是一件比性命更重要的事。」

要是當初我和她一起在停車場，我就可以救她了。我可以把她推開，讓車子改撞我。這樣她就會一邊生我的氣，一邊想念我。

然後，我想我可能會做鬼去鬧她，我一定會。奇怪的是，我開始淚眼汪汪，止都止不住。我好想念她。而且很奇怪，因爲我知道爸爸是我的幻覺，所以眞正的問題是，爲什麼我不能捏造她，或至少畫畫她，回憶起她，開開心心地被她的鬼魂纏身。

反之，我捏造了喬治。

洛遞給我一塊手帕。「來。」我躲在手帕後面，揉成一團蓋住雙眼。

等我再次抬頭，他正在看著我，彷彿想要伸手抱住我。這同樣是我的幻覺，因爲沒有人會想要把我擁入懷中，這可是有很好的理由。

洛在說些什麼。「——他回到房子裡是爲了什麼？」

「誰？」

「喬治・普金斯。」

「他只是一個故事。」我說。

「不，他是眞的。妳至少有讀過一點西伯格的書，知道怎麼畫出第二棟松岸莊園。西伯格的書有提到他，不過他沒有回去救他的爺爺。」洛說，「他爺爺在房子失火的前幾年就已經死了。」

「不。」我說。*不對，他說他爺爺照顧他。*不過，喬治和他爺爺只是我幻想出來的。

就在這時，我又明白了，我差點放聲尖叫。

第二次，在洛・沃克面前，聰明又帥氣的洛・沃克，願意聽我說話又端給我咖啡的他面前，我差點放聲尖叫——

「西伯格的書想必妳也讀得夠多，才會知道他這號人物。」洛繼續說，沒有注意到我的反常，「於是妳非得把他畫下來，可是爲什麼他——」

喬治存在過。

喬治是眞的。

我的耳朵嗡嗡作響，這個好男孩，作夢他都不可能喜歡我，不只是他，所有男孩都一樣，因爲我準備再次發瘋，就在此時，就在此地——

我不會的。

不會。

不會。

但是，我可以透過耳朵的嗡嗡聲聽見爸爸的話；我不知道他是個回憶，還是他人在這裡——

我不是告訴過妳了嗎，孩子？

妳看得見鬼。

◆

我咬住舌頭，成功讓自己看起來不像個十足的瘋子。我深呼吸了好一陣子，然後請洛給我看看西伯格的書。我以爲我們會去圖書館。

但我們沒有。

洛的家大得不像話，是建在湖邊的那種豪華大宅：例如養老院、著名建築師蓋的房子，還有洛的家……他開車載我到那裡，一輛兩人座小汽車，兩個人擠在車內剛剛好。在前往他家的路上，洛不停說著有關車子、彈簧、減震器以及這輛車可以跑多快的事情。我猜這是他掩飾冷場的方式。我什麼都沒說，因爲我腦中懸著一連串大問號。

喬治・普金斯。

喬治存在過。

我可以看見鬼。

這是不是代表我沒有瘋？

洛的家有寬敞的前廳，大得可以裝下壁爐、幾張椅子、波斯毯，及高得宛如聖母峰的聖誕樹。牆壁掛滿了獎狀，直入天花板。美國景觀設計師協會設計獎、金恩和平獎、建築維護設計獎、烏木雜誌所頒發的美國黑人成就獎。各式各樣的黑人獎和建築獎。樓梯後方有個房間，房裡有一面大窗戶，擺滿植物，壁爐上面掛了幾張非洲面具。然而，不同於一般人，連接前廳的不是客廳，而是兩間寬敞的家庭辦公室。先生的和夫人的。

我不只是在胡亂猜測，因爲洛的媽媽正在她的辦公室裡，蹺著腳坐在窗邊的其中一張椅子上，筆電擱在大腿上。她年約五十，穿著黑色毛衣、牛仔褲和芭蕾平底鞋。她飛快打著字，電腦幾乎要冒煙了。她是白人，這點有些奇怪，因爲洛並不是，但又如何。她舉起手，要我們等她告個段落，然後繼續打下去。我開始東張西望。

她的辦公室一塵不染，但沒有到潔癖的地步。辦公室裡有一台維多利亞式的大鋼琴，琴腳是獸爪的造型，窗邊還有幾張舒適的維多利亞椅。窗邊陽光照耀著的，是盛開粉紅花朵的聖誕節仙人掌，鋼琴上則放了一株用某種灌木做成、小巧無比的聖誕樹，並噴成相同的粉紅色。裝飾品全是仿古玻璃球、金銀亮片，還有我最喜歡的聖誕節飾品，玻璃醬瓜。媽媽也有一個。這是唯一一個我有辦法留在身邊的遺物。

洛的媽媽將檔案儲存後，抬頭擠出微笑。「我討厭湯姆．梅尼諾。」她說。湯姆．梅尼諾是波士頓市長。洛對他媽媽介紹我是他的朋友，準備幫忙他做一項計畫。（我是洛的朋友？這倒新鮮。）

「嗨，親愛的兒子。妳好嗎——」她揮著手，想知道我的名字，我這才發現洛還沒有把名字告訴她。「妳該不會碰巧住在牙買加平原區吧？我們需要有人到那裡挨家挨戶發送松岸莊園的宣傳單。妳有聽說那個囉哩叭嗦的僞君子想對松岸莊園做什麼嗎？」她用手指撫過金髮，直到髮絲像煙火發出嘶嘶聲。「地標局的人根本連果醬都保存不了。我很抱歉，妳想必沒聽過松岸莊園。妳想來點茶嗎？還是熱可可？要吃點什麼嗎？我們有薑餅。」

我立刻明白洛的聰明伶俐、悲天憫人，以及習慣用食物和房子解決所有問題的個性是從哪裡遺傳而來的了。

「我和媽媽以前常去松岸莊園。」我說。

電話響了，洛的媽媽接起來。「是啊，老休，你能想像嗎，在聖誕假期那一週。」她對我們揮揮手，再聳聳肩，指了指電話。

「媽媽，我們可以去爸爸的辦公室看一下西伯格的傳記嗎？」洛問道。

「看快點，親愛的。他五點會回到家。你知道他對那本書的觀感。」

走廊對面，越過洛的父母之間的分界線，「爸爸的辦公室」令人嘆爲觀止：辦公室裡有一張大書桌，不是書架的地方掛了許許多多的獎狀。我差點對著書桌前打字的女人打招呼，後來才驚覺洛看不見她。洛在書桌後面蹲下，從低矮架子上拿了一本書，我則盯著那個鬼，頭一回真正明白眼前的幻覺是鬼。她的長相很兇惡，有一頭僵硬捲髮，穿著一件上了漿的洋裝，十指如雨點般敲打著打字機。若仔細看她，她大概比洛的媽媽還年輕，但看起來有上千歲了。在她身後的牆上有幾張她的照片，照片中的她帶著一個男孩，長得像洛，但健壯得多，膚色也較深，他想必是洛的爸爸。此外，還有一張她已是老婦人的放大照，穿著某種婦女組織的長袍。

她是我見過第一個死狀不悽慘的鬼。（別問我怎麼知道的，我就是知道。）謝謝，我做出嘴型對她說。她微微抬頭，不是很高興看見我，正如她不是很滿意正在敲打的內容。充滿想法的女人，就像洛的媽媽。

洛的爸爸娶了一個像他母親的女人，可是現在，洛的父母卻分別住在房子的兩端。

洛遞給我一本又大又厚的書，外面包了一層紫黑色書套。

紫色和黑色，嗯，兩個完全不相配的顏色，我不會忘記這本書了。我打開，翻到書名頁的地方。

哈佛大學企業史叢書。是啊，我最好有讀過這本書。

在洛的世界裡，確實有人會讀這樣的書。我實在配不上他。

我很快翻閱了一下，尋找圖片。洛從我手中拿過書，給我看一張舊照片。我認得那個屋頂、那些百葉窗，我也認得門口上方的窗戶，我畫過它們熊熊燃燒的模樣。

「這是第二棟松岸莊園，建於一八四八年，於一八六八年燒毀。」

你以爲我有上網搜尋松岸莊園所以見過這張圖片？也沒有。

他停頓了一會兒，彷彿我應該說點什麼，但是我不知道該說什麼，除了說，年輕人，我看得見鬼。你奶奶正在書桌前打字呢。

看得見鬼，大概不比有幻覺來得正常。

「那麼，跟我說說喬治吧。」

「喬治是湯馬士・普金斯的孫子。他有一種心理疾病——」

「唐氏症。」

「——人住在松岸莊園。房子失火時，他跑了進去，就像妳畫的那樣。他的屍體一直沒找到。」

那個可愛的孩子，那個想要跟狗狗玩，很驕傲告訴我自己住在哪裡的孩子。我的喬治被活活燒死。

「沒人知道他爲什麼要回去。」洛說，「大家猜測可能因爲他是瘋子。」

「他只是有唐氏症而已。」

我看著喬治的臉，把他的臉畫下來。喬治知道回去會發生什麼事。他不笨。

「總之，普金斯家族無法忘懷喬治的死，於是遺棄那個地方，搬去了歐洲。後來，他們終於重建了第三棟松岸莊園。富麗堂皇。普金斯家族的皇宮。用紅磚和陶土磚建造，好讓房子不被燒毀：全國第一棟使用陶土磚的房子，建在現有的樹林間。雇用著名的建築師，是一棟很棒的房子，可是第三棟松岸莊園總是怪怪的……」洛聳聳肩。

你想說的是鬧鬼吧，洛。

「那家人不喜歡住在那裡。他們在波士頓北岸買了另一棟房子，卻不知道該怎麼處理這一棟。當時，奧姆斯德正在設計綠寶石項鍊，大規模的公園帶；他讓土地圍繞在松岸莊園四周。他曾說松岸莊園是全美國位置最好的房子，而他希望把它改建成公園餐廳。」

爲什麼喬治要走回那棟失火的房子？

我可以問問喬治。

「因此，普金斯家族把土地和房子給了波士頓。但後來發生一場廚房大火，餐廳終究沒有開成，房子也一直沒有改做其他用途，結果房子開始凋零。流浪漢開始住進去，放了更多火，燒光了木造的室內裝潢。現在梅尼諾和公園管理局要把它拆除。

「但奧姆斯德是個天才。」洛繼續說，「他設計了中央公園，從零開始建造了綠寶石項鍊，整套公園體系。他甚至造了河流。我告訴妳，他想留下松岸莊園有他的理由。松岸莊園不但是很棒的建築物，更給了整座公園畫龍點睛的效果。」他用手指畫個圈，在中間戳了一下，「沒有松案莊園，綠寶石項鍊將一無可取。它眞的很神奇，很完美。抱歉，我在耍宅。」

他講房子的時候，整個人容光煥發。

車道上傳來車子轉進來的聲音。「噓！」洛說，「別在我爸附近說到『松岸莊園』這四個字。」

「爲什麼？」

他連忙打開書，翻到書名頁的地方。波士頓的商業巨擘：湯馬士．普金斯，1764-1854。上面有作者的題字。致查爾斯，忠誠的研究員。

「這就是爲什麼。」洛說著，把書塞回原位，「西伯格把他當成黑鬼對待。如果我爸叫我洛倫斯，別吃驚。」

「佛雷德瑞克．洛．奧姆斯德。你的名字取自奧姆斯德！」比起洛的家人，我或許很笨，可是——

「我爸很討厭奧姆斯德。」洛說。

我們趁他打開大門前，匆匆忙忙走出辦公室，來到前廳。

洛的父親看起來兇神惡煞，就像他的鬼魂母親，有一雙讓人避之唯恐不及的眼睛，而且人高馬大，彷彿一座眞人雕像。「午安，凱薩琳。」洛把我們介紹給對方時，他這麼說；這次，洛總算介紹了我的名字。洛的父親有詹姆斯·厄爾·瓊斯❺的嗓音，如暴風雷電般低沉。我用餘光看見他的老母親站在辦公室門邊，對他微笑。他看不見她，但我認爲他感覺得到她。他的手擱著門框，就在她頭頂正上方。

我大概知道他的故事。他娶了一個像他母親的女人，但最愛他的人是母親，而她已經死了。

他開始問起我的家人，感覺好像在跟上帝面試工作。我父親是做什麼的，我母親又是做什麼的？我告訴他他們都已經過世的時候，他顯然很不滿意。他肯定也不會喜歡爸爸是軍人，媽媽是特教班的老師。

洛來救我。「爸，凱蒂正在跟我進行一項計畫。」我聽懂他的意思：她只是跟我進行一項計畫，可不是我女朋友之類的。

以爲我不知道嗎？

然而，洛開車載我回家時又問，「架網站的事，妳加入嗎？」

「我加入。」

❺ 詹姆斯·厄爾·瓊斯（James Earl Jones）：美國黑人演員，曾獲84屆奧斯卡終身成就獎。

他突然欲言又止。「妳可以先不要跟我爸爸媽媽提起這件事嗎？要不是現在時機點不對，我媽媽本來會贊同這個主意，可是我有一篇重要文章得寫，搞網站他們一定都會很生氣。」

意思是他爸爸不喜歡洛爲松岸莊園做事。他爸爸甚至討厭洛的名字。哇，我爸爸好多了。洛的父母覺得我不夠好，配不上他，也不在乎讓我知道。當然，我是配不上，但感覺還是挺討厭的。

「你準備寫什麼？」

「我還不知道。」他看起來很焦慮。

「不是松岸莊園？」

他搖搖頭。「不是那種文章。」

「你可以放我在松岸莊園旁下車嗎？如果我要畫它，最好開始收集靈感。」

◆

我不確定我能不能見到喬治，可是他就在那裡，正値黃昏時分，站在棒球場上，在拉長的樹蔭之中。一個沒有影子的孩子丟著一顆沒有影子的球。公園路燈慢慢亮起。燈光下，他就像個普通孩子，跑步有點古怪，穿著有點滑稽。但無論是明是暗，他根本不在那裡。

「喬治？」

他轉身看我。

我正在看著的是什麼？那個看著我的東西？

鬼。

我看得見鬼。

他看著我，我猜他想起了上次發生的事。他看著我，知道我也在看著他，有好一會兒，我不動聲色，他的肩膀垂了下來。

我好奇以前有沒有人看見過他，然後因爲害怕而轉身離開，不理會他。

我很害怕。我努力不去想。

在微弱的燈光下，他看起來朦朧不清，就像起筆畫畫時，不知道會畫出什麼東西的感覺。只有鉛筆在白紙上動起來，畫才開始成眞，不然什麼都不是。喬治就像一幅畫的開始，直到完成前什麼都不是。但我仍在尋找：某樣我必須找到的東西，漸漸成形的東西。

他只是看著我，等著再一次被我拋棄。

他的手中拿著球，磨損的深咖啡色皮球，縫線像一顆小足球。他緊張又笨拙地把球扔出去，結果球失手掉到地上。

我也不知道該說什麼。直接開口說你爲什麼要回去？可不禮貌。

「很抱歉我跑走了。」我告訴他。他看著我，嘴巴張開來。喔。

「我嚇到妳了。」他說，「對不起。」

這個嘛，你是嚇到我了，不過，「你沒有做錯事，喬治。沒關係的。」

我可以看見松岸莊園的剪影和輪廓，暗掩在漆黑的樹林裡，以及在湖上遠處的薄暮。待我的雙眼漸漸適應光線，我可以看見眼前的是當今的房子，那棟荒廢的眞正房子。

燈光下出現一面新圍欄，鐵柱架起的灰黃色塑膠鐵網。

在房子遙遠的另一邊，有輛大型子母車。

鐵網旁有個告示牌：波士頓市公園改善工程，市長湯姆・梅尼諾。

洛的媽媽說得沒錯。他們準備把房子拆掉了。

我好奇喬治看見的是什麼。他居住的房子，是一棟燈火通明的房子嗎？位於波士頓近郊的湖邊嗎？他的爺爺在房子裡等他嗎？在喬治的世界，我是否看起來模糊不清？我是鬼嗎？

我好奇當鬧鬼的房子被拆除了，那個鬼會發生什麼事。

「喬治？看看這個。」我指著告示牌。

他朝我走來，用他的近視眼瞇著眼睛看告示牌，彷彿幾乎看不清，彷彿必須穿過一百五十年的時光才能看見。我納悶他識不識字。

「上面說有人準備拆掉你的房子了。」

喬治咯咯一笑。「房子是用磚塊建的，拆不掉。」

喔，親愛的。「喬治，你看到那個像大箱子的東西嗎？」他不會知道子母車是什麼的。「房子拆掉後，磚塊會放進那些大箱子裡，他們就是打算這樣處理你的房子。」

他好奇地走向子母車，直接穿透鐵網，沒有注意到鐵網的存在。見到他做出鬼魂般的行爲，我不禁腸胃翻攪。

他轉身面對我。「拆掉我的房子？」

「你爺爺和你一起在這裡嗎？」美國第一個百萬富翁可能知道該怎麼對付湯姆・梅尼諾。

「爺爺現在不在這裡。」

「他等一下會回來嗎？」太好了，可以讓我和另一個鬼說話嗎？

喬治解釋起來有點困難。「他現在不在這裡，不在這裡。他照顧我，可是我住在這裡。」

「他住在這裡，但和你住在這裡的方式不一樣？」

喬治滿意地點點頭。

「你希望我做什麼？」我問他，「喬治，爲什麼我看得見你？」

喬治搖搖頭。他不知道。

「其他人看得見你嗎？」

「狗狗有時候看得見我。」

「如果你的房子被拆掉了很糟糕嗎？」

「我住在這裡。」

喔，該死，該死。「你爺爺照顧你嗎？」

「爺爺在天上照顧我。」

很好，總算幫了大忙。

「爺爺去了天堂。」喬治說，「後來換艾迪叔叔照顧我，然後艾迪叔叔也走了。」

「你可以去天堂跟爺爺在一起。」這樣房子就不再鬧鬼。不鬧鬼的房子或許氣氛比較好，就不會有人想要拆掉了。

喬治固執地搖搖頭，嘴巴緊閉，像個忍住脾氣的孩子。「我必須待在這裡，我必須留下來看守，然後我必須在天黑前回家。」

交給唐氏症的孩子一項規矩，他們就會貫徹始終。規矩是讓頭腦迷糊的孩子保持注意力的好辦法。你只能去這些地方和那些地方；你必須在天黑前回家。你不能去天堂，或來生該去的地方，儘管你已經死了一百五十年。

「現在不需要這麼做了，喬治。」

「要。」喬治堅定地說。

「你不寂寞嗎？」

「嗯。」他說，這次聲音小了些。

「你不想見到爺爺嗎？」

「想。」

他剛剛說，我必須留下來看守。「你在看守什麼？房子嗎？」如果房子拆掉了，他可以重新跟爺爺住在一起嗎？

「我在看守盒子。」喬治說，「在房子裡。」

「喔，房子裡有個盒子？」

「裡頭裝著寶物的盒子。」他說。

裝著寶物的盒子，聽起來令人興奮，但這是媽媽以前常用來對付唐氏症孩子的一個小花招。讓他們對某樣東西負責，某樣孩子喜歡的東西，閃閃發亮、色彩繽紛，抑或上面有亮片、彩帶和玻璃鑽石。這些是特別的玩具，喬治，所以你得每晚去檢查玩具在不在。這麼一來，喬治就會記得回家，不會在外面待得太晚，和狗狗丟球。對容易忘東忘西的孩子而言，這招相當管用。

只是，房子著火的那晚，對喬治就不管用了。

我不必問他爲什麼回到房子裡。我知道喬治發生什麼事了。

他是爲了盒子回去的。

在那之後，他就得一直看守下去了。

「喬治，」我說，「你得看守你的寶物盒嗎？」他點點頭。「你不必再這麼做了。寶物盒已經燒掉了。你不必留在松岸莊園。」

這大概就是我必須爲他做的事，告訴他可以離開了。去找爺爺吧。

喬治激動地搖頭。我光是這麼說，就讓他焦慮不安，就像孩子說話沒人聽時那樣的反應。

「不行，如果房子出了什麼事，」喬治說，「負責把寶物拿出來的人是我。」他在重複某人說過的話，「我得負責看守寶物。那是爺爺所擁有最重要的東西。如果我離開了，或是房子出了事，我必須去把它拿出來。房子失火時，沒人想到寶物，只有我記得。」

「可是你沒辦法把寶物拿出來，對不對，喬治？」

「可是寶物很安全，我沒騙妳。我拿不出來，所以我把它放在秘密基地。」

「秘密基地？」

「嗯，寶物很安全。」喬治強調，「在地窖的秘密基地裡。」

我對這段對話開始有了不好的預感。

喬治看著我。在黃昏中，我只能隱隱約約看見他；唯一清楚的是他的雙眼。雖然他是個小男孩，但跟他在一起，卻好像陪在一個垂垂老矣的人身邊，他留下一樣他負責看守的東西，不確定離開後會不會有人接手。

因爲負責任而被活活燒死的感覺是什麼？他說爺爺在天上照顧他，可是爺爺不在這裡，於是他得在天黑前一個人返家，獨自看守好長一段時間。

就爲了一個裝滿亮片、石頭和彈珠，放在地窖裡的盒子。

爲了一個害他喪命的東西。

「拜託，」喬治說，「如果爺爺的房子……如果被拆掉的話……妳願意在那之前幫我把寶物拿出來嗎？」

我曾經從他身邊跑開，這次，我眞希望我能這麼做。

「好，」我告訴他，「當然。」

◆

「不准妳這麼做，孩子。」爸爸坐在暖氣機上，眉頭緊皺。「妳不是告訴我屋內都燒掉了嗎？」

我要的就是這種回答。我可以指望爸爸保護我。

「不准妳去做危險的事情。」爸爸說。

爸爸是我幻想出來的嗎？他總是在適當時候出現。但如果他是鬼——如果他不是我幻想出來的——那眞奇怪。有點可怕，有點美好。如果他不是我幻想出來的，那麼爸爸說到底不是個莽漢。他愛我，他眞的愛我。

爲了這點，我願意看見很多的鬼。

我知道那不是眞正的寶物，只是玩具之類的。可是，爸爸？他是爲了那東西而死的。有人必須幫助他。你可以幫忙嗎？

「遊戲規則不是這樣的。」

你是鬼，他也是鬼。

「我是妳的鬼，不是他的。如果可以我就做了。」

我希望所有鬼魂的規則都一樣。

「是啊，所有人類也都一樣就好了。」爸爸說。「我擔心的是，或許他是會把妳吸進黑漆漆的地方，嚇死妳的那種鬼。」

謝了，爸爸。

「妳自己也說了，根本沒有寶物。別理他，孩子。」

這不是重點。重點是他覺得有寶物，他對寶物有責任，想要把它拿出來。

「這不甘妳的事。」

我倒覺得跟我有點關係了。

洛

「洛交女朋友了，洛交女朋友了！」

「想不想賭賭看他們會在一起多久？」

我們這票人爲了化學期中考聚在一起念書，雪兒便開始大肆報告我和凱蒂的事。「他和她在星巴克喝咖啡。」

「她不是我的女朋友。她不需要跟我在一起，就已經有夠多麻煩了。」

我的女朋友通常在見過爸媽後就宣告終結。凱蒂離開後，媽媽向我問了她的名字。想當然耳，她一聽見「凱蒂．馬倫斯」，立刻長篇大論起來。她一件事也沒忘。住在威士忌岬角區，父母離異，她甚至知道凱蒂精神崩潰的事。眞是服了她。

而爸爸——雖然我們家沒有種族歧視，喔，我們可沒有，但爸爸對膚色看得比什麼都重要。更別說教育程度、家庭背景、上哪間教堂、人際關係、對民主黨的奉獻和對景觀建築的喜愛與否。八年級時，安德雅．強生曾哭著跑出我們家，怎樣都不願意回來，而我只是跟她去看場電影罷了。

我永遠別想交到女朋友了。

「你的沃克獎文章寫得怎麼樣了？」我要求換個話題。

「我不知道我要寫什麼。沃克獎的重點在於非裔美國人，誰在乎巴西？」

「妳在乎巴西啊。妳不該討好評審。」

「你要談論愚蠢的蓄奴賠償，這就不是討好評審嗎？」

「我沒有要談蓄奴賠償。」

雪兒只是看著我。「你知道我認識你父親吧。」

「是啊，老兄。」巴比李說，「我們都認識你父親。」

「我可能會談談我的曾曾祖父。」

我的曾曾祖父名叫沃克，一生中從未擁有過自己的房子。他本名是西皮奧，但是他老愛逃跑，總共從三個主人身邊逃跑過，又不斷被抓回來。他的運氣差，又或者像他主人說的，他很懶惰。**那男孩腳程快，可是太懶惰了，說來說去就是個愛跑路的（walker）。**於是大家就叫他沃克。

黑奴解放後，有人問他想改什麼姓以取代侮辱人的奴隸姓氏，還有他想要叫什麼名字？「不需要其他名字，」他說，「說找沃克就行了，大家都知道我是誰。」

他未曾有過一棟房子。他有一間店，就住在店樓上，還有個講壇供星期日做禮拜之用。小時候在住家附近認識沃克的奶奶告訴我，他們家有多麼令人愉快，人人都歡迎到家中，一群人圍坐在餐桌旁。沃克的兒子擁有講壇和兩家店，直到大蕭條時期，日子難過，才收了起來。後來奶奶嫁給沃克的孫子，一名塔斯克基飛行員❻，死於義大利。奶奶在電信公司工作，有台打字機。

❻ 塔斯克基飛行員（Tuskegee Airmen）：在塔斯克基進行飛行訓練然後並參與了二戰的非裔美國籍飛行員，是美國軍事歷史上最早的非裔美籍的空軍力量。

爸爸是哈佛教授，娶了一個古蹟維護建築師，娘家住在布瑞托街[7]。我們有房子。還有，我猜爸媽都是百萬富翁。我們有一棟長得像莊園的房子。

大家知道我們是誰，但大家真正認識的是沃克，而人人都歡迎到他的餐桌上作客。我可以寫寫沃克，但那算不上演講的文章。

「你寫得怎麼樣了，戴瑞爾？」

「寫得很棒。」雪兒說，「我也會寫出好文章，但是我們不會贏，你會。」

◆

「你還好嗎？」凱蒂問我。

我們又約在星巴克碰面。凱蒂看起來氣色好多了。前陣子，她和我們家族的一位朋友桃樂西・克拉克一起發送「拯救松岸莊園」的小冊子。桃樂西是歌手、劇作家、環保人士，還是個大好人，有她在就有歡樂。我答應給凱蒂看看網站的大致結構，好讓她可以多幫我畫幾張畫。

「我打算寫篇文章，爲了這個沃克獎，可是我遇到了瓶頸。」

「以你們家族命名的獎？」

我露齒一笑，搖搖頭，心想我和凱蒂・馬倫斯之間有個很大的區別，沃克獎對她毫無意義。

「以大衛・沃克命名的。大衛・沃克是一八二〇年代在波士頓很有名的激進份子，相較之下，麥爾坎X都成了保守的布克T。比起白人，美國更該說是我們的國家……美國那些家財萬貫的富人都是從我們的血淚之中崛起的。他是第一個說我們應該殺掉白人的黑人，抱歉我這麼說。妳有沒有很驚訝彼魯奇老師竟然沒有提過他？」

「他後來怎麼了？」

「妳想呢？他被殺了。在家門口『因肺結核猝死』。總之，贏得沃克獎的人一生將受用無窮，我爸是這麼說的。爲了得獎，他願意付出一切。但這是波士頓舉辦的獎項，而他小時候住在賓州，所以他希望我得獎。」

凱蒂越過薄荷拿鐵的杯緣看著我。爲什麼女孩子老愛喝那種東西？不過薄荷拿鐵讓她的兩頰添了自然的紅暈，我可以就這樣一直看著她。

「你不想贏嗎？」她問道。

「當然想。贏了的話，等於保證我可以進任何想進的大學。」保證進入哈佛大學，永遠受爸爸的控制。

「你的口氣聽起來不想贏。」

「我不覺得我有資格贏。」

我不打算對她解釋我覺得自己不夠像個黑人，或我將與雪兒和戴瑞爾競爭，或爸爸在哈佛大學極具影響力的事。「不過妳知道我爸爸是做什麼的嗎？他有點像這個時代的大衛・沃克。」有點像，只是穿著Brooks Brothers高級西裝。「他口才非常好。在他看來，要是我沒有贏，就應該搬到別的城市，改名叫狗屎。他一天到晚對我緊迫盯人，『你最近在讀什麼書啊，洛倫斯？這件

❼布瑞托街（Brattle Street）：波士頓的富人區。

事你打算怎麼解決？』」

「他老叫你洛倫斯是怎麼回事？」

「身爲他的兒子就別想用景觀設計師的名字命名。他希望我寫關於蓄奴賠償的文章。」

「什麼是蓄奴賠償？」凱蒂問道。

不知道沃克獎是一回事，不知道地球繞著太陽轉又是另外一回事了。「蓄奴賠償是你們欠我們的東西，這又是更多妳從彼魯奇老師那兒學不到的歷史。」

「你爸爸不就是研究這個的嗎？蓄奴賠償？」

「是啊，但這不是我的研究。」我稍微伸展十指。「好，美國歷史第一課，美國爲什麼虧欠我們。在內戰前，我的族人大多都是奴隸，對吧？我們完全沒有法律地位，而是資產。那麼，我們值多少錢？」

凱蒂看起來沒有把握。

「我的曾曾祖父賣了一千四百元，他還是個愛惹事生非的人。那麼我們所有人值多少錢？」我在餐桌上已經聽過這故事，但對凱蒂而言很新鮮，「內戰前，美國人把人當作棉花、蔗糖、椅子之類的物品做買賣，估所有生意的多少？比例是多少？」

「百分之十？」

「再高一點。」

「十五？」

「答案是六十。內戰前，美國超過一半的買賣是人。我說的不是棉花、糖，或米，或其他由我們生產的東西。我說的是我們。我們本身就是商品。莊園像是托兒所，人被當作動物般對待，餵孩子像餵豬。」我聽見自己像爸爸那樣說話，於是深吸一口氣，放慢速度。「孩子到了十歲、十二歲左右會被賣到南方，不是因爲他們做錯事，而是因爲糖料和稻米栽種不易，南方欠缺大量的工人。維吉尼亞州的園主養了一大堆人，把他們賣到各地，那些不比納粹集中營好到哪裡去的地方。」

「我永遠、永遠、永遠不會參觀莊園。」凱蒂低聲說，「我會覺得我欠你們一個道歉。」

「我爸爸確實認爲你們欠我們一個道歉。」

「你應該把這事寫下來。」

「大家都知道這件事，凱蒂。我是說沃克獎的每位評審都知道。我希望妳明白，我這麼說不是針對妳，只是，不知道這件事的，是白人。」

她看著我，一臉震驚。

「蓄奴賠償的訴求是白人應該補償黑人當時做的所有工作，不是誰欠誰補，而是所有白人補償所有黑人。我覺得這很蠢，而且容易造成對立，可是這就是我爸爸篤信的事情。我猜這是爲什麼他跟湯馬士·普金斯唱反調的原因。妳知道普金斯家族是做生意的，他的錢就是這樣賺來的。」

凱蒂的嘴巴掉了下來。「喔，不會吧。」

「喔，就是。任何美國黑人，」也許雪兒除外，「任何非裔美國人，當他們聽到一個內戰前的有錢白人，第一個問題就是錢從哪裡來的。普金斯家族靠奴隸買賣賺到第一筆財富。白人接受那些錢就在那裡，還有昂貴銀器、油畫等所有的財物。但那些財物是靠著買賣奴隸得來的。」

「等等。」凱蒂說。

她的素描本放在椅子旁邊；她把手伸下去抓起素描本，又從包包找出鐵盒，抽出一枝筆。「保持這個姿勢，」她說，「不要動。」她的雙眼渙散，直盯著我，眨也沒眨一下，鉛筆在紙上飛舞，她用大拇指弄糊了一條線。我靜止不動。有事正在上演，她的手動得飛快，雙眼卻緊盯著我，像我一樣動也不動。我倆之間的世界靜止了。

終於，她鬆口氣，把鉛筆插進素描本的螺旋裝訂。

「這是做什麼？」

「我不知道，」她說，彷彿剛打完麻醉醒來，「只是你看起來，我不知道。我一直想畫你。」

「讓我看看。」

她先看了看，不太確定自己畫了什麼的模樣，接著皺起眉頭，「這看起來不像你。」

她把我畫成了非洲人，膚色黝黑得多，真的很深的那種黑皮膚，額頭和兩頰閃閃發亮。嘴唇比較厚，頭髮捲捲的。她還把我多畫了好幾歲，穿著一件破舊的開襟襯衫。

一年多前，我有一個月的時間瘋狂沉迷在第二人生的網路世界裡。我在遊戲裡的虛擬化身是個非洲人。這就是我看到這張圖的感覺，這就是我的虛擬化身，熟悉又陌生，不是我，是更內在的我。

「也許我在想著大衛．沃克。」她說著，突然產生防備。

沃克。

我認識這張臉，雖然他一直到年老後才有拍照，這位戴著體面眼鏡暗示自己識字的老人。（他不識字，他把聖經背下來了。）這是二十幾歲的年輕人，黑奴沃克。不斷逃亡、不願放棄前往北方爭取自由的沃克。

這裡畫的是我的祖先。

我全身起滿雞皮疙瘩，就像當初我看見凱蒂那張松岸莊園的畫一樣。她怎麼可以畫得如此維妙維肖？

我抬頭和凱蒂四目相交，但她心不在焉，正如當初在松岸莊園那樣。她直視著我，卻不是在看我。「他有另一個名字。」她用一種神秘的語調說，倘若鬼會說話，聽起來大概是這樣。「他的眞名，不是西皮奧。在他的家鄉，如果一個人死後說出那人的名字，他的靈魂就會痊癒，獲得安息。但他不想要安息，他想要繼續往前走，直到自由。」

就在這時，她回神了，回神看著我，彷彿我逮到她偷東西似的。

我說，「妳怎麼知道沃克的事？」我的嘴唇發麻，「我沒有跟妳說過。」

「這些事只是我幻想出來的。」她拚命說，「只是故事。」

但這不只是故事，這是我的家人。她在爸爸的辦公室看到了沃克的照片嗎？爸爸寫過這個故事嗎？他肯定寫過，她肯定上Google搜尋過松岸莊園，讀到了喬治．普金斯這個人，找到了第二棟松岸莊園，然後——

我在騙誰呢？

她可是說了更多我不知道的內幕。加上爸爸如果知道沃克爲什麼不願意說出眞名的故事，他早在我兩歲開始時，就會天天耳提面命說個沒完。洛倫斯，你的祖先不願意告訴任何人他的眞名，因爲他害怕在他的族人自由前，他的靈魂就此安息了！我可以聽見爸爸這麼說，他會愛死這個故事。

但是他並不知情。

「妳怎麼知道名字的事？」

我大概知道了。

我想，她大概也從來沒有讀過《波士頓的商業巨擘》這本書。

我從不相信「祖先」這回事，這所謂的非洲靈性一事，全是在一九六〇年代捏造出來的。我的祖先這樣這樣，我的祖先那樣那樣，我告訴你，孩子，要不是祖先有保佑，那輛公車就要撞上我的公寓了。教堂的普倫蒂斯修女說是祖先告訴她買下她那棟公寓的。

在這畫中的人是沃克。我的祖先。要是住在非洲，他肯定是我的神祇之一。

星巴克太擁擠，簡直人滿爲患。「妳喝完咖啡了嗎？」我問她。她點點頭，不發一語。「那走吧，我們得聊聊。」

出了星巴克沿路走去，有道經過皮爾斯中學、通往市政廳和圖書館的上坡樓梯。樓梯爬到一半時，已經到處不見星巴克或哈佛街。只剩我們兩人。「停。」我說。

她靠在牆邊，發著抖。

「那些不是妳的幻想。」我說，「對不對？妳看得見一些東西。」

「我很抱歉。」她說，「我真的很抱歉，我不是故意要看你們家族的事。」

她暫時閉上雙眼，彷彿這樣有幫助。

「妳在公園看到了什麼？妳看見喬治．普金斯了嗎？還是第二棟松岸莊園？沃克？妳看見他們了嗎？」我幾乎扯著喉嚨在大吼。我不敢相信我竟然這麼說。我，洛．沃克，對著同校的女孩咆哮，還說她看得見鬼。

她無可奈何地抬頭看著我，雖然她輕聲細語，感覺卻像在吶喊。

「是的。」

我們四目相交，震驚不已，然後她開始啜泣，抽到骨子裡的啜泣，像是無法呼吸，像是溺水，像是她看見的東西哽在喉頭。我抓住她的雙肩，想要鬆開喉頭的哽物。她反抗，甩開身子，再轉回來，憤怒地、害怕地瞪著我。「沒事的，」我說，「沒事的，凱蒂。」沒事的，我說，沒事的。我突然發現我比以前更了解自己，不禁有點頭暈目眩，因爲看得見鬼眞的沒關係。知道凱蒂看得見鬼後，我首先想到的竟然是**眞希望我可以把她當照相機一樣對準東西**。

那些景觀和花園，還有……所有的一切。所有拼在一起、事情的全貌，凱蒂看得見。肯定有更好的方式來表達我的想法，但最後脫口而出的實在不怎麼樣。

「我忌妒妳。」

她盯著我。「你是笨蛋。」

「對不起。我是說，妳肯定很難受。眞的很對不起。可是，我願意不惜代價跟死人說話，至少跟某些死人說話。我也想看見妳看見的東西。凱蒂，這是個天賦。」她再次撇開身子，我對著她的頭頂繼續滔滔不絕地說，「在我教堂裡的老太太會說，『孩子，上帝賜給你一項天賦，上帝從不犯錯。』妳看見沃克，畫了那張圖，還有那個故事。他對我很重要，而妳替我把他畫了出來。」

凱蒂轉身離開，走到牆邊，再度哭了起來。她哭得厲害，身體不停顫抖，我張開雙臂抱住她，那哭聲讓我跟著難過起來。

她哭啊哭，靠在我的懷中，溫暖的身體貼著我，顫抖著。我讓凱蒂說出了她不願對任何人啓齒的事，我也不確定我想聽，話雖如此，我仍然想陪在她身邊；凱蒂不是我的女朋友。我有過一些女朋友，至少在我帶她們回家之前。我知道跟女孩上床是怎麼一回事，多多少少。

可是我想終其一生，只有一個女孩會告訴我她看得見鬼。來了，現在，就是現在。

爲了我倆好，我不能搞砸。

最後，她終於不再發抖，靠著我的手臂嘆口氣說，「你在開玩笑吧。」她對著牆壁說，「天賦？」

「沒錯，天賦。」

我在七年級喜歡上的凱蒂，從七年級開始喜歡到現在的凱蒂看得見鬼。鬼。她轉身，抬頭看著我，把我當作英雄一般。我覺得自己彷彿身處汪洋大海，手裡沒有槳。現在仔細想想，其實挺可怕的。

「妳可以給我沃克的畫嗎？」我問她。

「真的嗎？」她在流鼻水，「你想要？」她不加思索地用手套擦臉頰，然後驚恐地看著手套，上面有一道長長的鼻涕痕。「我爸爸也說這是天賦，說我應該善加利用，可是我不知道該怎麼做。」

「我以爲妳父親已經過世了。」我想都沒想就這樣脫口而出。

「他是過世了。」

我猛然一動，彷彿被通電的電線戳了一下。我對這種情況處理得不好，一點都不好。

「歡迎來到恐怖世界。」她說。

「這是什麼感覺？」我硬是逼自己吐出話來。

她搖搖頭。「所有的鬼都不盡相同，就我看到的，鬼根本無規則可尋。爸爸很友善。我家的樓梯間有個傢伙眞的把我嚇壞了。他們大多死於非命，我通常在他們的葬身之處看見他們。我希望我可以多多控制這種情況。」

「大多？妳見過多少鬼？」

「你算挺冷靜的。我是說——你相信我，眞怪。」

我以爲我明白那些畫，其實不然。「妳想喝可可嗎？圖書館的可可，半糖？」雖然我期望與她共享可可的時光並不是這樣，「我想我們需要很多糖。」

「你怎麼那麼愛吃糖？」

「這是媽媽的糖果治療法。她相信麻煩時刻吃糖很有幫助。」現在可說是我這輩子遇過最麻煩的時刻。

凱蒂笑得直打嗝。

「怎麼了？」

「你和你的家人眞逗。」

圖書館地下室的青少年區旁邊有個不怎麼樣的咖啡廳，本意是讓青少年可以在那兒聚會閒聊。目前眞正的顧客是兩名頂著耐用染髮劑的俄羅斯女人。她們正用俄語互相抱怨。我們坐在另一張桌子上，竊竊私語說著鬼魂的事。

「我喜歡圖書館。」凱蒂說，「從來沒人死在圖書館。」

「妳畫的那個人，我的曾曾祖父沃克，在床上壽終正寢，親人全陪在身邊。」

「我最喜歡聽到有人過了長壽又快樂的一生。」

她雙手捧著紙杯，發著抖。我的手同樣抖個不停。

「所以究竟是怎麼回事？」我問她，「死後的世界還有鬼魂之類的事？」我定期上教堂，我相信上帝，可是我對上帝、耶穌和天堂的理解，跟鬼魂可謂大相逕庭。

「我不知道。」她說，「我只是以爲我瘋了，事情全是我幻想出來的。」

她以爲那些事全是她的幻想？

「現在看來不是這樣，眞怪。」她喝了一口可可。

是啊，眞怪。我們安靜地坐了一會兒，發著抖。

「這就好像歷史眞的存在。」最後我說。

「歷史確實存在，不是嗎？」

「我爸爸可不是這麼看待，歷史只是政治手段。」凱蒂點點頭。「我是說，全世界對他而言都是政治操弄，但歷史確實存在，歷史不只是他的私人利器。妳可以畫出很多很棒的東西。」

「我只是納悶爲什麼是我。」她說，「還有爲什麼——我是說，我沒有畫出很棒的東西，我畫的是垂死之人。」

「妳不全然都是畫那些東西，妳畫了沃克。也許這當中有什麼原因。」

「那麼我希望原因可以中止。」她說，「或者有人可以告訴我原因是什麼。我告訴你，這眞的很苦。眞的很苦。」

我簡直無法設想。我想問她一件事，可是我不確定該不該問。這問題聽起來很自私，但其實沒有，不完全是。

「妳有辦法得知一些具體的事情嗎？我是說，妳可以問問沃克他的非洲眞名嗎？」我們並不知道。

她搖搖頭。「跟我說話的只有喬治和爸爸。」

「喬治．普金斯跟妳說話？」

「他跟妳說了什麼？」

這就好像跟華盛頓總統對話，或傑佛遜，或歷史，或松岸莊園的一磚一瓦。

「說了什麼？」她聳聳肩，「我們只是在閒聊。」

「聊什麼？」

「喔，狗啊，他的爺爺啊，之類的。」

「他認識湯馬士．普金斯。」雖然我跟她說了一大堆，說白人眼裡只有錢，但這個我非問不可，「喬治有說過關於普金斯遺產的事嗎？」

「普金斯遺產是什麼？」她問道。

「他有沒有說過？那是普金斯遺囑的一部分，很大一筆錢。」

「喬治有個裝有『寶物』的盒子，他說他必須看守的盒子。」凱蒂說。

我簡直說不出話來；我的舌頭發麻。

「他藏在地窖裡。」她說，「這就是他死的原因。他爲了那盒子回去的。他希望我去拿出來。」

「裝有寶物的盒子？松岸莊園裡有寶物？現在？還在裡面？」

「不可能是什麼重要的東西，我猜是石頭之類的。」

我聽見自己咯咯笑了起來，聲音乾澀又尖銳，那是一種隨時可能害我毀掉與任何女孩約會的噪音，但跟凱蒂在一起不會，現在不會。

「不是石頭，」我努力壓低聲音，以免那兩個俄羅斯女人在偷聽，「也不是玩具寶物。要看是什麼了，普金斯遺產牽涉到的金額大約有五千萬美金。」

凱蒂

書中的歷史人物不需要參加期末考，但我和洛需要。不管有沒有五千萬，這整件事停擺了好幾天。今天是聖誕節的最後一個星期五，也是考試的最後一天。我考代數，洛考拉丁文。洛肯定考得很好，但我寫得怎麼樣我根本沒注意。考完後，我和他約在破爛的地鐵站碰面。現在是中午時分，地鐵上沒有很多人，所以即使在平時繁忙的D線上，我們仍在遠離人群的角落裡找到位子坐。洛在背包裡東翻西找，拿出西伯格的書。

「我從我爸的辦公室偷了這個，上面有普金斯遺產的介紹。我不想說錯。」他快速翻閱書本，「好，在這裡。在普金斯快要過世前，他已經是美國最富有的人。他親自寫下遺囑，三分之二的財產分配給他的家族，而剩下的三分之一，他自己留下來，價值五十萬。內戰前的五十萬，現在保守估計大約五千萬。這就是所謂的普金斯遺產。」

「天啊，是給誰的？」

「問題就在這裡，沒人知道是給誰的，也不知道是什麼東西。他挑了五名受託人，私下交代他們一些指示。『這五人可以自由配置那筆財產，不須對任何人負責。』他讀道，『直到今天，那筆財產在哪裡，又是怎麼花掉的，仍不被世人所知。』」他砰一聲把書闔上。

「所以喬治負責看守？」我說，「喬治知道這筆遺產？」

我們兩人靜坐了一會兒，車廂經過芬威站，往隧道駛去。

「寫這本書的人用『花掉』這個詞，」我說著，指出這顯而易見的問題，「聽起來他們好像花掉了，沒有放進盒子裡。」

「西伯格雖然這麼寫，但他並不知道。連普金斯的家族也不知道，不然就是他們騙我爸說不知道。我爸以前是西伯格的研究生，他訪問過那些人。」

一份寶物？放在盒子裡？喬治希望我去救出來？

「西伯格認為是保險。」洛說，「當初普金斯就快死了，下一輩沒有人符合他的期望。妳也知道有錢人對金錢的態度。他們想把錢留給孩子，又擔心孩子們亂花。妳知道甘迺迪家族不留給孩子半毛錢嗎？財產通通放在同個地方；由家族保存，專業的財務管理師看管。」

「我很佩服你竟然知道這些事情。」

「我爸爸，哈佛大學。」

我壓根兒配不上他。

「西伯格認為普金斯遺產是某種投資，有長期價值的東西。」

「可是，洛，他們有可能就這樣把所有的錢放在地窖的盒子裡嗎？聽起來很不理智。我的意思是，就算想這麼做，難道盒子塞得進那麼多錢，甚至能讓喬治這樣的孩子扛得起來？」

這是我聊過最奇怪的話題。

「不可能是黃金，」洛想著想著大聲說出來，「至少不只是黃金。」

我們到達公園廣場站。外頭正下著傾盆大雨，附近的行人又推又擠，朝下城十字區前進，準備在最後一刻採買聖誕節禮物。有那麼一會兒，我慌了一下，心想：我還沒買禮物給媽媽，然後我才想起來，喔，媽媽。

我和洛共撐他的傘，走向議會大廈的方向。

我在洛的傘下，和洛在一起，挽著他的手臂。昨晚，洛伸出雙手，靜靜抱著我，直到我退出他才鬆開。我和媽媽以前經常擁抱。有爸爸媽媽、兄弟姊妹的人大概不會想那麼多，但在媽媽過世前，我和菲爾並沒有熟到可以像父女那樣互相擁抱，自那以後，擁抱就變得有點尷尬。雖然菲爾爲我煮飯，我爲他洗碗，我們也喜歡對方，但是能夠再次被擁抱的感覺眞好。

特別是給洛抱著。

「黃金，那是我第一個想法。」洛說，「可是純金若以當初一八五〇年代的價格換算，將近有一噸。」

「一噸黃金。」

「我算出來的。」

他算得出來。

「也許是珠寶，可是珠寶當時沒什麼價值。我讀過一篇故事，有個海盜收到一顆大鑽石，結果他把鑽石敲成許多小碎鑽，好讓自己擁有更多。」

我們來到波士頓公園的山頂，議會大廈的屋頂宛如一噸黃金，隱約出現在我們上方。

「洛？你知道你相信的這一切全是因爲一個鬼的片面之詞吧？你不該這麼做。」

「是啊，」洛說，「瘋了對吧。跟妳混太久。」

他微微一笑，彷彿在說笑。

「不過我已經大概知道普金斯遺產可能是什麼。」他說，「等等給妳看。」

我們走到燈塔街的盡頭，街道成了一條小巷弄，巷弄一邊有許多比鄰而居的商店，另一邊則是波士頓的老建築。「普金斯是個大慈善家，至少對白人而言。」他在一棟老式建築物面前停下來，「他協助創立了這個，波士頓圖書館。」

他替我扶著敞開的厚重大門，我走了進去。

於是，我們回到了湯馬士・普金斯的年代。

鐘滴答滴答數著往日的時光。淺綠色的牆上，波士頓已故的文人雅士在鍍金相框裡微笑。穿制服的老人要求我在訪客留名簿上登記，卻認出了洛。洛往詢問處走去，舉起西伯格的傳記對著一名圖書館員揮舞，館員頭戴天鵝絨髮帶，身穿披頭四年代的流行服飾。

「我打過電話，說想看看西蒙・玻利瓦（Simón Bolívar）。」他對她說。

西蒙・玻利瓦是誰，還是什麼東西，我不知道。隔著開放的玻璃門，我凝望走廊對面，看著一幅巨大的油畫。

傳記封面上的圖片很小，是紫黑色的。這裡的油畫則比真人還要大。喬治的爺爺，湯馬士・普金斯，是個臉色紅潤的老人。他慵懶地躺在金色錦緞沙發上，彷彿那是天堂寶座。中國花瓶、藝術作品和紙張散落在他的四周；他被奴隸買賣所得來的財物包圍。在他後方有扇窗戶，窗外除了朵朵白雲什麼也沒有，他就像在幾千英尺高的地方，躺在金色沙發上的世界之王。聖誕節前的星期五，這裡只剩湯馬士・普金斯、我、洛、圖書館員和看門老人，而普金斯爺爺是我們之中最有生氣的人。

他看起來跟喬治有些神似，不像奴隸商人。不過，我猜奴隸商人的長相就是像他這樣吧。我轉身離開他，走到波士頓其他重要人士的畫前，看他們在畫框裡詭異地微笑。我好奇當中有多少人也是奴隸商人。

圖書館員派一名警衛去取西蒙．玻利瓦。我們得等個幾分鐘。我探出窗外，看著一片古墳場，看著一排排歪斜的墓碑，如桌面般平坦的墳墓，及許多供桌。除了觀光客，我在墳場上沒看見任何人。然而，在房間正對面，坐在圖書館其中一個玻璃展示櫃上的，是個衣著老舊、眼神邪惡的男子。他用手指著我，並不懷好意地看著我。

我不理會他。

警衛拿著一個紅色皮革的小盒子走回來。「進我辦公室吧。」圖書館員說。

她的辦公室很小，到處淹滿紙張。她小心翼翼地把皮製盒子放上書桌，然後轉向我們。「湯馬士．普金斯是一位收藏家。想當然耳，他走遍世界各地，認識形形色色的人。你們知道他拜訪喬治．華盛頓的故事嗎？那天傍晚，華盛頓總統親自帶普金斯到他的房間，還爲他提蠟燭。普金斯感到榮幸萬分，一輩子保存著那根蠟燭。我相信那根蠟燭仍在其中一支家族手上。在往後日子裡，他還收藏了拉法葉侯爵❽的椅子和約翰．漢考克宅第的樓梯。當然，」圖書館員深吸一口氣，「他對硬幣特別情有獨鍾。」

❽ 拉法葉侯爵（Lafayette）：法國將軍、政治家，參與過美國獨立革命，與美洲殖民地人民共同抗擊英軍，使美國成爲一個獨立的國家。

她非常謹慎地拿起小盒子，彷彿雙手捧著一顆雞蛋。

「約翰・德弗羅將軍於一八四六年贈予湯馬士・普金斯。」

她打開盒子。

躺在深紅色天鵝絨的方格裡的，是一枚閃閃發亮的金幣。西蒙・玻利瓦。

我從沒見過這樣的顏色，不是紅色、銅色、銀色，而是金色。彷彿隨身攜帶的太陽。若是在大白天把金幣舉起來，所有人肯定會叩首崇拜。

「不能碰。」圖書館員警告道。

她讓我彎腰向前仔細觀看。色澤完美無瑕，可以鉅細靡遺看見西蒙那傢伙的側影，制服上的穗帶，頭上的根根髮絲。

「這個金幣全世界僅有六十枚。」圖書館員說，「湯馬士・普金斯對圖書館非常大方。」

「他收藏很多像這樣的硬幣。」洛說著，用餘光看著我。

我明白了。

如果他連這枚硬幣都送了出去，他留下的是什麼？

◆

我們離開圖書館後，走回燈塔街。

「所以說，喬治看守的是真正的寶物？」我的喬治？我喜歡喬治，但我不會選擇他看守金銀珠寶。

「凱蒂，如果普金斯把那樣的硬幣放在地窖，現在的價值肯定更高。普金斯遺產到底值多少，將會叫人不敢置信。」洛露出奇怪又拘謹的笑容。

「怎麼了？」

「來，」他說，「跟我過來一下。」

一會兒後，我知道我們要去哪裡了；我跟著他前往蕭上校紀念雕像，在那裡站了好一陣子，看著士兵群中的那名騎士。蕭上校是麻州第一支黑人兵團的白人上校。大部分的士兵戰死在遙遠南方的沙場上。沒有鬼魂在紀念碑徘徊。騎馬的人高高在上，就像飄浮在後方青銅天空中的天使一樣完美，而那些行軍中的士兵卻相當寫實。兩名鼓手拿著木棍敲打鼓面。留鬍子的中士噘著嘴唇，想著戰役。左邊的男子翻起帽簷，以便清楚看見他即將進攻的堡壘。他的臉永遠面對陽光。愁容滿面、有著直挺長鼻子的男子正在思念家人，思念著他再也見不到的孩子。我好奇雕刻家是不是看得見鬼，刻得如此栩栩如生。

「他們就是把那筆財富掙來的人。」洛對我說，「每次我想到普金斯遺產，我總覺得自己該想想他們。不過話說回來，天啊！我們可以找出普金斯的寶物。我可以找出發生了什麼事，拯救松岸莊園。太酷了。我覺得自己就像個傻孩子，無法思考。」

我知道。「我知道。」

紀念碑的底層，士兵們穿著靴子的雙腳穩步地從一頭邁向另一頭。這些士兵爲了所有人的自由，一步步向前進。第一次，看見即將赴死的人不讓我害怕。我好奇這是否就是藝術的目的，讓事情不那麼可怕。

「我請你喝咖啡吧。」最後我說。

這次，我付了錢。

蓄奴賠償。

洛

聖誕節前的週末，當一般家庭不需要為了歷史爭論不休時，都在做些什麼？

媽媽在聖誕節前的星期五聽到了消息：據說在二十七號，下個星期三，古蹟維護建築師，約翰．瓦特內，準備告知古蹟保存委員會松岸莊園已經無可挽救。瓦特內是該領域的頂尖人才，媽媽一下子大哭，一下子生氣。「波士頓政府只是想省錢。」等我從圖書館回家時，媽媽已經出門跟松岸莊園的主要支持者，休．麥迪生，商討策略，留我一個人和爸爸在一起。

他已經替我安排好所有的計畫。我買聖誕禮物了沒？買了，爸爸。我把禮物包好了沒？好了，爸爸。

那麼我就可以開始寫沃克獎的文章了，不是嗎？我把文章完成了嗎？有沒有至少寫出草稿了？難道我不知道截止日是十二月最後一天嗎？我明不明白時間有多趕？他什麼時候可以看看草稿？

我沒有告訴他，我之所以還沒完成文章的原因，是因為我根本還沒開始。我已經架好了松岸莊園的網站，手上有凱蒂那幾張喬治在火場的畫。巴比李替網站拍了一些影片。桃樂西．克拉克在波士頓環球報的網站上收集了有關松岸莊園的報導，我也匿名申請了網域。

網站的架構就如松岸莊園。雖然我並不清楚松岸莊園裡頭是什麼樣子，除非凱蒂可以幫我畫點東西，不過我猜測樓下是公共大廳，樓上是私人空間。我知道普金斯有間辦公室，在樓下的某個房間。這是每個房間都與歷史上某個片段連結的一棟房子。奧姆斯德的想法是把松岸莊園變成所有市民聚會的場所。普金斯家族，普金斯的慈善事業，普金斯的事業。這是一個舊概念：以前的人利用建築物把各種想法牽在一起；他們稱爲記憶之宮。

這個概念足以對抗約翰・瓦特內和他的盛名嗎？

雖然這只是又一個常見的抗議網站，但我該怎麼做才不會和爸爸發生衝突？沒了媽媽可吵嘴的爸爸，不是在籌備新書，就是在催促我；兩件事他都花了許多時間去做。於是星期六和星期天，我們聊著聖誕夜的計畫，而上教堂前、上教堂後，和上教堂之間的空檔，我坐在房裡盯著電腦螢幕和鍵盤，不敢著手開始做我想做的事。

關於沃克獎，我到底該寫什麼呢？

肯定要是松岸莊園，那片連我朋友都嘲笑的完美景色。

我坐在房裡玩電腦接龍，到第二人生裡逛了一下，然後瀏覽我做過的筆記，雖說我早有計畫。我抬頭看著凱蒂畫的沃克肖像，沉迷在書桌上方的牆面，想著我的網站。我想著湯馬士・普金斯、普金斯遺產，還有凱蒂。

我已經傳簡訊給凱蒂，告訴她在文章完成前我不能和她見面。我想知道她是怎麼度過聖誕節的，眞希望能和我一起度過。

蓄奴賠償。蓄奴賠償代表各式各樣的東西。海盜寶藏、西班牙銀圓、葡萄牙古金幣、黃金硬幣、葡萄牙貨幣；稀有的西蒙・玻利瓦金幣、拉法葉的椅子、漢考克的樓梯；獎學金、Brooks Brothers的西裝、經紀人、合約、成就；沃克獎。我們要蓄奴賠償，要東西，要堆在四周的財物，而不是我們的身分。從未擁有過房子的沃克從牆上低頭看著我。我用Google搜尋蕭上校紀念雕像，看那些士兵邁向死亡。不需要其他名字，說找沃克就行了，大家都知道我是誰。那些人無須蓄奴賠償；他們身心健康，不需要彌補。

我要松岸莊園。

我要松岸莊園。我要研究莊園，即使必須假裝是西班牙人也在所不惜。至於沃克獎，我要寫有關建築的文章，拋開討好爸爸的包袱。

松岸莊園，我打下，四個字就這樣出現。

我想要的聖誕禮物是松岸莊園，奧姆斯德的迎賓之處，每個人覺得自在的餐廳；我想要那棟位於蜿蜒小徑盡頭的房子，那棟現在應該屬於所有人的房子，大家可以坐在樹蔭底下，欣賞有兩百年悠久歷史的牙買加湖。我坐在松岸莊園裡，看起來有點像星巴克，有舒適的椅子和咖啡香。我和凱蒂坐在貴賓席上，爸和媽站在桌旁。媽媽很高興，因爲松岸莊園得救了。爸爸眨著眼睛，環視在場的其他人，黑人和白人，富人和窮人，中國人、越南人、愛爾蘭人和巴西人。他說了，**這也**不壞。頭一次，他同意媽媽的想法，同意我們的想法。我們望著窗外，我們所有的人，所有波士頓的市民，看著雪落下，看著群星在天空閃爍，宛如馬槽邊的羔羊般平靜。

我想我可以開心地接受自己。

關於松岸莊園，這就是我必須說的。

我想要的聖誕禮物是松岸莊園，得到的卻是一台任天堂的Wii，爸爸媽媽都囑咐我，在完成文章前連盒子也不准打開。我們整個下午和媽媽的雅痞哥哥以及他那白得發亮的家人度過。他們對待我和爸爸，好像我們是有趣的外星人。

二十五號的下午。爸爸提醒我，還剩下六天。我盯著空白螢幕睡著了，醒來時臉頰貼著桌面，都是口水。睡得香甜無比。

二十六號。心情沉悶，因爲不能玩Wii，加上生活無趣。還是沒文章。剩下五天。

二十六號的下午，我終於受不了了。我走去站在爸爸的辦公室門口，直到他寫字寫到一半抬頭看我。

「爸，我想跟你談談我的文章。」

他仍在腦海寫著他的東西，我認得出那心不在焉的表情。「洛倫斯，你知道這篇文章必須完全出自於自己的手。」

「好吧，那，我想跟你談談我的生活。」

我走進辦公室，在雪白的皮椅上坐下來。

「我不想寫蓄奴賠償。」我說，「我想寫房子。建築物。」

「房子。」爸爸說。他成功地讓這兩個字聽起來像在說這是我的兒子嗎？

「我想研究房子。」我口乾舌燥地說，「這就是我想要做的事，研究房子的歷史，也許親自蓋一棟建築物。還有，關於沃克獎，我想寫房子的文章。」

「你的意思是，」爸爸說，「你想要靠雙手工作？」

這個人說過自己沒有偏見。

「我不想成爲建築工人，爸。我是說，我是個歷史學家，像你和媽媽一樣。我對歷史有興趣。」爸爸不相信我，他看起來就像我說了：我剛剛從火星回來，證據？這裡是火星巧克力棒。

「爸，讓我解釋。你知道那個文藝復興的概念，記憶之宮吧？」

「記憶之宮是我告訴你的，洛倫斯。」

的確。爸爸所謂在車內閒聊的定義，是給我演講的訣竅。他從不放鬆。其他人會休息：去海邊玩、打高爾夫球、做完禮拜後、有時間，和別人一塊兒休息。而爸爸，從不。他永遠是教授，是民族之聲，是領袖。即使穿著睡衣，站在樓梯頂端說，「蘇珊，我找不到我的牙刷。」他的聲音仍擔著四百年來的不公而顫抖著。

從來不放鬆。

至少對我或媽媽是如此。

言歸正傳。記憶之宮。人利用這個概念發表演說。試想一個熟悉的建築物，然後把所需記憶和聯想的內容塡滿一個又一個房間，最後把建築物走一遍。假設你的建築物是一間星巴克：太小了，但你懂我的意思。序言，進門。第一點，排隊。第二點，點餐。第三點，付錢。第四點，等飲料。假設演講的主題是蓄奴賠償，進門時，就想像前門有一個黃金把手和一個人骨把手：「今天我要談論的是黃金和生命的價值。」隊伍可以是一排被鎖著的奴隸等等，諸如此類。

「爸，還記得我們下維吉尼亞州那次嗎？我去參觀了莊園。你知道嗎？那些房子讓我很震撼，它們是記憶之宮的相反面。」

「別說『你知道嗎』，洛倫斯。」

我繼續往下說。「莊園有點像記憶之宮，只是倒過來，是建來遺忘我們的。我們的族人被困在某個地方，在路旁、在後邊。奴隸宿舍設在花園盡頭，和存放工具是相同的地方。」莊園最讓我印象深刻的地方在哪裡？我們的族人幾乎全部住在莊園，做大部分的活兒，但房子卻是設計來讓我們消失的。「如果當初白人以不同思維看待我們，他們就會建一棟不同的房子，一棟讓我們眞正住在裡面的房子，現在的局面也會大不相同。」爸爸噘著嘴脣，「人的思想造就了建房子的方式；建房子的方式代表著人的思想。」

「這是你媽媽的工作。」

我不停繞著手指，接著鬆開出汗的雙手，放在膝蓋上。「爸，這些莊園都有圓柱聳立的前廊、寬敞的房間、圖書館和用來炫耀的房間。如果是我們的族人蓋一間大房子的話，中心會是廚房，招待客人、做事的地方。我就是想把這種概念放進建築中。我想要研究人和房子的關係。」研究松岸莊園、普金斯家族、奧姆斯德、奧姆斯德希望出現在餐廳裡的市民以及讓所有人賓至如歸的餐廳。

「人和房子的關係？那麼你跟我來。」爸爸說，「帶上你的外套。」

我們坐上車。爸爸認為他到哪裡都找得到停車位，即使在聖誕假期的波士頓市中心。他在路途中打了通電話——車內禁止使用手機的法律不適用於查爾斯．藍道．沃克——我們繞過聖誕燈閃爍的波士頓公園，開上喜悅街，再上燈塔山，開往非洲人會堂。

如果你是住在波士頓的黑人，非裔美國人歷史博物館就是家。那裡有展覽，有許多開幕儀式，有著名歷史學家的演講，還有手工餅乾，不是那種小得要命的白乾酪。小時候，等待爸爸結束演講時，那些餅乾讓我印象深刻。

最重要的，那裡有美國歷史上最珍貴的寶物之一，我們的記憶之宮：非洲人會堂。非洲人會堂像是黑人的法尼爾廳❾，黑人的獨立紀念館，美國最古老的非洲教堂，落成時是我們擁有最高大的建築物。在非洲人會堂的講壇上，大衛・沃克震驚了底下的教徒，弗雷德里克・道格拉斯❿和瑪麗亞・史都華⓫為我們發聲。在這裡，新英格蘭反奴隸制協會首次接納白人。而象徵著從蓄奴的南方通往自由的地下鐵路，更是貫穿非洲人會堂的地下室。非洲人會堂的大門外，曾經有許多人在此大排長龍，為了進第五十四兵團奉獻生命，為了和蕭上校生死存亡。

非洲人會堂需要六百萬整修。包括爸爸在內的修復委員會，至今已經籌得了兩百萬。

等我們在庭院違法停好車後，爸爸的朋友艾力克斯，非洲人會堂的公關已經抵達，打開會堂的工程燈。窗戶懸在我們上方，像模糊的天使。爸爸從副駕駛座前方的置物箱拿出手電筒，照著門上那一小塊平凡的白色花崗石。

獻卡圖・加德納，此建築物於一八〇六年的首位發起人。

「獻，」爸爸讀著說，「卡圖・加德納。」磚牆和石地迴盪著他那低沉的嗓音。

我也從車裡拿了一支手電筒，我們跟隨艾力克斯走過堆滿舊地板和新合板的地下室，走上了

❾ 法尼爾廳（Faneuil Hall）：美國波士頓的一座歷史建築，多人曾在此發表演講，宣傳脫離英國獨立，有時被稱為「自由的搖籃」。

❿ 弗雷德里克・道格拉斯（Frederick Douglass）：第一位在美國政府擔任美國外交使節的黑人。他主張廢奴，畢生爭取黑人權益。

⓫ 瑪麗亞・史都華（Maria Stewart）：一名社會改革者，是美國第一位做公開演講的黑人女性。

合板階梯。樓上冷得可以看見我們吐出的氣息，夜色黑得看不清東西。我聞到潮濕灰泥和粉塵的味道。高空中，我們聽見慌張的野生鴿子在屋頂下棲息著。爸爸不偏不倚走到地板上講壇的位置，在那裡，他的聲音有最好的回音。

「獻，」他說，「卡圖．加德納。誰是卡圖．加德納？是誰送給他這份禮物的？你知道嗎，洛倫斯？」我不必回答，他肯定會告訴我。「卡圖．加德納是個普通人。他周遭的人也是一群普通人。水手、理髮師、僕人、二手衣商人。我們的雙手沒有錢，卻是一雙值得自豪的手，可以貢獻禮物。」

爸爸將手電筒插進灰泥剝落的牆壁內。堆疊得凹凸不平的磚塊在搖搖晃晃。建起這棟建築物的是理髮師，是水手，是管家，不是砌磚工人。

「我們用勞動的雙手搭起這些磚塊。我們用普通的泥土貢獻了一份禮物，就和上帝形塑、創造全人類時所用的泥土一樣。我的兒子想研究知名建築家設計的建築物，白人百萬富翁的財產，那棟以竊來的血海建起的房子。看看現在的松岸莊園，殘破，焦黑，準備拆除。再看看這一棟，我們的非洲人會堂，看看這強壯的地基。我們將再次靠雙手貢獻美國這份禮物。」

爸爸看著我，我猜他期望我會跳起來，然後說，沒錯！沒錯！爲什麼我之前沒想到呢！我得寫爲非洲人會堂募款的事情！

爸爸看著我。

艾力克斯看著我。

我看著磚牆和地板。

「一份禮物。」爸爸輕輕地說，「我們擁有什麼?不是財產，不是性命，也不是今天，不是已經奪得自由的今天。我們沒有百萬富翁，沒有權力。唯一擁有的權力是貢獻的能力。」

該死，爸爸口才眞好。無論我做什麼，永遠不可能比他說話在行。「如果沒有百萬富翁，爲什麼你要他們的錢?」我爲了激怒他這麼問。我從他身邊走開，仔細觀察非洲人會堂的一磚一瓦，用手戳磚塊，拿手電筒照來照去，用步子測量會議廳的尺寸，彷彿我就是建築歷史學家。我不理會可憐的艾力克斯。他緊張地站在原地，在寒風中顫抖，看著我和爸爸冷戰。

最後，我們離開了。

我站在車子旁邊，等待爸爸開鎖，他卻開始朝喜悅街走去，難過地搖著頭，僅回頭一次確認我有沒有跟上他。想當然耳，他準備去蕭上校紀念雕像那裡。他走下山，在腦中想著措詞時，我在後方猶豫不決，後來他站在那兒欣賞雕像，我才姍姍趕上他。

他是個身材魁梧的男人，天氣很冷，他耐得比我久，最後我的鼻子完全失去感覺，必須把雙手塞到腋下才能感覺到我的十指。

「爸，寫房子是我的想法，我相信房子。」

「洛倫斯，你相信的是像松岸莊園那樣的房子。」

「我也相信非洲人會堂。我相信各式各樣的建築物，爸。我相信所有建築物都很重要。」我的牙齒不停打顫，說出來的話不如預期有說服力。

爸爸拿起手電筒照著雕像，照在士兵們的臉上。我想起我和凱蒂在這裡的時光，要是跟爸爸說話可以像跟凱蒂說話一樣輕鬆就好了。

「洛倫斯，」爸爸說，「這座紀念雕像上的士兵，你知道他們的名字嗎？」他將燈光掃過行軍中的士兵，以及騎在馬上的白人上校。

「羅伯特・古爾德・蕭。」我聽話地說，「其他的我不知道。我猜他們只是模型。」

爸爸把燈光聚焦在馬旁邊那名留鬍子的士兵上。「威廉・哈維・卡尼中士。」他說，「在華格納堡的突襲戰中，當掌旗的軍官被射殺時，是卡尼中士救了那面旗子，第五十四兵團的旗子，為國捐軀士兵們的旗子。為此，他獲頒國會榮譽勳章，第一位獲得這項榮耀的黑人。那面旗子目前掛在議會大廈。而你不知道他的名字？」

我還沒有冷得沒察覺到發燙的臉頰。

「我們無足輕重。」爸爸說，「永遠不要忘記這點。洛倫斯，你覺得我們眞有可能因為多年來的勞役而得到賠償嗎？」

「不，」我喃喃地說，「先生。」

「白人擁有這個國家，毫無疑問。他們權大勢大。他們稱這個為蕭上校紀念雕像，不是卡尼中士紀念雕像。而我們相信他們。我們相信他們，洛倫斯，因為我們懂得不多。我們相信是因為他們教過我們低頭屈服，不得直視他們的雙眼。我們讓他們定義我們，因為他們教我們不要定義自己。但每當有人挺身而出，」爸爸說，「每當我挺身而出，每當我說『你們錯了，我的靈魂不屬於你們，我的價值不屬於你們。』那麼，我就不再是無足輕重的隱形人，我的靈魂就不是白人創造的靈魂，我的靈魂和我的雙手就是我自己的，我就有能力貢獻。這就是我這輩子不斷貢獻的禮物，我會一直給，直到嚥下最後一口氣。為卡圖・加德納，為西皮奧・道爾頓，為賽勒斯・瓦薩爾，爲卡尼中士，爲大衛．沃克、瑪麗亞．史都華、弗雷德里克．道格拉斯、索傑納．特魯斯，爲曾經挺身而出的男男女女。你給了什麼禮物，洛倫斯？你能貢獻什麼？」

爸，爲什麼你要讓我感覺如此渺小？

「你很冷，」我那觀察入微的爸爸說，「我們去喝點咖啡。然後我會告訴你有關松岸莊園和普金斯家族的事。一個有關禮物的故事，一份邪惡的禮物。你聽過普金斯遺產嗎？」

◆

我們沒有去哈佛校友會。我們到Dunkin' Donuts買咖啡，然後坐在車裡喝，車子停在奧爾斯頓的停車場。這是爸爸表達他要告訴我的事有多重要的方式。他要說的話，即使讓汽車內裝沾上咖啡漬也值得。

我滿腦子想的都是，**他知道我們的寶物**。他大概正在計畫把普金斯遺產納爲蓄奴賠償的索賠項目。

「這是爲了我的新書。我知道你不會對任何人說什麼。」

爸爸要我簽署一份保密協定。

「在內戰爆發前夕，」爸爸說，「我相信美國曾打算恢復合法進口奴隸。」

「什麼？」

這是爆炸性的消息。如果是聽彼魯奇老師講課的人，可能不知道這件事，但應該知道才好。

美國一直到內戰爆發，才廢除奴隸制度，不過在五十年前，美國已經完成一件偉大的事：禁止進口黑奴。傑佛遜總統可能仍有他的親生兒子[12]，我們仍是奴隸，但是奴隸船將不復見。黑奴可能仍死於糖料種植園，卻不再死於大西洋中央航線（Middle Passage）途中。

「美國本來打算恢復奴隸買賣？」

如果爸爸說得對，他將在整個美國歷史投下一枚震撼彈。他大概在我的臉上看見像這樣的表情，所以冷笑了一下。我父親會很樂意投下那枚炸彈的。

南方怎認爲聯邦政府會同意再次合法進口奴隸？大多數文明國家，一旦禁止交易，就再也不會恢復進口。再也不會。文明國家不這麼做。

誰說美國是文明國家了？

希望永遠都是，老天啊。

「有人認爲他們可以這麼做嗎？誰？」

「誰？」爸爸說，「想想一八五〇年代的那段歷史，簡直是鞏固奴隸制度的集體行動。一八五〇年，逃奴法案（Fugitive Slave Act）：聯邦官員必須協助追捕奴隸。光靠白人的一句話，黑人就有可能被抓起來。一八五四年：奴隸制度獲准引進美國其他領土。一八五七年：最高法院聲明我們是財產。我們的族人，無論是奴隸還是自由之身，永遠不能成爲公民，永遠不能上法院提出訴訟，即使爲了我們個人的自由。永遠不能。

「想想這帶來什麼影響，洛倫斯。奴隸制度可以引進新的領土，擴張奴隸制度是可以接受的，這將帶來極大的致富機會！而且不僅僅是南方受益。來自南方的棉花途經紐約，運到北方的棉花廠。棉花需要採收，那些廣闊的新領土需要有人栽種。奴隸從哪裡來？我們的人數不足，白人需要更多黑人。」

我想起維吉尼亞州的那些托兒所，想起孩子們用豬飼料槽餵食。可是比起買下成年人，養小孩要花較長的時間。非洲仍有一大堆人。

「一八五八年，」爸爸說，「有艘船，流浪者號，靠北方資金的部分資助，開往非洲買奴隸，然後公然、公然進口美國。『貨物』會被沒收，沒錯。『物主』會被起訴，當然。但這個議題將帶上法院，而最高法院大多數的法官是南方人。最高法院難道會裁決一個人的財產不是他自己的嗎？

「計畫成功了，法院判物主的所有罪狀均不成立。大家慫恿他去競選喬治亞州的州長。州長，洛倫斯。」

「最高法院？」掌握最高法院等於掌握了法律，「最高法院會這麼做？」

「一八五九年，有艘雙桅縱帆船，克羅蒂爾德號，進口了一批非洲人。一百六十個男男女女和小孩成功進口，並分送給『物主們』。船長威廉・佛斯特說，他跟幾位『北方紳士』打賭說他有辦法進口黑人而不被抓住。」

打賭大概指的是北方人給了他錢這麼做。

「洛倫斯，你聽起來覺得怎麼樣？」

⑫ 據傳傑佛遜總統曾與黑人女奴相戀生下一子，當戀情被媒體披露後，在保守勢力的壓抑下，傑佛遜總統的親生兒子被迫離開母親，而傑佛遜總統居然不僅無法保護自己的親生兒子，還必須保持沉默。

聽起來像是有心要恢復交易。南方的奴隸商人，北方的錢；北方人的錢倚靠南方的棉花。

我想起了普金斯的棉花廠。

「湯馬士．普金斯是個奴隸商人，」爸爸說，「我相信他一直都是。」

「他曾經是奴隸商人，爸，但那是好多年前的事了。」

「別相信西伯格。西伯格幫他漂白了。直到交易禁止的最後一刻前，普金斯都是個奴隸商人。即使到今天，今天的這個下午都是。他是罪不可赦。」爸爸把咖啡放入杯架，雙手停在方向盤上，用力握緊。「他做過太多道德敗壞的事情，他甚至不敢去懺悔。你明白嗎，洛倫斯？如果他想懺悔，他就得先面對自己。」

「普金斯做了什麼？」

「我相信他不只買賣奴隸，更進一步蓄奴。他臨死前，設立了一筆五千萬的信託，一項大型的商業投資，好在他死後繼續運行。受託人以他的姪子為代表，艾迪．普金斯。關於普金斯遺產的所有相關行動，都以最高機密處理。秘密投資，秘密管理。」

這就是我一直在尋找的？我用力嚥了口口水；我的喉嚨乾澀。「普金斯遺產就是打算恢復奴隸交易？送船到非洲做奴隸買賣？」

「有什麼合法生意得讓他私底下偷偷進行？有什麼其他生意的報酬如此優渥？想想那龐大的利潤，用五十塊在奴隸海岸⑬買一個人，到了這裡卻可以賣上好幾百塊。」

「以及一個機會，洛倫斯，奴役我們一輩子的機會。」

「我們的鮮血買下了松岸莊園。我們的鮮血建造了松岸莊園。」爸爸用手指激動地戳著方向盤，「湯馬士・普金斯曾經靠著買賣我們的肉體賺錢。我認爲他——」

「可是——」

可是什麼？可是爸爸，有個鬼說寶物仍在裡面。

殺了我算了。

爸爸載我們回家，我上樓寫我的沃克獎文章，全在幾個小時內就寫完了。我寫了非洲人會堂的主題。我對非洲人會堂並不反感。那是一篇好文章。我從爸爸那裡擷取了一些話。我寫進卡尼中士，我談到禮物和英雄，結尾我呼籲了募款的事。我請求聽眾送卡圖・加德納一份禮物，我可以聽見支票簿沙沙作響的聲音。我把文章讀了一遍，稍做修改，按照要求存成PDF檔，然後趁我改變主意以前用電子郵件寄了出去。

至少完成了。

接著，我坐在床邊，凝視著爸爸媽媽現在允許我玩的Wii。玩玩具，我眞是他媽的酷，這大概就是我唯一擅長的。我做了爸爸希望我去做的事，不，不只是這樣：他希望自己去做的事。他想贏得沃克獎。現在他將美夢成眞。雖然我不會談論蓄奴賠償，他會因此失望，但是金恩博士紀念日到來的那天，查爾斯・沃克的兒子將在講台上面重複著查爾斯・沃克的想法。

無論我得貢獻的是什麼禮物，都不在那篇文章裡。

我要松岸莊園。

⓭ 奴隸海岸（Slave Coast）：即今西非貝寧灣沃爾特河與尼日爾河之間的海岸，此區爲16至19世紀非洲奴隸貿易中心。

我要知道松岸莊園背後的故事。

我要知道湯馬士・普金斯到底做了什麼。

我要成爲自己的主人，而不是我爸爸模糊的影子。

我的手機響起，我伸手到口袋裡。「凱蒂？」

「洛？我們可以到什麼地方碰個面嗎？現在？我眞的需要跟你說說話。」

「發生什麼事了？」

凱蒂在電話的另一頭幾乎在啜泣。「鬼。」

凱蒂

聖誕節肯定很沉重。洛消失去陪他的家人，寫他的文章。我想像他們一家人團聚在一起，坐在餐桌前，桌上擺滿媽媽煮的菜，還有許多有名的客人，比我更適合出現在他們家。

與此同時，菲爾告訴我，我們將和露西・羅森一起共進聖誕節晚餐。露西・羅森，同情心過剩的女士。

我指出顯而易見的問題。「她是猶太人，菲爾。」

「那就當作是假日聚餐吧。」菲爾說，「露西，呃，她想爲我們做菜。」

去年媽媽才剛剛過世，我們叫了中國菜外賣。我送菲爾一本書，他送我iTunes禮物卡。其實，我們兩個想要的只有她。我們好想好想她，幾乎全身無力。今年也不會太有趣，話雖這麼說，聖誕節仍是家庭團聚日。露西・羅森可以改天再爲我們做菜。

「凱蒂。」菲爾說。

啦啦啦，我不想聽。

他在餐桌旁坐下來，抬頭看我。我不想看見他那副德性，懇求的模樣，懊悔的表情，因爲菲爾不喜歡強人所難。他從不曾爲難我，從不曾要求我任何事。

「她想爲我們煮一桌眞正的家庭晚餐。」他說。

「她不是我們家的一份子。」

「坐下，凱蒂。」菲爾說。

我在餐桌旁坐下。媽媽和菲爾結婚前，她把餐桌漆成黃色，桌邊漆成綠色。顏色很活潑，現在需要再漆一次。我用手指摸過桌邊，心想我應該趁聖誕節期間漆一漆。

「凱蒂，」菲爾說，「妳知道我們是一家人，我們兩個，妳和我。任何事都不會改變這個事實。」

「你說任何事是什麼意思？」

「我最近跟露西聊了很多。我會永遠愛著妳的母親，永遠思念她，而妳是我的女兒。不過露西最近一直在幫助我——」他嚥了口口水，「——學會釋懷。」

爲什麼他想要學會釋懷？媽媽過世才剛過一年。

「她是什麼，你的心理醫生嗎？」

「凱蒂，」菲爾說，「她是我的朋友。」

「你們在交往什麼的嗎？」

菲爾不發一語。

我可以想見那個場景，放在教師休息室的咖啡杯。他們總是一起吃中餐。

「我希望妳和露西可以……」菲爾不知道該怎麼說，「喜歡對方。」

「我和她合不來。」我知道她的所有故事，就好像她已經死了。「我敢說她一直在照顧癱瘓的母親，還是什麼臥病在床的親戚，然後現在她大概三十五歲，若是等到她母親過世，她就永遠結不了婚。於是她和你在休息室喝著即溶咖啡，你們一起吃著三明治，這就是她所能得到最親密的男女關係，」我吞下了這也是你所能得到最親密的關係，因爲你得照顧亡妻的小孩這句話。「她爲我擔心，把我當作她從未擁有過的女兒，她也永遠得不到。菲爾，你眞是個大傻瓜，我已經有母親了，我不打算忘記她，所以去死吧，你們兩個。我猜她爲你做了一個咖啡杯，上面還有你的名字。」這實在是可悲至極。

不，最可悲的是，我根本不是菲爾的小孩，他卻照顧著我。或許菲爾不如我所料想的那麼可悲。

「不是她的母親，」菲爾說。我從未聽過他的聲音如此嚴肅，乾澀又沙啞。「是她的丈夫。自從我認識她開始，自從我和你媽媽認識他們夫妻倆開始，卡爾就已經生命垂危。他去年春天過世了。我和露西一直是朋友。天曉得，凱蒂，我愛妳的母親。我永遠無法忘記失去她的痛。但這件事，我需要妳的諒解。」

我沒有再聽下去；我甩門回到房間，抓起枕頭，用力壓住我的口鼻，倒不是因爲我打算用枕頭悶死自己，而是因爲我想尖叫，或開始大哭，或是做什麼出乎我意料的事。

幾分鐘過後，菲爾敲敲我的房門。「凱蒂，」他隔著門說，「拜託妳，對她友善點。」

我不是他的小孩。自從媽媽死後，我倆假裝是一家人這件事一直很詭異，而現在，討人厭的露西．羅森決定菲爾會是個很好的第二任丈夫。

這就是她的目的。

過了幾分鐘，我聽見菲爾拖著腳步離開。

「爲了他，妳做得到，」爸爸說，「別對他太嚴苛，好嗎？」

我拿枕頭蓋住耳朵，但鬼魂的聲音可以穿透枕頭。

「男人都有需要，就連菲爾也是。」

眞是噁心。爸，他會娶她，然後她會坐在我旁邊，看著我說，『告訴我妳的心情。』我覺得簡直無處可逃。

「她想和妳做朋友。」

我有權決定誰是我的朋友。說得好像我有朋友似的，不過也許除了洛以外。

「就像他說的，對她友善點吧。妳做得到的，孩子。」

我可以對她好，我還可以把鉛筆插進眼睛。再過三年我就十八歲，到時候我就可以搬出去。

「妳還記得，」爸爸溫柔地說，「我跟妳說過，或許妳得幫那個鬼做點什麼嗎？那個喬治？可是親愛的，無論妳做什麼，對他都不會有太大的影響。不過對活人做點什麼，幫助就大得多了。」

走開，我對爸爸說完，翻身盯著牆壁，直到我確定他已經離開。

◆

聖誕節前夕的早晨，菲爾和露西・羅森外出採買。他像個孩子般引頸期盼，臉上滿是傻笑，因爲他準備和女朋友一起去買馬鈴薯。

所以我現在在這裡，獨自洗衣打掃。我們和比爾太太共用的洗衣機和烘乾機放在地下室，這表示我得拿著髒衣服到樓下去。當我從前門看出去時，看見一條繩子的末端，那男的又吊在樓梯間了。

討厭。

沒人可以把我從我的生活中救出去，沒人可以成爲我的母親。菲爾將再婚，我的生活是我自己的，我痛恨我的生活。

我隔著大門看向灑滿陽光的走廊和扭曲的繩子，那是一條普通的白色棉繩，在樓梯平台上的大柱子繞了兩圈。我好奇如果我割斷繩子，讓那個鬼從痛苦之中解脫，會發生什麼事。

眞的有用嗎？眞的會改變什麼嗎？就像如果我和洛幫喬治拿出松岸莊園的寶物盒的話？

我準備送我自己一份聖誕節禮物。趁我還沒多想什麼之前，我已經站在走廊拿著廚房的切肉大刀，割了起來。

那條鬼繩子說在那裡也不在那裡，感覺就像小時候幻想烤了一塊蛋糕，切成好幾塊分送給假想好友們那樣，只有微乎其微的阻力，甚至可以說，在我一刀刀愼重地割繩子時，只有感受到刀柄那輕微的顫動，不過重點在於將繩子視爲眞的存在。

就在這時，繩子不見了，消失了，咻一聲飛走了，彷彿落下時被屍體帶走。

我站起來，把手放在樓梯扶手上。「好了，」我大聲地說，但願樓下的比爾太太今天耳朵特別不靈光，「不管你是誰，你現在都得離開了。我不知道爲什麼你想嚇我，但這樣是不對的。你不想後人只記得你是上吊自殺的傢伙吧，你肯定不只如此。」我往下看，樓下的走廊空無一物；沒人躺在地上。我想起從屋頂跳下去的那個女人，以及我畫過的所有人，「你們所有人，通通給我離開。我再也不想面對這種事。我只是個高中生，而且我從來不曾邀請你們過來，你們不能就這樣恣意進入我的腦中，不把我當一回事。從現在開始，我有權說話。」

整棟房子寂靜無聲。走廊上、陽光下、我的腦中，寂靜無聲。

「我不想看見任何鬼。」我想了一下，「除非你是來幫助我的。」或者你是我愛的人。媽媽。爸爸。「或是我必須幫助你。」如果我要幫助喬治，我需要看見他。「但就這樣，明白嗎？」

安靜，非常安靜。走廊上每個漆黑角落沒有沙沙作響的聲音。沒有發紫的臉或懸在空中的雙腳。通往地下室的那扇門後，沒有可怕的刮擦聲。

感覺彷彿我做了什麼重要的事。

我走下樓。仍然沒有人攤開四肢躺在地上。

我整個早晨上樓下樓洗衣服，但樓梯間除了我，沒有別人。我掃樓梯，拂去扶手上的灰塵。

如果媽媽在這裡，我倆會把紙彩帶上上下下纏滿樓梯扶手。

過了一會兒，我下樓到地下室的倉庫，找出一箱聖誕樹吊飾。我拿出褪色的舊紙彩帶，裡裡外外纏在扶手上。紙彩帶已經泛黃，看起來就像鬧鬼的屋子在過聖誕節，不過，仍然多了點媽媽在這裡的感覺。

沒有其他人在這裡。

我不覺得有鬼纏著我。

這就是正常的感覺嗎？

我喜歡。

◆

我想確認我不是完全看不見鬼，於是當菲爾和露西回來後，菲爾笑著告訴我整個家眞是乾淨整潔，意思是謝謝妳款待露西，我就隨便應付了幾句，然後出門往松岸莊園走去。

喬治正站在牙買加湖附近的小徑旁，在一群拔著枯草的加拿大雁之中。牠們看不見他。記下來：雁看不見鬼。聰明的雁。牠們對我嘎嘎叫，然後一搖一擺地離開了。

「哈囉！」喬治說。

「嘿，喬治。」在聖誕節前夕寒冷的星期六下午，這裡除了我們以外，沒有半個人。我可以問他寶物的事，不必擔心有人偷聽或覺得我很奇怪。

「喬治，那個盒子——你知道裡面裝了什麼嗎？」

「文件，」喬治說，「還有一些東西。」

「什麼樣的東西？」

「我不知道。」喬治搖搖頭，彷彿一隻把水甩乾的小狗。「盒子上了鎖。」

「你從來沒有打開過？」

沒有。喬治一直看守著盒子，卻不知道裡面裝了什麼。

「你難道不好奇嗎？」

他心虛地點點頭。

「你說不定可以看到裡面。畢竟，你可是鬼。」

喬治想了一下。「很黑。」他最後這麼說。

難道他不能射出幽靈光之類的——？算了。

「盒子重嗎？」

「喔，很重。」

「但你一個人拿得動？」

喬治點點頭。「火災發生時，我正打算把盒子帶出來。那時我已經長大。」

「長大。」我茫然地說。

「我幾乎是大人了。」喬治耐心解釋，「我這麼大了。」他舉起右手的五根手指，總共舉了一次、兩次、三次、四次，然後再舉起他的左手，四根胖嘟嘟的小孩手指，大拇指摺進手心。「再一年，我本來又會回到這隻手，一隻手最多就這麼多數字，然後再重來一遍。」

喬治死的時候二十四歲，一個成年人。

又一件我可以加進鬼界如何運作的清單。鬼未必停留在當初死亡的年紀。不過這回答了一個問題。要是一個二十四歲的人搬得動那個盒子，我和洛也可以。

「你對數字很在行，喬治。」對一個唐氏症的孩子而言，他真的很不錯。

「爺爺教我自己數數。」

我很好奇湯馬士・普金斯是什麼樣子。奴隸商人、海盜、慈善家。他教喬治事情。我喜歡這點。在過去，大家通常直接放棄唐氏症的孩子。

「喬治，爺爺有沒有告訴過你寶物是做什麼用的？」

「是給他們的。」喬治說。

「他們是誰？」

「其他人。」喬治降低音量，「我們不談論的人。」

「什麼其他人？」

喬治給我一個別傻了的表情。「我們不談論他們。」

喬治有他的規矩，我不打算違背。

「可是——那些人，我是說，那些人可以得到盒子裡的東西嗎？他們是……活人嗎？」

喬治搖搖頭。「盒子是給他們的。」他說。

我一頭霧水。

「妳可以看進盒子裡面。」喬治說，「我可以給妳看盒子在哪裡，現在。」

天色漸漸變暗，附近沒有半個人。我只聽得見樹葉的沙沙聲：沒有半個人，沒有半輛車。連雁群都很安靜。

盒子在地窖……我知道在恐怖電影裡，女孩走進地窖時會發生什麼事。

話雖如此，哇，可以知道寶物在哪裡，還可以知道是什麼？現在？

「你等一下。」我拿出手機，傳簡訊給洛。*準備和喬治進松岸莊園看寶物，在地窖裡。*

至少這樣，他就知道該去哪裡找屍體了。

「那是燈籠嗎？」喬治問道，看著我手中發光的手機。

「算是吧。」我把手機放進口袋，取下腳踏車燈放進另一個口袋。我有那種搖了會發光的手電筒；我搖一搖，示範給喬治看，然後同樣帶在身上。

喬治帶路走上陡峭且雜草叢生的花崗岩樓梯。他往上飄，不把樓梯當回事，而我滑了一跤，狼狽地往上攀爬。湖泊後方的天空被日落染得一塊粉一塊藍，但草地上的路燈早已亮起。群樹將房子籠罩得漆黑一片。真是進鬼屋的好時機，我好傻。

喬治已經到了鐵網的另一邊。我把運動鞋的鞋頭塞進黃色塑膠鐵網那過小的網孔，然後開始把自己往上拉。我覺得好像在爬一面窗簾。自身的重量開始慢慢把鞋子拖出網孔外。我趕緊抓住膝蓋之間的一塊尖銳塑膠，用力將自己拉上去，接著往前一撲，透過鐵網低頭看著地面。我爬得真高，最好別摔下去。

以後上體育課得專心點了。

我在頂端向前傾，像隻魚啪啦啪啦地越過另一邊，然後重重跌在地上。希望有人在屋內留下一把大刀，可以割斷塑膠鐵網的那種。

喬治彎腰看著我，一臉擔憂。「凱蒂？」

「我沒事。」我的手臂感覺就像被吊起來嚴刑拷打了整個週末。

門被木板封死了。我討厭這樣。在沒了屋頂的磚造門廊下方，老舊的大門是一片巨大合板，上面塗滿亂糟糟的塗鴉。那片合板已經在這裡好幾年了，今晚也不例外，除非我的口袋帶了工具，譬如說，鐵撬之類的，但我的口袋空空如也。

「喬治，還有其他入口嗎？」

喬治在門邊看看我，再看看大門。我好奇他看到了什麼。

我把腳踏車燈拿高，照上松岸莊園的磚牆。二樓的窗戶已經全部掉落，完全開放，像個黑洞。二樓，真可怕。

但願洛在這裡，男生對這種事比較在行，男生可以在建築物表面攀爬。看看蜘蛛人。看看喬治，他可以直接飄上去呢。

這裡有一棵樹。

一棵高大的老橡樹，靠近房子旁邊。理論上，人可以爬樹。不過我需要一條繩子；樹幹對我而言太粗了，根本無法環抱，旁枝又太高。

我需要的是五年嚴格的忍術訓練。

或是小一點的樹，讓我的雙腿可以纏住的東西……

像是門廊的柱子。

地板以花崗岩和磚塊鋪成；磚造柱子高高升起，撐住殘破的門廊屋頂。磚塊很好，有很多縫隙可以抓。如果爬上柱子，就可以慢慢爬到屋頂邊緣。門廊下方有磚造的弧形結構支撐著。磚塊很堅固。

磚塊很堅固，當然了。

我選定柱子，抱住，開始像隻毛毛蟲往上爬，拱起、滑動、再抱住，一邊用鞋底牢牢夾著柱子。距離屋頂還有十二英尺、還有八英尺，然後——我抓住屋頂邊緣，成功爬了上去，毫髮無傷。我的外套被鉤住，我聽見衣服被撕破的聲音。

我坐在屋頂邊緣。在我腳下十四英尺的地方，是門廊的花崗岩地板。我坐在不知什麼陡峭的地方，用屁股保持平衡，然後一點一點地朝牆壁挪過去。我不會晃動，我不會摔下去死掉。

終於，我到了，倚靠在松岸莊園的牆邊。我成功了。

天氣嚴寒，有點起風，但松岸莊園仍然溫暖，像一隻巨大的磚造動物。月亮漸漸升起。我可以看見尖屋頂高聳在我面前。那些白色磚塊，有名的陶土磚，在窗邊剝落。我謹慎地站起來，在樑柱上保持平衡，接著抓住窗台。尖銳的小碎磚刺進我的手心。我可以感覺到房子所承受的磚塊重量。這裡絲毫說不上是廢墟。我站穩一隻腳，小心翼翼舉起另一隻腳，輕輕地跨進屋內——

「妳在做什麼？」

一張兇神惡煞的蒼白臉蛋在屋內燃成一團火球，我聞到燒焦的木頭味和腐爛的臭味。

我激動得放聲尖叫，往後一跳。*有鬼*，嗯。我回頭，沿著門廊屋頂走到一半，雙手雙腳全是碎磚，才發現從窗戶透出的火光是露營燈，而那張臉是一個男人的臉。

喬治，你本來可以先提醒我的。想當然耳，我哪裡都找不到喬治。找不到，什麼也沒有，消失了。

「有人住在這裡！妳小心點！」男子拿起露營燈。他是個老人，戴著破爛的毛帽，穿著油膩的外套，那件外套大概在雷根還是總統時就沒洗過。「喂！不准抽菸，這裡是麻州！這裡有壞人，妳不會想知道的！不准進來！去搭紅線地鐵！不，先生！喂！」他探出頭，不懷好意地說，「想進來嗎，孩子？我有東西要給妳看。」

「喔，天啊，謝謝。」我喃喃說著，沿著橫樑慢慢往後退。擦傷的手心刺痛不已，噢、噢、噢，做了那麼多都白做了。

「給我點零錢！」老人在我身後大喊，「我得回莫爾登市！」

幸好爬下柱子比爬上去簡單得多，而那個瘋子老人肯定是找到了通過鐵網的方法；我發現他是從鐵網一處底下鑽進去的，於是也從那裡溜了出去，努力不去想他的外套。那件外套髒得可怕，看起來彷彿自己會獵食。

我騎腳踏車回家，一路上車燈忽明忽滅，搖擺不定，接著我趁晚餐前，花了一個小時用別針挑掉雙手的碎磚。沒頭沒腦的菲爾忙著查閱火雞的食譜根本沒有注意。我主動說要做南瓜派，這表示菲爾必須再跑一趟雜貨店去買材料。我沒去設想他可能會在停車場被車撞，把我獨自留給這位同情心過剩的女士。趁他離開之際，我把髒衣服拿去洗。我的粉紅色帆布鞋再也洗不乾淨了。

然後，我打了通電話。

「喂，波士頓警局嗎？今天下午我去牙買加湖，有個瘋子朝我走來……他沒做什麼，可是我眞的眞的很害怕，你知道嗎？我想他住在那棟廢棄的房子裡。」

每年聖誕節前夕，警察會把遊民逮捕起來，爲的是讓他們有地方取暖，好好吃上一頓。湯姆．梅尼諾治理的波士頓總算還是有些作爲。

◆

爲什麼我要說做派？

等我統治世界，南瓜將成爲違法食物。我本來的計畫是，從頭開始做個南瓜派，讓菲爾大受感動，以至於沒注意到我討厭露西。

你有沒有試過用南瓜做派？

如此巨大的南瓜讓人以爲裡頭充滿了果肉，但其實全是籽和橘色纖維。我和菲爾把南瓜切一半，拿起廚房的大湯匙，開始不停地刮啊刮，最後弄得整間廚房都是黏糊糊的籽和橘色纖維，大概只剩一杯眞正的南瓜果肉。接下來，該要烘烤南瓜，打成泥，用雞蛋、牛奶等東西做卡士達，再倒進餅皮烘烤。

餅皮就更別提了。

最後到了聖誕夜晚上七點左右，我做出了這個黑色餅皮加上灰嘛嘛的東西，像是提姆·波頓小時候在幼稚園會做出來的作品。我和菲爾跑出去，到唯一一家還沒關門的雜貨店，買了南瓜罐頭、冷凍餅皮，以及更多的雞蛋、牛奶和肉桂。大約到了晚上九點半，我們終於吃著我的成品。管他的。這仍是南瓜派。聖誕夜快樂。聖誕節快樂。

南瓜派事件過後，聖誕節本身並不算太糟糕。露西同樣不會煮菜。我們吃了冷凍四季豆、冷凍南瓜泥和微波加熱的速成馬鈴薯泥，奇蹟的是，火雞嚐起來有火雞的味道。我包裝一幅漂亮的畫給露西，至少用亮晶晶的緞帶纏了起來。她送菲爾一條男用圍巾，而我，她也送了圍巾。這條圍巾實在不是我的風格，絲質的，很花俏，六〇年代的復古風，不過我倒挺喜歡，因爲圖案枝繁葉茂，讓我想起了松岸莊園。圖案是她親手畫的。不意外。不過不叫人討厭，我差點對自己那討厭手工物品的心態感到抱歉。她還給了我素描本，我希望能夠畫滿許多平凡的漂亮圖畫。我，沒有被鬼纏身的平凡女孩。

南瓜派大受歡迎，爾後我們坐在一塊兒看老電影。一切都很順利，直到今晚快要結束的時候，菲爾提議明天他想去布魯明黛百貨公司，因爲我們的聖誕吊飾有點糟糕（是眞的），問我們兩個是不是也想一起去。

我不知道該怎麼說，這太不像菲爾的爲人了。他對逛街的看法像這樣：每年他希望可以收到一個箱子，裡面裝有法蘭絨襯衫、燈芯絨褲子和棉襪，然後外箱寫上穿這些，他就會照做。

這是爲了讓我和露西有機會相處的招數，就我們女孩子。

不過……布魯明黛的吊飾。

國小的時候，我和我的朋友派特去了布魯明黛的特惠慶。裡面有許多漂亮的玩意兒，也有許多很奇怪的東西，像是寫著祝好運的玻璃醬瓜，還有玻璃桃子和銀製壽司。我買了玻璃醬瓜給媽媽。媽媽從來不在乎閃亮亮的聖誕節；她喜歡的是爆米花球、紙彩帶和嬉皮之類的東西。但是她很愛那個玻璃醬瓜。那東西不會讓我觸景傷情，所以我留了下來。現在醬瓜掛在我的書桌上方。

祝好運。最好是。

但我知道爸爸會說什麼，別對菲爾太嚴苛，於是隔天一大早，我們起床來到百貨公司的二樓。菲爾東晃西晃慢慢走遠，就像我預期那樣，留下我和露西單獨在一起。

「妳有聖誕樹嗎？」我問道，「身爲猶太人？」

「我丈夫是猶太人。」露西．羅森說，「不守律法的那種。我則是對什麼事都很叛逆。」

我不想聽她丈夫的事情。我今天已經戴了圍巾，她送我的那條。我們只需要這麼親密就夠了。

露西．羅森拿起一個僞裝成軍人的聖誕老人。

「這樣實在不安。」我必須承認。

「卡爾是軍人。」她說，「像妳父親一樣。他恨死部隊了。」無論我想不想聽，她都打算繼續談論他。「他去學了阿拉伯語，說是爲了公平。」她微微一笑，彷彿講了個笑話。不是對我說。「他相信公平正義。他因爲戰場上噴灑的不明物而得到癌症，但他仍然相信。」

她把聖誕老人放下，嘴巴微微緊閉。我知道那個表情，於是我離開去看胡桃鉗。

關於露西．羅森，我知道一件事。她也許喜歡菲爾，但她深愛著那個卡爾。

「妳父親對於戰爭是怎麼想的？」她問我。

「戰爭把他害死了，所以我猜他大概很氣吧。」我和爸爸不談論戰爭。

「我想的確是戰爭把他害死的。」露西．羅森說。

「我記得他是在坦克車裡被炸死的。媽媽從來不跟我多說。」露西．羅森給了我一個奇怪的表情，我猜是我的語氣太過平靜；她的丈夫今年才剛過世。「那已經是很久以前的事了。」

眼前有一面掛滿吊飾的架子，其中一個吊飾引起我了的目光。在一大堆金光閃閃的吊飾之中，它相當簡單：一個透明的玻璃球。球裡飄著的，是一根羽毛，一根小小的白色羽毛，彷彿天使身上掉下來似的。我拿起來，左看右看，實在看不出來羽毛是怎麼懸在那裡的。

這會是我選給媽媽的吊飾。

「最漂亮就是這個了。」露西．羅森走到我旁邊說。

「是啊，不是嗎？我好奇那根羽毛怎麼會懸在那裡？」

她看著吊飾，仍有些淚眼婆娑。「生命就像風中的羽毛。」她說著，彷彿在引用什麼話，

「卡爾快不行的時候，我不斷對自己說，我可以做什麼？我可以幫什麼忙讓他輕鬆點？他很痛苦。有一天，我在洗碗時，打破一個杯子，地板全是碎片，我卻什麼也不能做，事情就這樣發生了，我沒辦法控制，任何事都沒辦法控制。沒什麼是公平的，凱蒂。無論是發生在妳爸爸媽媽還是卡爾身上的事都不公平，我們卻什麼也不能做。」她聳聳肩，「是什麼讓羽毛懸在半空中？我但願我知道。」

我不需要說教。

「告訴我妳是怎麼讓情況好轉的？」她說。

畫別人死掉的慘狀。「我沒有。」

我們周圍的柱子是鏡子，鏡子映出了我們的模樣。一個中年女子和穿身黑衣的小女孩。女孩手中拿著內有羽毛的球，脖子上圍著一條怎麼看也不像她媽媽會買給她的圍巾。露西．羅森的眼角有皺紋，長髮漸漸灰白，她卻仍不知道該怎麼過自己的人生。露西．羅森，妳不會想從我這裡得到建議的。

「畫畫。」她說，回答自己的問題，「出去喝咖啡。一些小事。聖誕吊飾，派，強力膠黏性超強的秘密。」她在裝滿吊飾的箱子裡小心翻找著，「這個，」她說著，拿起一個彎月琉璃吊飾，「如果其他人看到了卻被我搶先一步發現並不公平。喔，凱蒂，我知道我和菲爾在一起對妳或安妮不公平。這可能是件好事，但永遠不會公平。」

她沒有看著我。我透過鏡子看著她。我想我有辦法和她交談。她也覺得這個世界很糟，我們會有共同話題可聊。

但我不想和她說話，怎麼也不想。

「或是這個。」她說，「妳覺得怎麼樣？不，我想還是月亮好了。」

◆

我打算把羽毛吊飾送給喬治。第二天，我小心翼翼地把吊飾裝進舊鞋盒裡，包起來帶去松岸莊園。

我希望洛陪我去，坐他的車去，最好是他爸爸或媽媽的車，再帶上大梯子。我希望由他爬進去，我站在外面扶著梯子。可是洛沒有接電話。至少這次是明亮的早晨。我曾經成功爬上那個門廊，我可以再做一次。

我把鞋盒留在地上，裝在網狀購物袋裡，我用一條細繩綁住購物袋的把手，另一端則繫在我的腰間。我爬上柱子，站在門廊的橫樑上，對著屋內大喊哈囉、哈囉。沒有回應；那個流浪漢想必還在牢裡吃著火雞大餐。時機正好，我把鞋盒往上拉。

屋內地板看起來已經腐壞，灰灰的，像厚紙板。我跨過龜裂的磚造窗台，把鞋盒放到地上，然後翻過身，一腳先著地，再來是另一腳，肚子仍貼在窗台上，以免整個地板坍塌。所幸，地板撐得住我的重量，於是我小心翼翼地移動身體，直到最後只剩下雙手扶著窗台。

我進了松岸莊園。

我四處看了看，我站在佈滿灰塵的廢棄大房間，挑高的房間聞起來有塵埃、灰泥和流浪老人的味道。房間一角堆滿了他的東西：睡袋、幾個裝著罐頭的塑膠水果籃和一盒麥片。壁爐殘留他生過的火。壁爐上方掛著黑了一半的鏡子。陳列僅只如此。門半開著。透過門縫，我看見了燒毀的屋頂。

「喬治？」我對著一片寂靜輕聲說。

「我在這裡。」他在我身後說，就像恐怖電影裡那樣。

「你可以不要這樣嗎？」

「妳來了。」他說。

我想起來我應該傳簡訊給洛，告訴他我在哪裡，但已經太遲。我摸摸口袋，發現我連手機也沒帶。手機放在書桌上，充著電。

我來了，我不會輕易離開。

「我給你帶了一樣東西，聖誕節禮物。」

「聖誕節了嗎？聖誕快樂！」喬治說，「謝謝妳，凱蒂！」

鬼是怎麼慶祝聖誕節的？我把盒子拿出來給他，這才發現出了個問題。

「我幫你打開。」

我拆開包裝紙，喬治在一旁觀看。另一件死後無法再做的事：拆開禮物的包裝紙。我把裝有羽毛的玻璃球拿到窗台旁邊的燈光下。

「喔。」喬治說，「是鵝的羽毛，凱蒂！羽毛！鵝身上的羽毛！」

他伸出雙手，渴望想要拿在手心。我把玻璃球放上他的雙手，球直接從掌心掉落，連羽毛都沒有驚動。幸好我及時接住。

「沒關係。」喬治說著，臉上露出當初狗狗離開公園時的表情，「沒關係，凱蒂。」

「不，等一下，我們可以這麼做。」

我拱起雙手，把玻璃球捧在手心。「現在到我的對面，也把雙手拱起來。你做得到嗎？」

他伸出雙手，用他的冰冷小手捧住我的雙手，接著，他的雙手如霧一般透進我的雙手。

陽光照得我眼花。房間多了更多光線，很溫暖。玻璃窗在地毯上映著斑駁的陽光，嶄新的鏡子被光線照得閃閃發亮，壁爐裡的木柴劈啪作響。走廊上，我聽見有人說話的聲音。

喬治抽走雙手。在這棟寒冷的破房子裡，我和他望著彼此。

「我的房子看起來像那樣？」他說，「好髒。」

喬治，你的房子看起來像那樣？美極了。

他正經地看著我，再次伸出雙手。捧著玻璃球的我們，雙手合而為一。

我們在一個舒適的房間裡，此時正值春季，首先令我驚嘆的是陽光，從內有泡泡的玻璃窗透了進來。泡泡讓映在地板上的光線像許多小小放大鏡。這個房間是老人的臥室，不是喬治的，聞起來有老人和菸草的味道。牆壁貼著條紋壁紙，掛著用金相框裱起的人物側影畫。

這是相機發明前的時代。

是當年。

「這是你爺爺的房間嗎？」

喬治點頭。

我稍微環顧四周。躺在那張床上、蓋著藍色羊毛棉被的男人，記得美國獨立戰爭。

而且他還買賣奴隸。四柱床旁邊的小床頭櫃上放的那副眼鏡，是奴隸商人的眼鏡。在牆邊靠著的，是一個有著玻璃櫥窗的大櫥櫃。

收藏家的櫥櫃。

「看看裡面有什麼。」

我緊緊握著喬治的手，一起透過玻璃櫥窗觀賞湯馬士．普金斯的寶物。象牙雕像，舊勳章，佈滿珠寶、看起來很昂貴的小盒子。在一幅喬治．華盛頓的版畫上面，有一節白色蠟燭，想必是華盛頓給他的蠟燭了，看起來仍像新的一樣。

而就在這兒，在蠟燭旁邊的是：西蒙．玻利瓦，那枚金幣。

爺爺連西蒙．玻利瓦都送出去了，他會把什麼放進寶盒呢？

但願不是那根蠟燭。

通往走廊的門半開半掩著。

「喬治，我們去找你爺爺的盒子吧。」

我們把門打開，走進陽光普照的莊園走廊上。

我第一眼看見的，是好多好多的畫作，滿滿高掛在牆壁上。然後是一張小桌子，一只色彩繽紛色彩的時鐘。天花板從我們頭上一路延伸到屋頂。屋頂的灰泥純白、堅固，沒有被燒過的痕跡。

洛想要松岸莊園的畫。洛，我可以爲你而畫。

在樓梯的轉角處，藍白相間的花瓶插滿了牡丹花，花香四溢。我撫摸著平滑的全新蜜色鑲板。樓下的大廳裡，高禮帽在帽架上閃閃發亮，拐杖像香蒲自中國瓷罈升起。廚房有人正在烤麵包。我可以聞到新鮮的青草香。有人曾烤過麵包，有人曾前來拜訪。一百五十年前，草坪一片綠意盎然；但這一切對我而言，就是現在。

又不完全是現在。我可以看見樓梯扶手的每一彎、每一拐，時鐘上每個色彩鮮豔的動物，但是時鐘正面的數字模糊不清，金相框內的畫像迷濛一片。

這是喬治的松岸莊園，喬治所感受到的松岸莊園。爺爺的房子，喬治的愛。這是洛對我描述過的房子，更是奧姆斯德希望保留爲公園一部分的地方。

「帶我去看盒子在哪裡，喬治。」

和喬治保持接觸很困難。我們一會兒牽手，一會兒鬆手。我走過花地毯，走過滿地落葉的破地板。我穿過一扇變形的門，把門砰地一聲打開，松岸莊園裡像一座露天的穀倉，又黑又冷。在陽光和煦的走廊上，我和喬治看見陽光底下的塵土飛揚。

「那是通往地窖的門。」喬治說。

一扇低矮又漆黑的門，就在樓梯下方。自從我告訴自己我不會再見到鬼後，這是第一次感到害怕。我不想下地窖，感覺很毛。

話雖如此，我還是把手放上了銅製的喇叭鎖，從喬治身邊離開。暗綠色的門慢慢消失，扭曲變形，浮出亂七八糟的塗鴉。我在黑暗中抓住喬治，於是又看見那扇門。他轉開門鎖，用力一拉。

「鎖住了。」

在他的時空裡，門是上鎖的。在我的時空裡，有人過來這裡用釘子封住了。不久前的事，釘子看起來還是新的。

有人找到寶物了嗎？「盒子還在下面嗎？」

「是啊，凱蒂。我看得很緊。」

「喬治，我打不開這扇門。我得帶些工具過來。」

還有洛，很多明亮的燈，以及驅魔師和衝鋒槍。

喬治正在看著我的後方，看著大廳放有高禮帽的桌子。「我敢肯定我有辦法給妳看看盒子裡裝了什麼。」他說。

「什麼？怎麼做？」

「爺爺叫我保護盒子的安全時，我看見盒子裡放了什麼。」

但那是好久以前的事了——

對我和喬治而言，好久以前就是現在。

「給我看看。」我把手放上他冰冷的嬌小肩膀，像個被引導的盲人跟他一起往前走。

我們四周的牆壁起了變化，燈光也從暖色調變成了冷色調。我聞到新油漆的刺鼻味。普金斯年老時，洛跟我說過，重新改建了他的房子。

各位，一個男人的聲音說。

我和喬治在一間辦公室裡。現在時間是晚上。房間看起來像老式的起居室或圖書館，不過油漆和油漆刷仍放在牆角的罩布上，就在剛鑿開的新門旁邊。房間正中央有一張深色大書桌，桌面是綠色皮革。有人站在書桌旁，是一個白色長髮的老人。他回頭，看著房間的各個角落，彷彿感覺到我們的存在。我忍住了尖叫的衝動。他的側臉，在波士頓圖書館畫中沒有露出的那一側，佈滿紅色陰影。

我正在看著湯馬士・普金斯。

湯馬士・普金斯將那張佈有胎記的臉轉向他的賓客，四名老人和一名留著黑鬍子的年輕人正在角落的櫥櫃替自己斟酒。他們猶豫不決地相互對視，就像是在出其不意的地方碰見彼此。戴帽子的年輕人坐在爐火邊；帽子壓得低低的遮住他的臉。我和喬治蹲在壁爐旁的綠色皮椅後面。我的兩頰可以感覺到爐火的熱度。我可以聞到威士忌的酒氣。

佔據房間三方的書架上擺滿各式各樣的書籍。除了門邊的牆壁外，綠色牆面掛滿了畫，一路延伸到天花板。掛在壁爐上方的是我認識的畫，在幾千英尺高的地方，躺在金色沙發上的世界之王。富有又完美的湯馬士・普金斯，把胎記藏在畫的另一邊不讓人看見。

而孤零零擱在桌上的，是一個盒子，一個木製盒子，大小宛如孩童的棺材，被漆成黑色，佈滿鐵條。

我看了喬治一眼。喬治點點頭。

湯馬士・普金斯伸出手，年輕人隨即替他送上酒杯，站到他的身後。

「各位。」湯馬士・普金斯舉起酒杯，紅酒在他泛紅的臉上映著紅色陰影。「我將賜你們美國和吾等祖先的自由。」這是政客在削減學校預算前常說的話。我等著聽他的意思是什麼，不過其他的鬼似乎明白。他們舉起酒杯。

「那是艾迪叔叔。」喬治說著，指向站在湯馬士・普金斯旁邊的男子。艾迪・普金斯留著深色的大鬍子，還有一口亂牙。

「各位，請坐。」湯馬士・普金斯放下酒杯。每一位老人各有一張椅子，與鍍金椅子差可比擬。你可以從他們的坐姿看出他們有多重要，雙腳張開，佔據著房間。其中最胖頭髮也最花白的男子看著他的椅子，彷彿想要甩掉雙腳的重量，卻沒有坐下來；他緊張地舔著嘴唇。戴帽子的年輕人在爐火旁的位置，遮著臉。艾迪・普金斯，喬治的艾迪叔叔，則站在他父親後面。

「各位，你們能夠來到這裡是我的榮幸。」湯馬士・普金斯說，「我已經向各位一一開門見山談過了。你們每個人都不知道對話背後的目的，現在也依然不知情。我很清楚你們的原則。現在我們聚集在一起，請看看你們的朋友，各位，然後決定你們是否準備好賭上你們的財富、名譽和性命。我可以保證事態必然會發展至此。」

胖男子緊張地搖著頭。

「我打算對你們發出邀請。萬一你們在深思熟慮後，覺得無法背棄原則接受這份邀請，就假定這只是晚餐邀約，任何人都有可能不加思索地接受。若是簡單婉拒，各位，我必會繼續與你們歡聚席間，不說二話；在我走後，我的姪子艾迪也將如此，只因我是你們之中最懦弱的人；我老了，我們今日實現的偉業必須在我死後持續做下去。」

他在害怕什麼？他又在做什麼？看來不只是把黃金放進盒子裡那麼簡單。普金斯遺產到底是什麼？

湯馬士・普金斯從口袋拿出一把鑰匙，打開書桌中間的抽屜。從抽屜裡，他拿出四張摺起來的白紙，每張都用紅色的蠟給封著。艾迪．普金斯接過來，繞過書桌遞給每位老人。「先生。」艾迪．普金斯對每個人說。他們點點頭，各拿了一張。其中兩位老人用口袋裡的小刀撥開封蠟。另外兩位則用他們的十指。四位老人稍稍轉身背對其他人，讀了起來。

我得看看紙上寫了什麼，但願不會像時鐘上的數字一樣模糊。「喬治。」我對信件點了點頭。

「這是偷窺。」喬治低聲說。

「沒錯，就是偷窺。」我低聲回應，「快啊，喬治，拜託。」

他沒動，我也不敢動，不然我什麼也看不見。

「喬治。」艾迪．普金斯說，「在椅子後面的是你嗎？出來吧，孩子。」

四位老人和那個年輕人直視我們，直視著我和喬治。

「快到這裡來，喬治小子。」湯馬士．普金斯說，「別怕。」

他們望著我們，不過只看得見喬治。我只是一道影子，眼角不經意看見的東西，鬼魂。喬治往前挪動，我抓住他的手肘。

我們被幾個男子給包圍。湯馬士．普金斯、艾迪．普金斯和四名老人。那個年輕人仍然躲在爐火旁邊遮著臉。我聞到羊毛西裝和香菸的味道，還有壁爐飄來的煙味。而在壁爐後面，我聞到了那些男子的恐懼，聞到泥土和松岸莊園的腐敗氣味，味道非常微弱。

「喬治。」普金斯爺爺說，口氣有點大聲，有點開心過頭，「我要跟你分享一個秘密。裝在這個盒子裡的，是一份寶物，你的艾迪叔叔會負責保管，我也要交給你保管。你和他要一起看守這份寶物，善加利用，然後發揚光大。但是我們必須私底下偷偷進行，你明白嗎，喬治？」

「這男孩是個傻瓜。」那緊張兮兮的男子說。

「他很順從，而且從不失職；況且，誰會想到他是守護秘密的人？喬治。」湯馬士·普金斯說著，站起來，從書桌後方一拐一拐地走出來。他慢慢地跪下，呼吸沉重，來到我和喬治的高度。「你要保管這個盒子，你要好好看守，要是有任何人來尋找盒子，你就告訴我，或告訴艾迪叔叔。你得保護盒子的安全。」

「你的意思是會有暴民來放火把你燒出來。」胖男子說，「普金斯，現在沒時間冒險。我們在觸法，甚至更糟。」

「非這麼做不可。」湯馬士·普金斯說。

最年長的老人點點頭。「我也這麼認為，湯馬士，我接受你的邀請。」

「我不接受。」胖男子說，「各位，我先告辭了。還有，先生，」他對戴帽子的男人補充說，「你不該偷偷參與這種瘋狂的想法。」

在我看來，胖男子只是漸漸淡出了。其他人目送他離去。在一片沉默下，我聽見普金斯街上的汽車喇叭聲。

最高的男子走到書桌旁，在他的那封信底下草草畫了幾條線，然後揮筆簽下名字。他把信交給湯馬士·普金斯，穿過了我，輕輕抖了一下。「沒事，起雞皮疙瘩。」他說，「湯馬士，把這個放進保險箱。」艾迪·普金斯拿過信件，打開盒蓋，謹慎地放了進去。

我和洛就要去讀那封信了。

「喬治，孩子，如果有人前來燒掉這棟房子，好好保護這張紙。我會讓我的兒子們知道我爲什麼參與如此瘋狂的行徑。」

「我以聖經發誓，」喬治說，「我會保管這個盒子，讓盒子安全無虞。」

第二個男子不發一語簽下名字，接著坐下來，交叉雙臂，彷彿很冷似的。

「就以聖經爲誓。」第三個男子說，「各位，我們正在觸犯叛國罪，還可能引發戰爭，對我而言，我是很高興的。就像這男孩說的，我們必須以聖經發誓，我們所有人和這男孩，你說怎麼樣，湯馬士？」

喬治伸出手，離開了我。他們緩緩消失，我獨自待在一間廢棄的房子裡。

「喬治！犯叛國罪？他們在說些什麼？」

我在暗中向前摸索，想要再次牽住喬治。書桌就在這裡；他上哪兒去了？有那麼一會兒，我以爲自己找到他了。現在又變得冰冷的房間剛剛突然溫暖起來，被鬼火燒得發燙；後來我又弄丟了，彷彿剛剛穿過沙灘上的暖流，又走進寒冷。

然後走進椎心刺骨的寒冷，然後又冷又熱，最後烈焰騰騰。

我可以看見喬治和那群男人。湯馬士．普金斯拿著一本厚重的精裝書。喬治和所有人，連同戴帽子的年輕人在內，伸手放在書上，發著那害死喬治的誓言。第一次，我看見戴帽年輕人的長相。他很面熟，但我不知道在哪裡見過他。

所有人都發了誓，只剩湯馬士．普金斯的嘴巴不停動著，把聖經當作救生圈一樣緊緊抱住。火光像紅色螃蟹在他的臉上跳動。艾迪．普金斯的手伸進書桌，拿出許多叮噹作響的皮囊，然後一個接一個放進盒子裡。「一些啓動基金。日後我們會希望你們貢獻更多資金和指教。」他再拿出許多盒子，把裝了珍貴物品的皮盒子蓋上，最後小心翼翼地放到皮囊上。

我眼前的正是普金斯遺產。

然而，那些老人和金銀財寶對我來說都只是鬼魂。現在老人們在說話，我卻聽不懂他們在說什麼。他們開始變得朦朧，被一片黑暗籠罩，但他們沒有發現；有一股凝重氣氛。我只能看見老人和艾迪・普金斯和喬治，可是我感覺自己好像處在人群之中。那股凝重氣氛，是他們的渴望和恨意。他們好恨、好恨、好恨，就像我好恨殺死我媽媽的人。

湯馬士・普金斯也看見了他們。他緊緊抱住聖經，長了胎記的那張臉直直盯著他們。「那些人」，那些永遠不會原諒他的人。

就在這時候，那些人把目光轉到我的身上。

洛

「我看見他們了，洛。」凱蒂說，「他們也看見我了。他們知道我可以看見他們。」

我開車去接她時，她在普金斯街附近的樓梯底部，不停發抖。我們坐在漆黑的車內，車子就停在松岸莊園下方的停車場裡。凱蒂自擋風玻璃向外張望，望著一千碼外的地方。

「他們是誰？」

她用雙手遮住眼睛。我伸出一隻手抱住她，緊緊抱住她，把暖氣開到最大。但其實我很害怕，我怕她。

「我並不是眞的可以看見他們，」她說，「你懂嗎？就好像從餘光看見什麼東西那樣？即使我努力去看，也很勉強──只是──我不敢看。」她的聲音在顫抖，「我眞的很害怕，可是他們希望我去看。」

她看見了普金斯遺產和湯馬士．普金斯。普金斯遺產眞的存在，由鬼魂看守著。

「喬治說有其他人，」她說，「但他不該談論他們。我想他看不見他們，但我看得見。」

她轉身面對我，半邊臉上映著微光，另一半暗掩著黑色陰影。

「幫幫我。」她低聲說。

我該怎麼做？

「那些──？」我用力吞下一口口水，「那些鬼是誰？」

「他們很黑，可能是黑人，可是很黑。就像外面那樣，漆黑一片。」停車場沒有燈光。我們的氣息讓車窗模糊，結霜。車窗外可能潛伏任何東西。「我往黑暗看去，有東西從黑暗中跑出來……他們有味道，不好聞。洛，帶我到有光的地方。我不能看，我不想看。再看，我就得把他們畫下來了。」

◆

爸媽都出門了，房子只剩下我們兩人。媽媽的維多利亞式壁爐有個煤氣爐；我帶凱蒂到媽媽的辦公室，把煤氣爐開到最大，打開所有的燈。凱蒂的黑色瞳孔繞了一圈細細的綠色。

「他們不可能眞的傷害妳。」我說，「他們沒有傷害妳，對吧？」

「他們不需要傷害我。」她勉強開口說話，「我已經被嚇得夠慘了。」

是，好吧。

「他們想要那個盒子，想要盒子裡的某樣東西。不是黃金或珠寶，不僅僅是黃金或珠寶，而是別的東西。」她轉身看著我，「這點我知道。」

「什麼東西？」

「或許是……解答。負責看管普金斯遺產的人，他們爲什麼這麼做的原因，他們做了什麼。湯馬士．普金斯讓每個朋友簽了一張紙，紙全部放進了盒子裡。他們談到了自由、叛國罪、暗中參與，還有拿財富做賭注，但我不知道他們說的是什麼意思。可能都寫在那些信裡。他們也在那裡，那些人，默默看著。洛，」她說，「你可以拉上窗簾嗎？」

她從我旁邊看出去，看進窗外的黑夜。我站起來，拉上媽媽的沉重窗簾。窗簾布滑過那張寫著拯救松岸莊園的海報。

「我不知道他們是誰。」她說。

我轉身看見她正抬頭看著我，又看向我的後方，臉上帶著當初畫沃克的那個神情，彷彿置身另一個世界，站在月光下的十字路口。

很黑的人。黑人，有臭味的人，彷彿他們一直擠在船艙裡。

我知道他們是誰。喔，我的天啊，我知道。

「我猜，」我開口說，「不對，我知道普金斯遺產是做什麼用的了。」

我和她坐在媽媽的沙發上，面對壁爐。我抱著她給她溫暖，也給自己溫暖，一邊跟她說爸爸的理論。流浪者號，克羅蒂爾德號，北方資本家和南方人企圖要恢復奴隸買賣的陰謀。

「奴隸？他們計畫買奴隸？」她說。

爸爸說這事的時候，一切只是歷史，現在卻出現在我的生活當中。凱蒂可以看見窗外的奴隸。「不只是買賣，凱蒂。他們計畫從非洲進口奴隸，重新發起這項貿易。」

她搖搖頭。「喬治的爺爺要他發誓保守這個秘密？」她說，「喬治是因為這個而死的嗎？」

我希望凱蒂為我看見舊房子，把她當照相機一樣對準東西，是啊，但我希望可以控制照相機看見的東西。

我想知道湯馬士·普金斯到底做了什麼。

不，我不想知道。

「要是讓他們如願以償，」我告訴她，「我爸爸現在仍會是個奴隸，而不是哈佛教授。」而我可能根本不存在。

「湯馬士・普金斯在喬治旁邊跪下，說那是一份寶物。」凱蒂說，「他說是寶物，而他害死了我的喬治。讓我告訴你，」她說，「湯馬士・普金斯拿著聖經站在那裡，很大一本。他把聖經貼在胸膛，彷彿希望聖經可以救贖他。他也知道他們在那裡，至少他感覺得到，他知道沒什麼救得了他了。這點我很清楚。洛，我們必須把盒子拿出來，把他的所作所為公諸於世。」

我不想和爸爸一樣，變成憤世嫉俗的黑人。我不想一輩子嚷嚷著奴隸制度和著奴賠償。可是——

「沒錯。」我說，「沒錯，我們得這麼做。」

◆

媽媽有約翰・瓦特內手邊關於松岸莊園屋內的平面圖和照片。約翰・瓦特內給了她一份，好說服她房子已經不可挽救。她什麼都有了：約翰・瓦特內對松岸莊園的調查報告、照片和立視圖。我在媽媽的電腦裡到處搜索，希望可以弄清楚盒子在地窖的什麼地方。

凱蒂在松岸莊園裡的行為把我嚇壞了。她指著二樓的窗戶，「我就是從那裡進去的。」她說。我簡直無法想像她竟然可以成功爬進去，沒把自己給害死。

「妳越過屋頂進去的？是喬治給妳的主意嗎？凱蒂，妳有從那些樓梯下來嗎？」

凱蒂看著松岸莊園照片裡的門廊，彷彿在看另一棟房子。「我沒有仔細看。第一次去的時候那裡很黑，樓梯上有欄杆。」她困惑地說著，用手一指，「就在那裡。」

「現在沒有了。」樓梯看起來隨時會從牆邊垮下。她進的是哪間房子？

凱蒂所謂湯馬士．普金斯的辦公室位於一樓，裡面有個精美的大煙囪，兩個書架圍住一扇窗戶。在約翰．瓦特內的照片中，地板堆滿天花板掉下來的灰泥，深至腳踝，剩下的灰泥懸在木板條上搖搖欲墜。

「看起來完全不像這樣。」凱蒂說。凱蒂的運動鞋沾滿塵土，但她身處的是另一棟房子。

「我沒瘋。」她說。她大概在我臉上看見了什麼表情。

辦公室是所有房間裡最安全的一間。一樓到處都是牆壁和天花板剝落下來的灰泥。許多牆面都不見了。地板堆滿了泥土和落葉，不然就是腐朽得佈滿粉塵。所有東西都被黑煙和焦炭汙染了。

「那就是我看見的門。」凱蒂說，「通往地窖的那個。」在約翰．瓦特內的照片裡，門是打開的，門板搖搖欲墜，「可是現在有木板擋在那裡。他把地窖的門釘死了，又或者是其他人做的。」

「喔，該死，凱蒂。」

我們接下來開始看地窖的照片。

我不怕舊房子。但「不怕」和「不怕是傻子」之間有很大的差別。松岸莊園的地窖是典型的危險場所。約翰．瓦特內這些地窖的照片不會幫我們找到寶物的藏身處，因為他只拍了三張，全是在地窖樓梯底層拍的，然後他大概以最快速度跳起來跑回樓上。好消息是通往地窖的樓梯受到花崗岩地基的保護，看起來幾乎完好無缺。地基很堅固，是巨大的花崗岩石塊。但是房子的其他地方呢？從地窖可以看見上方灰泥剝落後的外露結構。整個一樓，包括橫樑、地面等，全部向下傾斜，只靠著一根生鏽的鋼筋水泥圓柱支撐。牆邊有根磚造柱子，我猜是辦公室那個大煙囪的底部。柱子底層有個拱形凹室，我猜是用來存放木柴的，而凹室上的弧形結構大概是讓煙囪保持直立的唯一力量。下層柱子的磚塊因爲水災，已經被侵蝕了一大半，只要一不小心，煙囪就會倒塌。靠近煙囪的地板橫樑是十乘十的橡木。橫樑燒得焦黑，平衡在大樑上，如果有隻狗走過去，肯定垮入地窖。

每根橡木橫樑重達好幾百磅。

要在地窖找東西，唯一安全的方法就是突破屋頂，用挖土機從上方摧毀整個內部，把那些橫樑一一挑出。或是派一群時薪十塊、願意冒險的傢伙。

「凱蒂，我們不能這麼做。」

凱蒂只是看著我，一臉懇求。顯然，有人做得到；她可以，她做得到。我該跟她說什麼？抱歉，凱蒂，妳終究還是瘋了，只有瘋子願意冒這樣的險？

「我明白，但是這個地方非常危險。凱蒂，我媽媽是個建築師。我很想當個男子漢，放手一搏，我也知道我們必須找出盒子裡裝了什麼，但我沒說笑，如果我進去了，她會把我禁足一輩子。」

「我們就這樣把盒子留在裡面？」

她的雙眼睜得老大，一副被背叛的模樣。

「不，不是，我們會想到辦法的。跟我說更多有關那盒子的事，把妳知道的一切都告訴我。」

◆

她不知道盒子在哪裡，只知道在地窖。凱蒂形容盒子的模樣，我猜是水手用的儲物盒，盒外的黑色不是漆上去的，而是焦油，纏著鐵條。

「多大？」

凱蒂把兩手張開來。大概是二英尺乘三英尺的大小，有兩英尺高。

這是條線索。「盒子有可能埋在地板裡，放在花崗岩棺材內襯之類的。」我又回頭看了看約翰．瓦特內的照片。地窖的地板上同樣佈滿瓦礫，不過瓦礫底下看起來像是平坦的方形鋪路石，可以輕易撬開。「大概不在牆壁裡。」松岸莊園一直是相同的地基，巨大的花崗岩石塊。除非其中一個石塊是空心的，就可能藏東西，但不會有人傻到把地基挖空。

「普金斯對那盒子是怎麼說的？」我問她。

「他沒說放在哪裡。喬治說火災時他把盒子放在地窖，『安全的地方』。」

「所以他可以很快把盒子放進安全的地方。他還說了什麼？」

凱蒂想了一下。「那些人，你知道吧，他們——喬治說盒子裡的東西是爲了他們。」

「給他們的？」

「他說是爲了他們。」

「爲了他們。」

就像白人爲了我的曾曾祖父沃克付了四百塊。

沒錯，那些白人打算買奴隸，買人，像我這樣的人。

「普金斯和他的朋友看起來很平淡，」她說，「他們只是害怕被逮捕。他們說著像是『非做不可』這類的話。」

「妳可以把他們畫下來嗎？畫出他們的臉？」我想看看他們在說那些話時的表情，「我想看看他們該死的臉。」

凱蒂點頭。

她的素描本沒有帶在身邊。我從媽媽的文具用品堆找出白紙和鉛筆，讓她在媽媽的書桌前坐下。

我走進廚房，替我們打開咖啡機，再到食品儲藏室找點東西吃。我回到廚房後，等待咖啡機煮滾，一邊鼓起勇氣正視普金斯做過的事。

湯馬士．普金斯，松岸莊園的主人，投資奴隸買賣生意。就在波士頓當地，就在這項貿易已經禁止了五十年之後。

雖然可能只是名義上違法，但法律就是法律。美國人不可以到非洲買黑人，然後花三個月的時間橫跨海洋，還可能在途中「浪費」掉四分之一的人數。他們不可以在船上餓死我們，不可以在船上用鏈條鎖住我們。但他們可以用鏈條鎖住我們，可以餓死我們，用燒鐵烙印我們，買賣我們。白人所有法律替我們做的，純粹是別人不可以以一個人頭五十塊的價格把我們從海外買進來，讓我們像摺扣商品一樣擠滿南方，進而讓南方在人口普查佔有優勢。這就是北方廢除奴隸制度的原因。我們必須在維吉尼亞州的莊園長大。我們仍然沒有自由，只是沒有那麼廉價罷了。

這就是我們所擁有的保障。不是爲了我們，而是爲了他們。爲了北方。

普金斯和那些白人連那一點點的保障都想要剝奪。

爲了錢。

爲了東西。

咖啡還在煮，我有時間查個東西。

我們家的前廳有個大理石壁爐台，在台子的上方，媽媽掛了一幅十九世紀的油畫，一艘張滿風帆的雙桅帆船。一艘敏捷的小船，用來作爲奴隸船的那種。我想拿起小刀，像蒙面俠蘇洛在油畫上割個Z。

但我沒有這麼做。我穿過走廊，走進爸爸的辦公室，在西伯格那本書裡查詢普金斯遺產受託人的名字。艾迪．普金斯、卡伯特、加德納、溫思羅普。他們的曾孫可能是馬鞍俱樂部的會員。和爸爸一樣。

他們想要讓大西洋中央航線重新活絡起來？

「洛？」

凱蒂在媽媽的辦公室叫著。

她坐在媽媽的書桌前畫畫，沒有看著紙，沒有看著任何東西，手拚命畫著。她回過神，抬頭看我。「洛？」她說，手卻停不下來，不斷在紙上刻畫著粗黑的線條。她用食指摩擦線條，彷彿可以像炭筆那樣讓線條變得模糊。她撕開手指上其中一片OK繃，剝掉傷口的痂，用自己的鮮血塗抹紙張。

我本來請她畫——

我伸手到媽媽的書桌前，抓住她血跡斑斑的雙手，感覺就像抓著野生動物。「凱蒂？住手，住手，凱蒂。別鬧了，住手。」我繞過書桌，抱住她，從她沾滿鮮血的手中抽走鉛筆，然後撐起她的雙臂，稍稍把她從椅子上抬起來。

我從餘光看見了她畫的東西。五個白人在一本聖經上發誓，而在他們的周圍——

我看見那些人了。現在我也看見了。

「來吧，凱蒂，我們去廚房。那裡有咖啡。妳不必看那幅畫，別再畫了，沒關係的，一切都會沒事的。我們去廚房吧。」

「就是這樣，」凱蒂說，「這就是他們。」

我的雙手也沾滿了鮮血。我把她拖進明亮又溫暖的廚房，推她到一張椅子坐下。廚房裡有咖啡、鮮奶油，她喜歡的東西：肉桂、糖。「媽媽做了肉桂麵包。來，很好吃。」肉桂麵包，說得好像可以用糖解決問題似的。大拇指的血印留在糖衣上。凱蒂凝視著廚房窗外的黑夜。我走過去，拉上窗簾，等我回來時，我和凱蒂坐在同一張椅子上，與又冷又抖的凱蒂擠在一塊兒。

這樣就足夠了。

她好冷，我也跟著發抖。她畫下他們，現在我也看見他們了。我害怕得不停喘氣，不能呼吸。我抱著她，彷彿我們正在溺水。彼此的嘴唇只有一吋的距離。我可以感覺到她的呼吸斷斷續續吹在我的皮膚上。「沒事了，凱蒂，沒事了，別怕。」才不是這樣，永遠都不會沒事了。我和她說話，嘴唇輕觸她的。我們抱住對方，努力想要驅走黑暗。OK繃像骨瘦如柴的手指刮著我的背。她的鼻子上有一抹血漬，我的上衣也有。我親吻她時可以嚐到她的眼淚。他們無所不在，那些瘦如骷髏的黑臉，雙眼宛如飢餓的嘴。遭烙印的臉，燒傷的臉，壓碎的頭骨。她在哭，或許我也在哭。

我親吻著她，她的嘴唇成了這個世界上僅存的美好去處。

「別怕。」然而他們到處都是。凱蒂看見的，那些無名無姓的奴隸，在前往某個未知國家的旅途中，被迫與生活、家園和孩子們分開，再也無法擁有什麼或成就什麼，永遠沒有權利去做我正在做的事，親吻著白色嘴唇、白色胸膛、白色皮膚。凱蒂親吻著我，拉起我塞進褲子裡的上衣。凱蒂的純白玉手放在我棕色的嘴唇上，我那棕色的手抱著她白色細腰。感覺很美妙，美妙極了，我全身都甦醒過來，我明白身體在說我們是活著的，我們不像凱蒂所畫的那些人，我們——

我很害怕。

我害怕大西洋中央航線航行時，白人和奴隸之間發生的衝突，害怕航線抵達終點後發生的悲劇，在那個只有奴隸制度的國土上。

我害怕白人認爲他們可以買賣我們。

我害怕喜歡上這個白人女孩。

我害怕永遠無法成爲普通人，害怕自己像沃克一樣，活了近百歲卻不敢告訴家人他的眞名。

我害怕想像自由總是近在眼前，卻無法觸及，害怕自由永遠不會來臨，一輩子只能在後面追趕。

我害怕自己感受到的憤怒，害怕以膚色衡量自己，害怕永遠必須爲了自由，不停地遊行、抗議、解釋。我害怕憎恨所有白人，害怕憎恨我們自己。

親吻白人凱蒂，讓我知道：親吻白人女孩就是自由，但是不算完全的自由，在那些鬼魂面前可不算。如果我要成爲一個與白人女孩交往的自由人，我和凱蒂之間就不能有種族膚色或奴隸自由來攪局，不能是爲鬼魂伸張，必須是只有我和她。然而，關乎黑人與白人之間的一切總是剪不斷理還亂，我們該怎麼辦？

在這個可能是這輩子最壞的時機裡，我想起了爸爸和蓄奴賠償。

這就是所謂的賠償嗎？爲鬼魂伸張？幫鬼魂找東西？我轉身背對凱蒂，用力深吸一口氣。娶個來自布瑞托街的有錢白人女孩可以讓鬼消失嗎？有聲望的白人女孩，任何哈佛教授都夢想擁有的那種？沒有任何奴隸可以擁有的那種？

如果爸爸認爲媽媽代表他的自由，他的蓄奴賠償，是他因爲白人的所作所爲而理所當然擁有的東西——

要說的話，就是把人給物化。

我不能這麼做。「我們不該這麼做。」我對凱蒂說，像個乖巧的基督教男孩推開我倆，然後把她的牛仔褲拉起來，遮住漂亮的翹臀。喔，眞痛苦。不過耶穌跟這事沒關係，爸媽則影響太大。

長桌上的電話響起。休．麥迪生在答錄機留下松岸莊園的冗長留言時，我們靜靜地聽著。凱蒂抬起頭看我。「對不起。」她說。

「不，該道歉的是我。」我不敢看她。差點就要上床了，我竟然想起我的父母？我爲什麼會想到他們？我是個該死的懦夫。我脫掉毛衣，幫她披上禦寒。

「你可以把那張畫從你媽媽的辦公室拿出來嗎？」她問道，「趁她回家以前燒掉之類的？」

是的，這我做得到。「那麼，如果妳想回家的話，我可以載妳回去。」

「嗯，麻煩你了。」她說，「我不想自己一個人回家。」

我不能告訴她是爸爸媽媽干擾了我的思緒。「妳的頭髮亂了，妳可以用我的梳子。」我從後面口袋拿出梳子遞給她。

「洛，」她說著，聲音細如螞蟻，眼睛看著梳子而不是我，「他們想要盒子裡的東西。」

「我知道，我們要去幫他們拿出來。我們必須這麼做，我知道。喝咖啡吧。」

是啊，我們到底該怎麼去幫他們拿出想要的東西呢？

回到辦公室後，我抓起凱蒂的畫，拿到走廊上，壁爐裡的火正熊熊燃燒著。這種感覺彷彿當初我得從家中的游泳池撈起一隻溺死的浣熊一樣。我必須把畫丟進火中，就像我必須把網子倒過來，把浣熊扔進垃圾桶裡。

我不小心又看了那張畫一眼。

那一雙雙眼睛。

他們想要什麼？他們想要所有的東西。他們想要脫掉手腕上的手銬；想要有食物吃，有地方可以梳洗。他們想要看見他們的海岸線，看見他們的村莊，回到燒毀的家，回到已故的親友、死於痢疾的兒子和慘遭屠殺的老人家們身邊。他們想要自己的名字。蓄奴賠償？我抬起頭，目光從他們的眼睛轉移到媽媽那幅美麗的帆船油畫上，那艘芳香、明快的奴隸船。

蓄奴賠償？

該死的蓄奴賠償？

我沒有把畫燒掉；我把畫捲起來，腸胃噁心得想吐。媽媽有一組十九世紀的文件架，專門用來擺放設計藍圖。靠近地面的地方有個空位；我把畫往裡頭塞，塞到伸手可及的位置。

媽媽的辦公室。我們的家。有書有畫，有古董家具、中國瓷器、設計師爐具。有電腦、盆栽、Wii，還有各式各樣的獎牌獎狀。許許多多的東西。

我又把畫撈出來，攤開看著中間那群白人，那些準備再次恢復貿易的人。有五個人，三個老些，兩個年輕些，一起與喬治在聖經上發誓。

我看著第五個人，第五個守護普金斯遺產的人。他戴著帽子，不是普金斯家的人，我是在西伯格傳記裡認識他的。不是卡伯特，也不是加德納；凱蒂把他們的臉畫得很清楚，我看過太多卡伯特家族和加德納家族的人，很容易就認得出來。

削瘦的臉蛋，長長的鼻子，下垂的鬍子。一雙杏眼，長相近似中國人。

不。喔，該死，不可能是他。

媽媽辦公室的牆壁上，他就在那裡。年輕，留著長髮，戴著一頂漁夫帽，正爲了紐約時報撰寫《棉花王國》一書。還有一張照片意氣風發地站在中央公園的小土堆上。另外一張則是在花園裡的長鬍子老人。

那個人創造了中央公園，建立了展望公園和綠寶石項鍊，設計了國會大廈的廣場。他造山運河，是美國最偉大的景觀設計師，曾經拯救過松岸莊園。

那個叛徒、陰謀家、支持奴隸制度的傢伙。

我名字的出處。

佛雷德瑞克・洛・奧姆斯德。

我開始明白什麼是陰魂不散了。

◆

「你看起來很心虛的樣子。」巴比李對我說，「你上壘了？」

「閉嘴，巴比李。」

「要是這傢伙上壘了，看起來應該多開心。」戴瑞爾說。

「更開心。」雪兒不自覺地糾正戴瑞爾。

我們大家坐在巴比李家的視聽室，爭論不休。巴比李的父親在Bose上班，想得到的媒體設備通通都有，甚至有一些是他發明的。平常我很喜歡待在這裡，但今天心情不好，看什麼都不順眼，而雪兒也毫不客氣。

「戴瑞爾把他的沃克獎文章交出去了。」她自豪地看著他，彷彿他是自己的發明品——他們在一起是如此簡單——然後她轉向我。「我也交出去了。你寫完了嗎，洛？寫完了吧？」

「嗯。」

「你寫蓄奴賠償嗎？」

「他媽的沒有。」

所有人給了我似笑非笑的表情，像是在說洛終於擺脫爸爸的控制了。但雪兒說，「那你寫什麼？」

我不想說我寫了什麼。我想告訴他們差點跟凱蒂上床還有被鬼纏身的事。我什麼都不想說。

「你們多久才會知道誰進了決選？」巴比李說，企圖緩和氣氛。「要是你們全進了會怎麼樣？我可以下注嗎？」

「我寫了非洲人會堂。」我說。

「喔，老兄。」巴比李說。他們都知道我爸爸是募款委員會的一員。

「閉嘴，巴比李。」

雪兒只是盯著我。「所以你會贏了。」她淡淡地說，「我們毫無機會。」

「我不在乎輸贏，至少我沒有寫蓄奴賠償。」

「好不到哪裡去，老兄。」巴比李說。

雪兒站起來，轉身背對我們所有人。臨危不亂的雪兒，高傲的公主：她幾乎在哭泣。「我們很努力，」雪兒說，「我們那麼努力而你卻不在乎。你寫了你爸爸要你寫的內容。『至少我沒有寫蓄奴賠償。』你眞是個混蛋。」

「雪兒，」戴瑞爾說，「嘿，好了，別對他太苛刻——」

雪兒氣得轉向他——「苛刻？」——然後又轉向我。「洛，你處處要特權，卻假裝自己沒有。你爸爸多年來都是評審，所以你會贏。這個世界就是這樣。爲什麼你要假裝不是？」

「妳可以不要開口閉口都是我爸嗎？」我對她大吼。

「特權是拿來享受的，好嗎？」雪兒說，「不是說不理就可以不理的。」她抓起外套，重重踏著樓梯。戴瑞爾看著我們倆，手一攤，別問我，然後跟上去。

我和巴比李無能為力地看著彼此。

「算了，她只是在替戴瑞爾抱不平。」巴比李說。

「是啊，當然。」

「不過話說回來，你知道吧，老兄？」巴比李說，「關於沃克獎，她說得對。這個獎跟你懂得什麼無關，是跟你認識誰有關。這次的例子，是跟你爸爸認識誰有關。他們不會把沃克獎頒給你爸爸的兒子嗎？管他的。看看雪兒和戴瑞爾這麼努力，卻一點機會都沒有。」

「是啊，管他的。」我搖搖頭，「或許我可以在台上嘔吐之類的。」

「不可能，老兄。市長夫人永遠都是漂漂亮亮的，市長的女兒永遠有人追，而你註定寫了一篇好文章。你沒救了。」

◆

我打電話給凱蒂，告訴她我對奧姆斯德的看法。我們都覺得有點尷尬。我問她想不想去奧姆斯德的故居。

「你眞的想要跟他對話？像通靈那樣？」她猜想，「我可不是靈媒。」

「我知道。妳想試試看嗎？」

奧姆斯德於一八八三年在布魯克蘭創立了他的景觀公司，是美國第一間專業的景觀設計事務所。法蘭克・洛伊・萊特[14]曾經在那裡實習。奧姆斯德兄弟公司一直營運到一九八〇年。當公司關門時，整個基地——包括房子、花園、辦公室和檔案館，大約上百萬筆的資料——全部讓國家公園管理局給買去，現在仍收藏在波士頓市內。

我和凱蒂說服自己進入主要辦公室，坐在那裡，與對方稍微保持距離，帶著尷尬，假裝在研究一篇報告，試圖和亡者溝通。

奧姆斯德公司的舊辦公室看起來好像設計師們才剛剛踏出門用餐似的。木板壁面，畫草稿的木桌，一台老式打字機，一只掛在牆上、滴答作響的古鐘。牆壁掛著一幅幅框起來的原始平面圖，美國所有重要的公園幾乎都在上面。媽媽曾來這裡朝聖。

凱蒂的眼睛下方有黑眼圈，彷彿同樣整晚沒睡。我好奇昨晚她在想些什麼。她把素描本拿出來放在大腿上，手中握著鉛筆。鉛筆沒有動靜。

我努力告訴自己我希望她正在畫鬼。

風吹得窗戶嘎嘎作響。窗外，我看見奧姆斯德的前院，宛如中央公園漫步區的袖珍版本：樹蔭，覆蓋在草地上的片片殘雪，陽光照著一棵大樹。

凱蒂坐在那裡，面前擺著空白的素描本，我則嘗試用自己的方式召喚奧姆斯德。媽媽對他瞭

[14] 法蘭克・洛伊・萊特（Frank Lloyd Wright）：美國建築師、室內設計師、作家、教育家。二十世紀上半葉最有影響力的建築師之一，曾被美國建築師學會稱之為「最偉大的美國建築師」。

若指掌。我們用餐時，奧姆斯德常常是話題人物。我應該很了解他。

爲什麼他會涉入普金斯的陰謀？他應該反對奴隸制度才對。他認爲行不通。不只是因爲道德因素；他寫過，跟自由勞工比起來，靠奴隸生產東西的成本要貴上四倍。

但是如果支持奴隸制度等於可以親近普金斯家族——美國第一個百萬富翁的家族，能支付他大量佣金——奧姆斯德會不會受到誘惑呢？

就像爸爸被媽媽來自布瑞托街的背景給誘惑一樣？

凱蒂緊緊握著鉛筆。她聳聳肩，帶著歉意對我微笑。她什麼也不想畫。是我不停逼迫她。

根據凱蒂的說法，奧姆斯德大約是在一八五二年開始跟普金斯家族有往來。時間點正好在他剛完成英國農業那本書之後，在紐約時報送他到南方撰寫莊園和奴隸制度的報導之前。要是凱蒂說得沒錯，報導可能只是障眼法。奧姆斯德其實是爲了普金斯家族到南方偵查，或是跟奴隸商人聯繫，就像後來資助流浪者號和克羅蒂爾德號的那些商人。

可是他的莊園報導中，沒有半點支持奴隸制度。

除了他敘述我們的方式。

「你在想什麼？」凱蒂低聲對我說。

「奧姆斯德說奴隸制度沒有效率，說我們這些樂天又單純的黑人找不到理由工作，所以整天只是唱歌，打混，彈琴。」

凱蒂認眞地看著我。「難受嗎？」她說，「讓一個和你有同樣名字的人說出這種話？」

是的，凱蒂。媽媽忽視了奧姆斯德這部分的思想。

「是啊，不過奧姆斯德也沒放過南方白人。他認爲最好的生活方式是像北方白人那樣。」就像媽媽的家族，「這就是松岸莊園的重點。每個人都會去咖啡廳碰面，認識彼此。但，是黑人向白人學習，奧姆斯德的餐廳不播爵士樂的。」

「我敢說愛爾蘭人也跟著學了。」凱蒂說。

「沒錯。」

爲什麼奧姆斯德要涉入某件他認爲行不通的事？

爲什麼爸爸要娶媽媽？

奧姆斯德去過南方之後，把他對奴隸制度的想法繼續發揚光大。就在他已經跟普金斯遺產有所牽連之後。

凱蒂透過窗戶看向前院，奧姆斯德稱之爲小山谷的區域：一大塊一大塊灰色的羅克斯伯里礫岩、密密麻麻的葡萄藤、蜿蜒的小徑。她站起來，在辦公室裡走一圈，欣賞掛在牆上、裱起來的公園平面圖。

「他設計的景觀都像這樣。」她交叉十指，然後旋轉手腕。「彎彎曲曲的。」

「是啊。」奧姆斯德設計的小徑多是弧狀。所有空地，即使小到不能再小，都可以延伸展開更寬闊的空間，更加錯綜複雜。他有個如摺紙大師般的腦袋。

我好奇凱蒂是不是從他身上學到了什麼。

「想去外面走走嗎？」她從花園裡可以得到更多靈感。

一陣微風吹過前門，小山谷那裡卻是風平浪靜，深色的葡萄藤纏住了岩石。凱蒂沿著蜿蜒小徑向前走。她頻頻發抖，像探測棒一樣戒備著。

布魯克蘭高中有許多更漂亮、更正常，我理應更喜歡的女孩，膚色與我相襯的女孩。但沒有一個比她更有活力，讓我那麼用心想去了解。

她值得比我更好的男人。

「他不在這裡。」她終於說，「不過這片花園的形狀？我們彷彿走在某個人的腦中。很有趣，很奇怪。我的意思是……把景觀造成這樣，是很美，但有點像——」她在這座著名的小花園東張西望，「像廣告？爲了什麼而做的廣告？」

「宣傳活動？」

「這就是我的意思。」

或許凱蒂根本看不見鬼，或許她只是很懂人心。小山谷、中央公園、所有的漫步道和英式花園，確實就像奧姆斯德的腦袋。他的第一本書談的是英式花園，此後，他對英式花園的喜愛從未消失。

我喜歡英式花園。

我喜歡一個白人女孩。

我記得爸爸說過：我們受到白人影響卻不自知，就像魚受到河水的牽引。

我覺得好像只要我站在原地一會兒，只要我可以讓自己站著不動，那些奴隸就會找到我。我會開始知道當黑人的感覺是什麼。如果我讓那些奴隸制度的紅炭烙上我的靈魂，如果我讓它們燙傷我，我將透過傷痕認識自己的靈魂。

我會像爸爸一樣，總是憤世嫉俗。

我不會喜歡上白人女孩。

但有可能娶上一個。

爸爸媽媽之間的故事是什麼？他曾經是因爲媽媽的本性而娶她的嗎？哪個本性？在她發現安全帽和鐵鏟之前、主修歷史和文學的那個研究生？還是住在布瑞托街、有個可以帶他進入俱樂部的父親的那個女孩？

爸爸知道奧姆斯德的勾當嗎？他懷疑過嗎？肯定有。奧姆斯德從來不曾掩飾他對黑人的看法。

「奧姆斯德讓我想起以前認識的一個女孩的父親。」凱蒂說，「好像是牙醫？他討厭萬聖節，他不想讓艾蜜莉去討糖，不過她總是找得到辦法偷偷溜去。然後有一年，艾蜜莉戴了牙套。他在萬聖節前一天帶著兩磅重的彩虹糖回家。艾蜜莉愛死彩虹糖了，總是偷吃。他說如果她全部吃光，就可以出門。整整兩磅。這就好像奧姆斯德在說，看啊，這裡是餐廳，那裡是公園，快點進來坐坐，讓我告訴你們該怎麼照我所想去思考。」

「她把彩虹糖吃光了。」

「她吐得太厲害，不得不去醫院。」

「但是她後來去討糖了。」

凱蒂點點頭。「結果還患了厭食症。」

我無法單純喜歡她而不去想膚色的問題。但這不是凱蒂的錯，是我的錯。

我做的事情沒有一樣是全然誠實的，沒有一樣是簡單而純粹的。我不自由。

「或許這就是奧姆斯德的詭計。」我說，「或許他很狡猾，或許所有普金斯遺產的受託人都很狡猾。」

「什麼意思？」

「假設普金斯和奧姆斯德真的想要送南方一包彩虹糖，教訓他們一頓好了。所以說如果奴隸對南方不利，那麼南方擁有越多奴隸，就越糟糕，對吧？南方人想重新進口奴隸？很好。南方人想送流浪者號和克羅蒂爾德號去非洲？沒問題。普金斯和奧姆斯德會幫助他們，給他們更多奴隸，竭盡所能給他們所有的彩虹糖塞進他們的嘴裡。要是南方明白奴隸制度對他們不好，那也好。要是沒有，只要奴隸貿易持續下去，南方的牙齒就會一年年蛀掉，而普金斯那票人將成爲愛國者。」

凱蒂點點頭。「普金斯得到了大筆財富，同時又看起來很體面。」

凱蒂是我的彩虹糖，對我不利的白人女孩嗎？我該去愛對我有利的名望女孩嗎？我是不是在自找麻煩？我在對她做什麼？「他們甚至不覺得自己是一群僞君子。那樣的政治思維？看起來那麼聰明、友善、有幫助。普金斯肯定覺得自己想了一個好點子。所有重要南方政治家的獻金來自維及尼亞州，那裡的莊園替南方腹地養奴隸。」那些孩子，像豬一樣地餵食。「假如進口奴隸又成了合法貿易？養奴隸的收入將減少。南方的政治獻金越少，影響力就越低。換誰得到錢？進口廉價奴隸的人，也就是普金斯、奧姆斯德和他們的朋友。他們富有、愛國，而且對自己得意洋洋。」

進口，多麼正當的兩個字。

「他們不會進口彩虹糖的，我不能讓他們那麼得意，凱蒂。像這樣的人應該下地獄，他們卻認爲自己會上天堂。我不會讓他們得意。」

我不能讓自己得意。

小時候，我曾經目睹一場嚴重的撞船意外。一艘快艇撞上一艘帆船，兩艘船就這樣四散而開，弄得水面上到處都是殘骸。我是個孩子，場面看起來就像電影或電腦遊戲。*真酷*，我記得我這麼想，*帥呆了*。要是蜘蛛人裡的壞蛋從黑色快艇出現，我大概也不會驚訝。全都只是電腦動畫，只是彩虹糖，我可以忽略剛剛死了三個人的事實。我想用無知塞滿嘴巴，因爲如果不這麼做，我會非常、非常地害怕。

進口。*貿易*。讓人好過的詞彙。有些得意的感覺說到底是不對的。

女朋友，多麼正當的三個字。有了這三個字，你就知道自己在做什麼。你不是膽小鬼。你喜歡她，你約她出門喝咖啡，請她吃糖，於是你的腦袋塞滿無知，不去想去年她才經歷一次精神崩潰，現在，又因爲你請她做的某件事，害她不斷見到鬼魂。然後你還在想，你可以當她的男朋友。要是沒有那些鬼的話。

「奧姆斯德後來怎麼了？」凱蒂問道。

他瘋了。

我們回到車上坐，讓引擎開著，以免凱蒂突然有任何靈感。但是她並沒有。最後，因爲車內的暖意加上陽光，她睡著了，我凝視著她。

我送她回家後，又開過去再看松岸莊園一眼，看湖水和房子的景色，看奧姆斯德腦中的想像空間。奧姆斯德想要保存這棟建築物，就保存在這個地方，這個記憶之宮，用來提醒他的東西。提醒什麼？白人文化天生比其他文化優秀？他和他的朋友們用有毒的彩虹糖削弱南方勢力，藉此發財？

提醒他寶物仍在這裡，準備再次招人使用？

又或者，松岸莊園是他的鬼宅？用來提醒他在南方見過的奴隸？用來安慰他只要他明白奴隸制度是不對的，幫助奴隸商人並沒有關係。

當我緩緩走回停車場之際，我停下腳步，回頭一看。天色剛近黃昏。在樹林中，我可以看見一座座尖屋頂，屋頂迴盪著松樹的沙沙聲。

該死，我仍覺得它很美麗。

凱蒂

洛不再喜歡我了。我想他還不知道，但我們都感覺得到。不是因爲我們接吻的關係，那場吻美妙極了。

是因爲那些人。

鬼魂通常在死去的地方逗留。但是那些人知道我看得見他們，所以他們在我身邊逗留。

洛肯定感覺得到他們。爲什麼他沒有不寒而慄，沒有害怕他們，然後看著我像是不認識我一樣？我就是這樣。

我想要做個正常人。有那麼一會兒，願望差點實現。

新年前夕，菲爾和露西去參加跨年活動，洛得爲寬札文化節[15]忙點事。如果我跟他一樣是黑人，如果我是個平凡女孩，我可以跟他一起參加活動嗎？無論什麼都好。菲爾和露西問我介不介意一個人在家，我說沒問題，不要緊。我做了一些爆米花和熱可可，放上《小太陽的願望》的DVD。

沒有用，我的心情就像待在公寓裡，卻知道外面有個男的吊在樓梯間；就像看著恐怖電影，

[15] 寬札文化節（Kwanzaa）：非裔美國人慶祝其歷史、文化等等的節日，將歷史文化傳承給他們的孩子是該節日的中心主旨。

知道怪物準備對女孩做出可怕的事。我只是靜靜等著，很害怕，等著恐懼越發滋長。

我看不見他們，但我可以感覺到自己蠢蠢欲動，想要看見。就好像聽見燈泡發出的嗡嗡聲，剛開始沒有注意，等聽見時，那聲音簡直把人逼瘋。

對洛而言，他們又是什麼樣子？像一股臭味。像一隻狗，在某個腐爛的東西上面滾過。

他們想要什麼？

我走進房間。「嘿，爸，來吧，我需要跟你說話。」

沒有動靜。

我突然驚覺，從聖誕節開始我就沒有見過他。不對，應該是聖誕節前夕，當我以爲我把鬼都送走的時候。

「爸！」我慌張地大叫。

什麼也沒有。

「別鬧了，爸，你知道我想送走的不是你。」

這不像他。通常我只要叫一聲，他就會立刻出現。

「爸，拜託。」

角落出現微弱至極的煙霧。

「不要搞得鬼裡鬼氣的，我已經遇過夠多詭異的鳥事了。我現在眞的得和你說說話。」

我可以從他的身體看穿過去，但他就在那裡。

他在那裡，只是很模糊，很疲憊。「妳說得對。」他說，「看見我對妳不好。妳該拋開這一切，永遠把我送走。」

「爸，首先，我絕對不會把你送走，再來，現在我很需要父母，而你就是。」

我告訴他鬼的事。他一直是個好聽眾。有了他，我就有勇氣拿出露西．羅森送我的素描本，給他看我見到的東西。畫就這樣一張張躍上頁面。喬治放在聖經上的小手；那群老人；從老人四面八方延伸出去的，是許許多多藏在暗中的臉，看起來彷彿一灘血中的倒影。

破碎的臉。一隻充血、絕望的眼睛——

「我真的很怕他們，爸。」

我的意思是說，救我。

「親愛的，」爸爸說，「我對這個不太擅長。」

「你覺得我就擅長嗎？」我希望他告訴我需要做什麼，該怎麼做，我希望他告訴我該怎麼讓他們離開。

我想要告訴他我和洛親吻的事。我想要再次親吻洛，比什麼都想。可是有誰願意親吻像我這樣散發著鬼氣的人呢？

「抱歉，凱蒂。」

接著他逐漸消失，離我而去。

「好吧，爸，我相信鬼。如果你是假的，你現在就不會離開我了，因爲我需要你。爸？爸？別鬧了！」

但他就是沒有出現。

新年當天，我傳簡訊給洛祝他新年快樂（「快樂」說來有點心虛）。他回傳給我，說他又和家人在忙了。他像是才想起來似地祝我新年快樂。

彼魯奇老師在假期中派給我們家庭作業。我坐下來開始念書，好讓自己想點別的事。

但是怎知道，美國歷史念到一半，內容開始探討起內戰的成因。

逃奴法案，堪薩斯—內布拉斯加法案，一堆廢話，毫不眞實，沒有人性。我把書翻到前面，看見文章內有一張奴隸拍賣的照片。一切看起來如此優美，光線什麼的都恰到好處。我無法忍受。我拿出露西．羅森送的素描本，開始畫了起來。

一個陰暗的房間，一間倉庫。窒息感。人群癱坐在牆邊的地上，不斷喘氣。有些人受了傷。我畫了腳、瘡疤，還有傷口和鮮血。氣味很難聞：一名哨兵探出門外想要吸一口氣。黑暗中，盡是往上吊的眼睛和張開的大嘴。倉庫外面，陽光底下，隆起一團黑色剪影：老弱婦孺在一小塊陰暗處蜷縮著。我畫了一隻討水喝的手。那手屬於女人的，一個無家可歸的女人。入侵的人放火燒了她的村莊。她準備讓自己和孩子成爲奴隸，這樣才有東西吃。

我畫了一個正在寫清單的胖白人。

我畫了一個手指著陰暗處的男人。指著這一個、那一個。

陰暗處蜷縮的人群盯著手拿紙筆的男人。

奴隸制度：一群人被捉起來，帶走，永遠不會回來。此時此刻，這事正降臨在這些人身上。

寫著清單的男子正把人變成奴隸。

一個胖黑人指著陰暗處。我在他手中握著的白紙上寫下數字，一、二、三。然後我在數字旁邊草草寫了些東西，寫下他們再也用不到的名字，寫下除了胖子和白紙上記錄著的，沒人知道的名字，他們那難以辨識、眞實的自我。胖子踹了一腳黑皮膚下的肋骨。他推著他們的背和肩膀，叫他們排好隊伍。一、二、三、四、五……

一道骨瘦如柴的影子把手伸向白紙。胖黑人用力毆打那些擠作一團的手腳。不，你們的名字現在是我的了，你們沒有名字，你們是奴隸，有的是代號。

一隻白色的手把紙丟進黑色鐵盒裡。

一隻黑色的手伸向那張紙，彷彿那是一汪泉水。

我得傳簡訊給洛才行，但我認爲他應該不想聽到我的消息。我想我知道那些鬼魂想要什麼了。

奴隸只有代號沒有名字對嗎？

當他們的眞名被奪走時，也失去了某樣東西。

他們想要奪回來。

洛沒有回應，於是我到Google搜尋「奴隸名字」，得到了許多美國黑人姓名的資料和一些極度詭異的性虐待網站。「你甚至沒有權利決定你的名字，」其中一個網站說，「你必須接受主人叫你的任何名字。」

是的，洛回傳給我。

我知道那些人要什麼，就好像知道他們的故事那樣清楚。

他們想要做以前的自己。

他們想要奪回他們的名字。

◆

一月二號，即使**我們想要**這個聲音在腦中嗡嗡作響，我仍得回學校上課。

布魯克蘭高中很現代化，到處是明亮的日光燈。但在體育館的更衣室總有些黑漆漆的地方，而餐廳裡，光線照不到的各個角落，更是昏暗。

燈光嗡嗡作響。

我們想要……

我沒吃中餐，我告訴體育老師我的月經來。

我也蹺掉了歷史課。我不需要聽彼魯奇老師喋喋不休說著內戰的起因。

我趁著天色仍亮的時候回家。幸好樓梯間沒有半個人。

但是我的電子信箱裡有一封公告，是洛他媽媽寄的，寄給所有分送松岸莊園小冊子的志工們。一封來自波士頓公園遊憩局的公告。

松岸莊園最終處分公聽會。

他們準備拆掉房子了。

當晚，松岸莊園的支持者在休·麥迪生的家中集合。洛找我一起去，並開了他的車來接我。我緊挨著洛坐下來，希望能減緩對黑夜的恐懼，但不確定他是否樂意待在我的旁邊。洛的媽媽正好在會議開始時走了進來。她把約翰·瓦特內的照片投射在麥迪生家裡的白牆上。麥迪生先生的臉垮了下來。桃樂西·克拉克的神情沮喪。麥迪生太太無法忍受那些地板崩塌的照片；她走進廚房拿餅乾、起司和葡萄。

「我們還有拯救松岸莊園的最後機會。」燈光亮起時，洛的媽媽說，「我們該怎麼做？」洛拿起盤子堆滿餅乾和起司，然後遞給我。菲爾每次不知道該怎麼做才好的時候，總帶著我去吃冰淇淋。我現在覺得我確實有需要。

全美奧姆斯德公園協會寫過一封信給梅尼諾市長，但他不理會。綠寶石項鍊管理委員會不願意介入。雖然松岸莊園早已列入國家史蹟名錄⑯，即整個綠寶石項鍊公園區，卻沒有幫助。桃樂西·克拉克看著希望拯救松岸莊園的鄰居名單。

「我們跟委員會還有最後一次會議，」洛的媽媽說，「我們必須想出新的點子。」

我說出我唯一能想到的點子。

「沃克太太？」我說，「那棟房子裡有樣東西。」

⑯ 國家史蹟名錄（National Register of Historic Places）：美國政府認為值得保護的建築財產的官方列表，於1966年設立。

所有人看著我。

「我進去過那棟房子，並沒有表面上那麼危險。」

「妳進去過？」洛的媽媽說。她繞過我，直盯著洛。她擔心的是他，不是我。

「我到過二樓，去過地下室。」

「妳千萬不能這麼做。」洛的媽媽說，「妳不該接近那棟房子。那裡眞的很危險。」

「我在地下室看見一個模樣非常古老的盒子，像個小行李箱。盒子裡有沒有可能放了什麼貴重的東西呢？」

我知道裡面有什麼，我想說出來。是他們的名字。他們想要他們的名字。

「我們不想要松岸莊園裡的某樣東西；我們想要整棟房子。」一個身爲環保主義者的老婦人說。

「而且我們不希望有人進去弄傷自己。」休・麥迪生說。

「要是有人在松岸莊園不幸喪生，我們想要保留的卡爾頓街人行橋，波士頓連理都不會理我們了。」其中一個男子說。

「妳可別靠近松岸莊園。」麥迪生太太對我說。

沃克太太仍然盯著她的兒子。她在乎那棟房子，但跟她的兒子比起來，根本不值一提。我知道那個神情。媽媽在世時常常那樣看著我。沃克太太會不顧一切保護洛，就像媽媽會不顧一切保護她的學生和保護我那樣。

她知道我和洛的事。我對他而言是個危險。

「沃克太太，我不想進去那棟房子，可是我跟妳一樣，想拯救松岸莊園。」我不想讓洛進去松岸莊園。我不瘋，也不傻。

但是我可以看見一些東西。休・麥迪生的客廳有許多大窗戶，我見自己照映在深夜中。倒影的後面，深夜的深夜，我看見死人的眼睛。

「我不希望任何人受傷。」我對她說，「但總要有人做點什麼，不是嗎？」

我以前有個親戚，他是爸爸的叔叔，名叫諾瑞。他是個脾氣暴躁的老酒鬼，最後因肝病過世。但他在世的時候，對每件事都有一個標準答案。媽媽曾經抱怨她的一個客戶不照護孩子？「告他們。」諾瑞說。房東不修暖氣？「告那個王八蛋。」酒鬼叔公諾瑞坐過牢，這件事肯定又會嚇到洛的父母，他在牢裡的圖書館讀遍了每本法律書籍。根據他的說法，要不是他花太多時間泡在酒吧裡，他早就通過律師考試了。

「不然，」我說，「不然就找人告波士頓市政府，阻止他們拆掉松岸莊園？」

「誰可以這麼做呢？」沃克太太說。

「我不知道，也許市政府應該負責重整松岸莊園之類的。人人都可以對別人提告任何事情。」雖然我很慶幸諾瑞從來沒有來探望我，不過現在他倒派上用場了。

「市政府明明有錢維護莊園。」麥迪生太太喃喃自語著說。

「有任何普金斯家族的後代活著嗎？」我問道，「他們可以告市政府嗎？」

「有人認識他們嗎？」麥迪生先生說，「我試過跟他們聯絡，可是——」

「桃樂西・普金斯。」洛的媽媽說，「他們家族的歷史學家。她嫁給自己的表哥，夫妻倆住在波士頓北岸。西伯格當初寫那本傳記時，我丈夫訪問過她。可是我擔心她沒有興趣。我曾經透過波士頓圖書館想要跟她聯絡。」

「值得再試一次。」麥迪生先生說，「總比沒試的好。」

有人建議請洛的爸爸打電話給她；洛和他的媽媽聽到立刻一起搖頭。

「那是個好主意。」我們回到車上時，洛這麼說，「但不會成功。」

「洛，那個盒子，我覺得我知道裡面裝了什麼。我知道那些人想要什麼。」

我把我看見的故事告訴他。「那些奴隸在非洲被賣掉的時候，我看見有個男的在一張名單上寫下他們的名字，然後他們各別得到一個號碼。連像沃克那樣的新名字都沒有，就只是號碼。他們想奪回他們的眞名。洛，我們明天應該蹺課，去見見桃樂西‧普金斯。」

「這樣做是行不通的。」洛說，「你得先找到認識她的人，然後經由那個人的引見寫信給她。而且『你』指的是當官的成年人，不是我們。」

我只是看著他。「我們有多少時間？你的網站幫了什麼忙？」

「點閱率增加了。」他努力爲自己辯解。

「是是是，但是這樣有什麼用，那些支持者又做了什麼？你想進松岸莊園拿那個盒子嗎？你不想。你媽媽不想讓你去，我當然也不想。所以我們怎麼樣都得去跟那位普金斯太太談一談。」

他仔細思考一番，然後點點頭。

洛

那天下午，媽媽把我叫進她的辦公室。「你的朋友看起來是個挺可愛的女孩。」她說。這話要是由爸爸說出來，接下來肯定是長篇大論的「可是」。

「可是，」她說，「她的個性似乎很輕率，洛。我很感激她爲松岸莊園收集簽名。但我不欣賞她跑進松岸莊園裡。你本來就知道她要進去嗎？」她看著我的臉，「我就當你是默認了。」

「她進去之後我才知道的。」

「這是非常魯莽的行爲，洛。我要你答應我，你絕對不會做出這種事。」

我在找個方法，既可以答應她，又不是眞的答應她，結果花了太長的時間。

「你可別那麼魯莽。」她嚴厲地說，「你是我們唯一的孩子。」她透過她的閱讀眼鏡用力看著我，「怎麼了，洛？」

「松岸莊園裡眞的有樣東西。」

「每棟廢棄的房子裡總有一個故事。」媽媽說，「寶物盒、屍體、鬼魂，還有謀殺。你最清楚不過了。」

「我認爲她看見的那個盒子跟普金斯遺產有關。我認爲那筆錢仍在裡面。」

「喔，洛，我也希望湯馬士・普金斯在松岸莊園地窖的盒子裡放了一大筆錢，但我不相信他有這麼做，更不會相信凱蒂・馬倫斯說的話。」

是一個鬼說的。

「那是個空盒子，洛，又或者是個老舊的棺木。你可不准進去裡面。洛，你還沒答應我。」

「我答應妳。」我喃喃地說，「不過，媽？松岸莊園不只有寶物，還有關於奧姆斯德的事。」

有那麼一會兒，媽媽只是茫然地看著我。

「當然，」她輕輕地說，「但沒人在乎奧姆斯德，這不足以拯救松岸莊園。」

凱蒂

有一天，我要學會開車，然後離開這裡。我開到的地方，會有陽光和沙灘，我可以再次變得正常。

「而且那裡不會有任何鬼怪。」我對洛說。

「聽起來很不錯。」他說。

車內氣氛彷彿碰上那些人之前的感覺。我們往波士頓北邊前進，開著窗戶，我一邊唱著，「兜風去吧，兜風去吧，開著車兜風。」後來我覺得很蠢，因爲洛不再喜歡我了，於是我閉上嘴。洛把iPod插進收音機，一個嗓音滄桑的男子也唱著開車的歌。

自從我離開後，
是誰開我的車載著妳……

「妳有計畫嗎？」洛說，「我沒有。我們必須想個計畫，可不能搞砸。」

「你是怎麼跟普金斯太太說的？」

「我在寫一篇普金斯身爲收藏家的論文。」

「好。」我說，「那麼我們就問她關於普金斯遺產的事。」

「然後呢？」洛說。

「然後我們慢慢跟她提到拯救松岸莊園的事。」

這麼一來，如果松岸莊園得救了，就會有人幫喬治找出那個寶盒，不必非我不可。

「我不明白的是『慢慢提到』那部分該怎麼做，凱蒂？」

下了九五公路後，道路變小了。風在舊城鎮中穿梭，吹過許多亮著一、兩盞微弱燈光的大房子。桃樂西・普金斯的家離公路有一段距離，高大的舊樹叢包圍她的房子，樹葉乾裂，蜷得僵硬以禦寒。當洛熄火後，寧靜中突然發出一記嘶嘶聲，甚是刺耳。

遮陽板的油漆已然剝落，搖搖欲墜的屋頂掉下一塊碎片。

「你有看見那些杜鵑花有多大嗎？」洛說。這句話讓我突然想笑，因爲我很緊張，於是咯咯笑了出來。

一名穿著女僕制服、身材高挑的黑人老太太前來開門。「等你們很久了。」她說著，彷彿在告知我們的命運，預言我們將死，「我可以替你們拿外套嗎？」

我沒有脫下毛衣，後來很是慶幸，因爲普金斯太太的家實在好冷。我們跟著女僕穿過一個又一個房間。我不斷東張西望，想看看普金斯太太是怎麼樣的一個女人。

她的家讓我聯想到松岸莊園裡頭的模樣。走廊上高掛著許多舊油畫，兩側是兩幅巨大油畫，一個戴著白色假髮的男子和一個穿著黑色禮服的女子。粗壯橡木欄杆的樓梯呈螺旋狀延伸到二樓。餐廳裡有一張長桌，上面放置了十二套餐具。餐具櫃擺滿了銀器。漆上藍色、白色和黃色的盤子裝飾著牆面。

但所有東西都積滿灰塵，破舊不堪。餐桌底下的地毯破了洞。瓷器不成套；有兩個碗是白色的塑膠碗。

普金斯太太可能對黃金有興趣。

黑人老太太打開一扇大門。「凱蒂・馬倫斯小姐和洛・沃克先生來訪。」她通報。

「芙羅倫絲，倒茶。」

普金斯太太很高，頭髮整齊地盤在那張憂愁的方臉上，就像油畫裡古代婦女的髮型。她有抹口紅，別著槲寄生造型的金色別針，果實的地方是一顆顆珍珠，看得出來是眞的黃金和眞的珍珠，不過她的紅色天鵝絨裙子和兩件式套裝，甚至是她的鞋子，都已經過時了五十年之久。她並不是裝窮，穿著那身衣服、那雙鞋和別著那枚別針看起來只是一直以來的習慣。我猜想別針肯定是她母親的遺物。有那麼一會兒，我看著她，好像她是鬼。

她正坐在湯馬士・普金斯的書桌前。

當初書桌歸湯馬士的時候，桌面要整齊些，現在則擺滿紙張和雜誌，家譜和古董。她房裡的牆壁和湯馬士的辦公室是相同的灰綠色，甚至比以前掛了更多的油畫，全是古人。當然，這裡和那間辦公室不是同樣的房間；辦公室燒掉了，但確實是同一張書桌，有著綠色皮革的桌面，只是現在褪成深灰色。在我看見這張書桌和那場大火之間的某個時候，肯定有人把書桌搬到其他普金斯家族的家中，然後，哇，出現在這裡。

「請坐。」普金斯太太說，「你的研究我可以幫上什麼忙？」我在當初一百五十年前與喬治一起躲在後面的那張皮椅坐下來。普金斯太太從書桌前站起來。（她的身體很挺，但動作很緩慢。我想她患了關節炎。）在我們對面的沙發小心翼翼地坐下來。那是一張黃色沙發，褪色泛白的錦緞布沙發。我和洛在湯馬士・普金斯的肖像畫裡看見這張沙發時，亮得有如金幣，不過有可能是因爲喬治的壞爺爺坐在上面才顯得如此閃亮。換了普金斯太太，最多只是亮得發白，彷彿反射的月光。

「你是查爾斯・沃克的兒子，對吧？」普金斯太太問洛，一邊輕拍舊沙發，好像那是老狗的頭。「我和泰德與你父親經常在圖書館碰面。你喜歡的話可以坐這裡。我相信你認得出來這個沙發，我想有一天波士頓圖書館必定會收去。大家總是那麼緊張，確定每樣東西有恰當的歸屬。歷史古物是很大的責任，我和泰德都覺得無法勝任。」

洛拿出筆記本，但沒有流露出自己對古物有興趣，抑或誰得到了它。

他們討論收藏一事。「湯馬士・普金斯是偉大的收藏家。」普金斯太太站起來，帶我們參觀房間。有一面牆掛著老式餐盤，盤內是男子送花給女孩的圖案，外圍則繞了一圈鍍金的花。餐盤曾經破掉，後來又修補起來，放進木框裡。「你知道湯馬士收藏革命紀念品。湯馬士・傑佛遜用這餐盤吃過東西。約翰・漢考克宅第的樓梯仍在松岸莊園裡。」有層書架上放了破損的白色陶製菸斗，「班傑明・富蘭克林的。」還有湯馬士・普金斯從巴黎買回家給太太的鑲了珠寶的金耳環，以及從中國帶回來、用象牙刻滿龍的時鐘，其中一隻龍的龍角不見了，還有幾處地方用膠水黏了回去。普金斯太太用她嶙峋的手摸過每樣東西，臉頰恢復了一些血色，彷彿擁有這些東西的她，也是海盜，是探險家，是百萬富翁。

這些東西眞的挺酷的。我納悶她會不會因此聯想到奴隸，不過眞的很酷。

牆壁上，在一堆家族油畫之中，我看見一張小小褪色的畫，不是照片，是鬼東西，一張鬼在鏡中的照相底片。圍繞在底片四周，像玻璃底下的雲，是一朵朵枯萎的棕色壓花。普金斯太太見我盯著它看。「喔，」她說，「他是我的曾曾叔公，湯馬士・普金斯的孫子。這些是他葬禮上的花。可憐的年輕人，他有智能障礙。」

她把照片扶正好讓我看清楚。

是喬治。

照片中的他大約二十幾歲，他最後的日子，看起來絲毫沒變，善良、熱心、負責。「他從未有過一場正式的葬禮，」普金斯太太說，聽起來好像她每次看見喬治的臉和那些花，就會這麼說一遍。「他喪生火海，沒有屍體。」

「他死在松岸莊園裡。」我說。

「是的，在松岸莊園裡。可憐的孩子。」

就在這時，茶端了進來。黑人老太太替我們端上小花茶杯盛著的淡茶，茶杯把手長得很奇怪。茶的旁邊還擺了一盤粉紅色餅乾，餅乾不知放了多久，大部分的顏色都已褪去。我和洛各自咬了一口，接著看看彼此，把剩下的餅乾藏到茶碟底下。

「普金斯太太，」洛說，「我想問妳關於松岸莊園的事。」然後他立刻接著說下去，說到奧姆斯德是多麼希望將莊園保留下來，又說莊園與周邊景觀是多麼和諧，後來他談到松岸莊園和普金斯家族的歷史。每當他說到普金斯太太的家族史，她就會輕輕點頭。

「妳知道，」他說，「波士頓市政府想要把它拆除嗎？」

「知道，真是太可惜了。松岸莊園已經存在了兩個世紀。」普金斯太太喃喃地說。我無法忘記她仍留著一八六八年喬治葬禮上的那些花。

「妳的家族把松岸莊園捐給波士頓時，意思難道不是請市政府維護它，好為奧姆斯德的景觀增色嗎？」

「我想是的，我得查一查。」

「說不定有一份但書作為保證。」洛說。他找到正確的詞，「但書」，典型的洛。

普金斯太太低頭看著雙手。

「妳有沒有想過要求他們不要拆掉呢？」他問道。

「要求？」她說，「你是說，對松岸莊園主張所謂的所有權？」

洛點點頭，安靜坐下，讓她好好思考。我們兩人大氣不敢喘一下。

「這麼做未必有些唐突。」她喃喃自語。她有興趣，我看得出來。她的臉頰又紅潤起來。她的內心藏著些許海盜的勇氣。

但還不夠。她緩緩站起來，走到有兩百五十年歷史的書桌旁，那張對她而言過大的書桌。桌面上擺滿了所有她正在忙的東西，只因她有的東西太多。所有的家譜和古董，以及波士頓圖書館的近期活動時間表。

「親愛的沃克先生，」她說，「年輕時，背負責任讓我覺得很興奮。但後來責任越來越重，樂趣漸漸消失。我今年七十二歲，而泰德已經快八十歲了。如果波士頓把松岸莊園還給我們，我們要拿來做什麼？有一大筆的稅金要繳，更別說還需要整修。」她一無所知，「我會不知所措。我恐怕已經習慣安逸了。不，太麻煩了。」

快啊，喬治，告訴我該跟她說什麼。

「我們有個支持者團體，」洛說，「他們募了款。」

她靜靜坐在原地，噘著嘴唇。

「普金斯太太，」我打斷他們的對話，「房子裡有個小行李箱，一個盒子，我親眼見過。」就在妳的書桌上，我想說。我想這麼告訴她，讓她成爲整件事的一份子。

「大概這麼大，是黑色的，盒外有鐵條纏繞著。那盒子屬於妳的家族，屬於妳的。」

那是重要東西，她很了解。「怎麼還有我們家族的東西在那裡？」

洛用力瞪著我，但我繼續脫稿演出。「上面漆著湯馬士．普金斯的名字。那盒子是他的。裡面可能放滿金銀珠寶，或是像這個湯馬士．傑佛遜用過的餐盤，或是當初喬治．華盛頓給他的那根蠟燭。」

「沒有。」普金斯太太說，「蠟燭在這間房裡。你們想看看嗎？」

「想。」洛說。快閉嘴，他用嘴型對我說。

「普金斯太太，我想我知道盒子裡裝的是什麼。我想很值錢，可能足以拯救松岸莊園，還可以讓房子重新整修。是普金斯遺產。」

我知道就是這一刻，我失去了她的信任。她微微一笑。她大可嘲笑我，只是她太有教養。她微笑著，當下一片寂靜，我不知道該說什麼。「喔，不。」普金斯太太輕輕地說，「那絕對不會是普金斯遺產。」

她知道普金斯遺產是什麼。

我必須繼續說下去。「裡面有重要東西，喬治就是爲了那東西回到房子裡。那東西交給他看守，因爲那算是個秘密。他保管它，爲它而死。」

我完全不知道那東西可能是什麼，只知道是一張姓名清單，一個故事，有關奴隸的故事，一個普金斯太太大概不想大肆宣揚的故事。

普金斯太太站起來，看著我，笑容消失了。

「馬倫斯小姐，看來妳知道我曾曾叔公的名字，不過我不記得有告訴妳。我老歸老，但可不笨。此外，妳知道的很多事情都不是眞的。儘管喬治・普金斯備受疼愛，但是沒有人會讓他負責保管貴重物品的。他更不可能跟普金斯遺產有任何牽連，那只是單純的慈善信託，很久以前就終止了。我是最後一批受託人。我可以跟妳保證，松岸莊園已經沒有任何重要的東西。我想今天就到此爲止吧？下午我還有事。」

然後，她以迅雷不及掩耳的速度說，「芙羅倫絲，送客。」我們回到走廊上，大門在我們和普金斯太太之間牢牢關上。那個黑人老太太，芙羅倫絲，替我們拿外套，幫我們穿上，甚至從我的口袋裡拿出手套交給我，接著我們就回到屋外，置身在黃昏和寒意之中。

「可惡。」洛說。

「對不起。」

「反正她也沒打算幫助松岸莊園。」他爲我開車門，然後繞到另一邊，坐進駕駛座。

無論她有沒有打算，我已經搞砸了我們的機會。鬼魂的聲音像蒼蠅在我耳邊嗡嗡作響。我們想要。

是啊，這個嘛，我也是，洛也是。洛想要松岸莊園，而我剛才害他搞砸了。我想要平凡生活，剛剛也失去了。

我也失去了洛。

他開車開了一陣子，我們不發一語。暖氣像鬼聲嗡嗡作響，接著停止運轉。洛用手心拍打副駕駛座前面的置物箱，咒罵了一聲。

「現在我們得去收拾蹺課的事。」他說。

「沒事的，我以前做過。」

「我沒有。」

他把車停進一個小商業區的停車場裡，然後打電話回家。我看著他，瓶裝酒專賣店的紅色霓虹燈照映在他的身上。他留了話（給他媽媽，不是他爸爸），說我和他為了松岸莊園出去辦點事，精確地告訴媽媽他幾點幾分會回到家。他讓我想起某人，那張帥氣、嚴肅的臉和闊嘴。突然間，我恍然大悟，他長得像喬治。洛很聰明，而喬治死了，但是負責任很重要。他的際遇也有點像喬治，因為他所背負的責任已經超過了他的能力所及。

喔，我好喜歡他。

他曾經吻過我一次，但我失去他了。

「對不起。」我說，「我讓她的思緒轉到盒子上，忽略了松岸莊園。你本來進行得很順利，是我把事情搞砸了。」

「媽媽會說我們跑出去搞砸所有人跟普金斯太太的會晤機會很不負責任。」

這確實是我幹的事。

他再次發動車子，我注意著九五公路入口的路況。

「普金斯太太知道普金斯遺產是什麼。」我說。

「她認爲那不重要，而且反正都花光了。」

「或許她並不是眞的知道。或許她會好奇，想要把盒子拿出來。」

她不會去做。她有關節炎。她會想一想，但盒子離她平時的活動範圍太遠，開車也太遠，要求她那年邁的丈夫去做更是勉強，她還可以要求誰？美國革命婦女會[17]的人嗎？

「算了，如果房子被拆了會怎麼樣？」洛說，「妳會怎麼樣？」

我縮進外套裡。我不想去想。我從他們那裡感覺到一股無聲的回流：*回去，回去，逼她做點什麼。去松岸莊園，做點什麼……*

「如果市政府拆掉房子，在我看來，洛，他們乾脆把我毀了比較快。」

「別這麼說。」

「不然我該怎麼做？我可以等他們把松岸莊園塡平之後，立刻拿鏟子把地窖挖出來。我可以當流浪漢，住在公園裡。」

我可以徹底失去理智，洛，你是知道的。我把雙手插進口袋，因爲我不想讓他看見我的雙手在發抖。我和他不會在一起太久了。我想要得到我所有的。

左邊口袋裡，我感覺到有個硬邦邦的東西。是張卡片。我不記得我有放東西在口袋裡。

我把卡片拿出來翻面，看見上面的字跡。

「那是什麼？」洛問道。

他一個轉彎，把車子開進一家速食店的停車場裡，用力按下擋風玻璃上方的閱讀燈，然後探過我的肩膀看過來。

那是一張小小的厚信紙，邊緣微微泛黃，上面有一行筆跡工整的字句：

請小心，不要靠近那棟房子，很危險。

然後，下方留了一行字，彷彿寫信的人曾想過不要署名，最後還是決定大方露面：

芙羅倫絲・威爾遜。

普金斯太太的女僕。

她還寫下了她的電話號碼。

◆

我和我的心理醫師莫理斯女士隔天下午有約，但我告訴她我有家族聚會放她鴿子，接著洛載我到多徹斯特區（Dorchester）去見威爾遜太太。

威爾遜太太的家位於藍山大道旁一棟無電梯公寓的三樓，與女兒和兩個外孫同住。她向我們介紹她的家人，然後對他們點點頭，她女兒和外孫就像老鼠一樣消失在房間裡。我有感覺他們經常這麼做；威爾遜太太在波士頓北岸的曼徹斯特或許是女僕，但在這裡她是皇后。她請我們在餐

⓱ 美國革命婦女會（Daughters of the American Revolution）：成立於1890年，由美國獨立戰爭時期愛國份子的女性後裔所組成。

桌前坐下，爲我們端上熱可可和餅乾。她的點心比普金斯太太的好吃多了。她知道她的點心比較好吃，但沒打算炫耀，只是知道罷了。

「現在，」她在我和洛的餐桌對面坐下來，「告訴我，你們是怎麼知道那個盒子的。」

我輕輕咬著巧克力碎片餅乾，一邊思考該怎麼說。

「說實話，」她說，「不要編故事。」

「如果那盒子只是個不屬於普金斯家族的垃圾，」我問她，「有什麼重要？」

她只是坐在那兒，兩手交疊在餐桌上，等著我們說話。我看著洛，洛也看了我一眼。

「也許這個有幫助。」威爾遜太太說著，站了起來，從爐子上方的櫥櫃拿出一個盒子。她把盒子放到我的面前。

是占卜板，用來與鬼魂溝通的占卜板。

我差點咯咯笑出來。

「妳想必玩過這個，」威爾遜太太說，「或是類似的東西吧。妳一直嘗試與鬼靈接觸，利用像這樣的東西。」

我搖搖頭，我根本不需要什麼板子。不過她怎麼知道我看得見鬼？「爲什麼妳會這麼想，威爾遜太太？」

「如果妳不說妳都在做些什麼，我沒辦法幫妳。」威爾遜太太說。她往後靠著椅背，雙臂交叉看著我們。

我盯著占卜板，上面佈滿許多做做樣子的神秘符號，排列如新月狀的英文字母，以及「是」

和「不」兩個字。此外，還有個小小的塑膠板，用來在占卜板上移動，指向字母以拼出訊息。

我在思考應該告訴她多少。

其實很簡單。我該跟她說，不好意思喔，不過沒錯，我一天到晚都看見許多可怕的鬼魂？而且不只是存在於松岸莊園？

我提醒自己我需要幫助。

洛盯著他的鞋子看。

時間一分一秒流逝。

「妳是什麼意思？凱蒂有危險嗎？」洛說話的同時，我也說，「怎麼幫？」

洛和威爾遜太太一起看著我。

「如果我確實透過占卜板，」我說，「或類似的東西與鬼魂接觸，那我可以得到什麼幫助？」

「妳必須離那些東西遠一點，小姑娘。」

廢話，怎麼做？我等待她的下一句話。占卜板就擱在我倆之間的餐桌上。

什麼樣的人會把占卜板放在廚房裡？

經常使用的人。

我把手放上占卜板，從爐子上方拿出來還溫溫的。

「我看見痛苦。」威爾遜太太說，「痛苦在跟隨著妳。痛苦、危險和死亡。」

「這我大概知道。」

「在那棟房子裡。」

「我仍得把盒子拿出來。」

威爾遜太太搖頭。

「我答應過了。聽著，那棟房子，松岸莊園？妳說得沒錯。除非妳的普金斯太太願意做點什麼，不然房子大概準備要拆掉了。我們還有最後一次會議和最後一次機會去救它，下禮拜，但就這樣了。而且我答應過了。」

「誰要妳答應？」她問道。

呃。

「誰要妳答應把盒子拿出來？不是普金斯太太，不是這個男孩，也不是我。誰要妳答應，重要到妳可以不顧自己寶貴的生命？」

我用食指觸碰塑膠板，塑膠板往旁邊移動了一點。

我很清楚占卜板是什麼，這東西不是真的，每個人的手多多少少都會顫抖，塑膠板（我記得叫占卜寫板）很輕，占卜板又很滑，所以寫板會在占卜板上滑行。一旦你相信占卜板在說話，心裡期望的答案就會驅使寫板往期望的方向推進。

「妳希望跟我答應的那個人說話？」我問她。

那些奴隸鬼魂大概不會說英文，喬治又不在這裡。不過我就跟任何人一樣，推推塑膠板不成問題。

「千萬不可玩弄鬼靈。」威爾遜太太警告道。

「我沒有。」我跟妳保證。

我直視她的雙眼，她相信我。是她寫了那張紙條給我，說到鬼靈的也是她。

她看起來再正常不過，除了開門見山就提到鬼魂之外。不過，說不定她也看得見東西。

「嗯哼。」威爾遜太太說著，「嗯哼。」聽起來彷彿在說不妙，但她還是把占卜板推到我倆中間的餐桌上。她站起來，調暗燈光，然後又坐下來。她把雙手放在寫板的邊緣，很輕很輕，就像個鋼琴家。我把我的雙手放在寫板的另一邊。

「虔誠基督徒可不做這種事。」威爾遜太太喃喃自語，接著寫板開始移動。

「妳現在沒有在推吧？」她問我。

我把寫板輕輕推向字母G。「沒有，威爾遜太太。」

E。

O。

另一邊傳來一股推力，寫板突然一衝，拚命繞著不、不、不。

「有人在嗎？」我問道，就像恐怖電影裡的巫女。我對通靈的所有認識都來自於恐怖電影。

不。

我把寫板往回推向R，但威爾遜太太也在移動它。

我朝著R的方向用力一推，然而寫板就像口香糖一樣緊緊黏著「不」。威爾遜太太的手指頭比我強壯。

「我們想問，」她插話進來，「這個笨女孩想去找那棟房子裡的一個盒子。」

不，占卜板說。

「什麼不？誰在說話？」我說。

不、不、不，然後是。

「是，我應該去？」我說。

「不，妳不應該去。」洛喃喃地說。

「要她去的人是誰？」威爾遜太太問道，「有立意良善的人嗎？」

現在我可以清楚感覺到威爾遜太太將寫板推向不的位置。她的手指彎起來，即使只有那麼一點點。

「要妳去的沒半個好人。」

「不公平，威爾遜太太。妳作弊。」

「我才沒有作弊。是寫板自己想說不的。」

我突然移開雙手，寫板猛地滑向不的位置。她推得好用力。

她拿開手指，被逮到的模樣。我把手放回去，她也把手放了回去。現在我們兩人都不推了，又或者我們只是放輕了力道，輕得——

寫板開始移動。

它兜著圈子，彷彿在四處觀看。它移動著，慢慢地，慢慢地，朝著一個字母前進。不是R。K。它兜著圈子，嗅了嗅每一個字母。A。它回到新月狀排列的字母底下。T。我預期下一個字母是I，但它滑向了E。

KATEY.KATEY.KATEY KATEY KATEY，越來越快，越來越快——

威爾遜太太得意地看著寫板，同時放開雙手。我也跟著照做。我發誓，寫板在停下來前，自行移動了好一會兒。

「是妳自己想去。」威爾遜太太說，「只有妳，沒有別人。」

「我的名字根本不是那樣拼。」

「不管有沒有鬼靈，他們會不會拼妳的名字都不重要。」洛說，「那棟房子不安全。」

我將雙手移開寫板，平放在大腿上。「我不相信這東西，好嗎？」我說，「總之，有個盒子，有個秘密，還有某些人需要的某樣東西。有個人已經爲了那東西看守好長一段時間，他停不下來，除非我、或普金斯太太、或任何人願意幫忙，不然他將永遠看守那沒人找得到的東西，而且他不會是唯一深陷其中的人，還有我，還有那些人。拜託了，威爾遜太太，如果妳眞的想要幫我，妳得做點什麼，而且要快。」

威爾遜太太站起來。「我幫不上忙。」

「妳可以至少跟普金斯太太談談嗎？拜託？」

「馬倫斯小姐？讓亡者安息吧。我幫不了他們，妳也幫不了。我能做的，」她說，「是幫助妳，警告妳。還有你，」她對洛說，「如果她不夠理智，不知道得遠離那個地方，你要阻止她。聽到了嗎？」

◆

在燈光下，在街道上的積水處，在結冰的表面和擋風玻璃的倒影裡，我看見黑暗。我聽見哭聲和低語。我的眼角匆匆一瞥，看見一雙眼睛閃爍著光芒，看見一雙手伸出了掌心。我又聞到那股惡臭，泥土、汗水和傷口潰爛的味道。

妳不想看見我們，但妳會的，妳會越看越多，妳會……

洛

回程的路上，我們在一家熱狗攤停下來。我把車子停在路邊，排隊買了三根他們有名的超長熱狗，一根給凱蒂，兩根給自己。她在車窗裡凝視著我。她大概是藍山大道（Blue Hill Ave.）上唯一的白人面孔。

「要加酸菜的還是不加酸菜的？」我彎腰坐回她旁邊的駕駛座。「吃吧。」她搖搖頭，「快，眞的，吃吧。很好吃，波士頓最棒的熱狗。」

這整件事我無能爲力，只能替我們買點食物。

我發動車子，沿著藍山大道，朝多徹斯特區的市中心開去。星期六的晚上，即使是寒冷的一月，街上仍然擠滿人群。等紅燈的時候，一輛放著嘻哈樂、坐滿小混混的車子在我們旁邊停下來。我看見後座伸出手對我們指指點點，白人男孩和他用來炫耀的白人女友。他們把音樂開得震耳欲聾，接著搖下車窗。而在另一側，一個喝醉的駕駛往我的車子開過來，伸手討取一塊錢。紅燈一變綠，我立刻從兩輛車之間溜出去，左轉開上莫頓街（Morton Street），深吸了一口氣。

「在威爾遜太太家是怎麼了？」

沉浸在藍山大道景色的凱蒂用指節揉揉眼睛和鼻子。「威爾遜太太故意推著寫板，我也是，然後——」她用力嚥了一口口水，「KATEY KATEY KATEY，是他們搞的。你聞不到他們嗎？」

「他們也在那裡？在她的廚房裡？」

「他們無所不在，洛。如果松岸莊園被拆了，而我沒有把盒子拿出來會怎麼樣？會怎麼樣？他們會一輩子陰魂不散嗎？我想會的，我該怎麼辦？」

我開車經過凱西公路（Casey Highway）旁的廉價加油站，剛好油箱快沒油了，我開進加油站。有個正在替破車加油的黑人看著我的Geo Storm小型跑車，又透過車窗看見凱蒂，張嘴說了幾句話。我經過他，繼續往前開。

「妳覺得看得見鬼讓妳看起來像怪胎？」我說。

「廢話，當然了。」凱蒂說。

我不發一語，繼續往前開了好幾條街，最後來到巷弄間都會有的那種神奇地帶。在那裡，就算開著螢光粉紅的坦克車，或女朋友長了觸角，都不會有人注意到你。我把車子停在陰暗的路邊。

在黑暗中，在別座城鎮的陌生街道旁，跟她說起話來比較輕鬆。

「這就當作我們之間的秘密。鬼？我還是孩子的時候，我——別誤會——我很怕黑人。」我現在還是很怕，「不是所有的黑人，像我爸爸那種我不怕，」我說謊，「是像威爾遜太太那種，或藍山大道上的居民。大塊頭，狠角色，穿垮褲、戴頭巾的那些傢伙。我覺得如果我花太多時間跟他們混在一起，最後說話就會像流氓，打起街頭籃球，功課一落千丈。我害怕所有在腦中發生的壞事，因爲黑人在美國的那些過去。」所有關於奴隸的念頭，所有收集戰利品的行爲，所有掛在我們家前廳的獎狀和爸爸辦公室的名人照片。「這不光是我，這是爸爸媽媽一直以來給我的訊息。」

凱蒂會明白嗎？

「凱蒂，那棟公寓的氣氛相當低迷。奶奶是女僕，女兒在沃爾瑪之類的地方上班，眼前所見沒有超過十二歲以上的男人。看著一個黑人，大多數的美國白人看到的是缺乏教育，不受敬重，沒有自尊。身爲黑人我很自豪，但是我告訴妳，我看到那些鬼魂，我感覺到那些鬼魂，我爲他們感到羞恥，希望他們消失。」

我想要給她支撐下去的力量，但我聽見爸爸在我內心傳來的聲音。爸爸，我那功成名就的爸爸，瞧不起我做的每件事都與成功無關。媽媽，要的是我有一個可以炫耀的女友。

「你知道嗎？」凱蒂生氣地說，「你害怕的那些人？他們就是我。」她轉頭面向我，「『缺乏教育？』你該看看我爸爸，他能讀完高中就已經很幸運了。媽媽上過大學，但可不是哈佛。我們住在威士忌岬角區，差不多在貧民區附近。你的沃克賣了很多錢，但不是給我們的人。我們的人連馬鈴薯都買不起。不要以爲你爸爸見到我的時候不知道這一點。」

「妳不是黑人。白人看著像我這樣膚色的人時，會以爲我讀的是感化學校。爸爸第一次到哈佛教的第一堂課？有些學生以爲他是警衛。」

「美國充滿歧視，」凱蒂說，「這點我知道。歧視黑人，歧視窮人，沒什麼好驚訝的。但你說的只是歷史。洛？而我說的，是下半輩子在每個陰暗角落都看見鬼。」

「聽著，我還沒說到重點。如果萬不得已，妳只得去接受。我不是無情，沒到非常無情的地步。我們學會接受，眞的，妳也可以。妳必須如此，凱蒂，大家都是如此。」

我看了後照鏡一眼，什麼也沒看見。

蓄奴賠償，我暗暗思忖。非裔美國人該索取的賠償，我們得自己去償。我們得解放自己；白人做不到。爲了改變自己而尋求賠償的是爸爸，不是凱蒂。

既然這樣，爲什麼她得看見那些奴隸？爲什麼她得去接受？

爲什麼我又得去接受？

我該去哪裡解放自己？我該怎麼做？

她又該去哪裡？

「我不想接受他們，這不是什麼英文課的隱喻練習。我需要有人進去屋內，把盒子拿出來。」凱蒂說，「這是他們想要的，也是我和喬治想要的。但是如果沒人願意，我就得做點什麼，早早了結，然後再也不必見到他們。」

「這也是我想要的啊。」凱蒂，妳不知道我有多認眞，「我不知道怎麼說，這聽起來可能很老套，但是我希望讓他們的靈魂安息。」

凱蒂點點頭，沒錯。

「但肯定還有別的辦法，而不是讓我倆雙雙死在那棟房子裡。」

「星期四晚上是最後一場會議了。」她抗議道，「在那之後，你知道市政府會以最快速度拆除松岸莊園。」

我只剩一個辦法了，所以非成功不可。

「我要到那場會議上發聲。」我告訴她。

她看著我，不發一語，但表情明顯在說這樣做有用嗎？

我搖搖頭，放聲大笑，不是開心的那種。「爸爸多年來一直教我如何演講，我可以發表我本來要為沃克獎所寫的文章。爸爸逼我寄了他心儀的版本。我本該寫自己想寫的東西才對。星期四晚上，我要發表我的文章。」

是啊，爸爸也會在那場會議上說話。他說過如果媽媽有意見，他也不會保持沉默。如果是我有意見就更不用說了。我將與爸爸辯論，與民族之聲辯論。

為了一間奴隸商人的房子。

「我在乎那棟房子。或許我不應該如此，但我對松岸莊園有很多話可以講，因為我真的在乎。凱蒂？在我們嘗試其他辦法前，先讓我試一試。」

她看著我，打量著我。

「好吧。」她說，「我答應你，在會議結束前不會走進松岸莊園。不過，洛？好好做，因為在這之後，我就非去不可了。」

我還有一件事可以貢獻，一件我不想貢獻的事，但我必須去做，否則這輩子我都是個膽小鬼。

「事情結束後，」我說，「我們一起進去。」

凱蒂

那晚，露西和菲爾出門約會，留我獨自在家。我差點像個孩子哭出來，不要離開我。他們信任我，我一直很乖，狀況很好。他們正在熱戀，他們不在乎。

那天下午，我把新的素描本畫滿了那些人。

我還沒法將他們視作一群人，不過我漸漸將他們越看越清楚。一隻被火燒掉的耳朵特寫，仍看得見耳洞，凝著血塊，滲出膿汁。一個小嬰兒的手伸向他的母親。一雙雙為了防止逃跑而被砍掉一半的腳，我可以看見碎骨——

他們聞起來混著汗水、泥土、鮮血和烤肉的味道。

我幾乎可以聽見他們的聲音，回憶中的一記尖叫聲。

過了一會兒，我替腳踏車燈裝上新電池，騎車前往松岸莊園。我不是很喜歡摸黑出門，但是我寧可做任何事也不想再去畫他們，再去想他們。

天氣冷得不得了，冷到雙眼刺痛。我把腳踏車停到樹叢裡，在樹枝和落葉之間。「喬治？」沒有回應。

「喬治！」

我走到鐵網旁邊，臉頰貼著網孔。他在幹什麼，睡覺？鬼不睡覺的，對吧？我可以看見湯馬士．普金斯的辦公室。有那麼一瞬間，我以為有東西從窗戶那兒看出來，某個聞起來像燒肉和鮮血的東西。

然後，我聽見背後傳來腳步聲。

不過他們是人類，兩道影子，從結霜的草地上窸窸窣窣走來。我彎腰躲進了矮木叢，平躺在地面，努力平復情緒。

「那棟房子裡有黃金？」比較高的影子說。

「我沒蓋你，勒羅伊。威爾遜媽媽叫我來拿的。她的那位白人老太太想要。威爾遜媽媽說可能是金幣，也有可能是寶藏。」

「泰勒老兄，你明白緩刑的意思嗎？我現在可是緩刑中啊。」

「黃金是威爾遜媽媽那位白人太太的東西，」泰勒說，「跟偷竊不一樣。」

「金幣，最好是。」

「你要我進去？」泰勒抱怨地說，「我太胖了，老兄。」

威爾遜太太派他們來的？普金斯太太吩咐的？那裡有兩個人，都差不多我的年紀。泰勒是典型那種胖嘟嘟又滿身大汗的孩子。他戴著球帽和連帽衫的帽子，以及紅襪隊的外套。勒羅伊大約比他高個一英尺，披著一件老人穿的羊毛外套，釦子也不扣，好像很暖和似的。在松岸莊園周圍的黃光下，他們的膚色襯得黑上加黑。

「你進去。」勒羅伊嘲弄地說，「當然是你進去了。」

「你比較擅長找東西。」泰勒抬頭看著勒羅伊說，「只要房子裡有東西，你都找得到。你去吧，老兄，你找東西是出了名的。」

「是啊，我去，我找東西出了名，你要替我坐牢嗎？」勒羅伊說，不過同一時間，他慢慢離開鐵網向後退，抬起頭，瞇起雙眼，然後向上一跳；地心引力還來不及抓住他，他就像隻松鼠翻了過去。

他要進去？他要進去把盒子拿出來？為了普金斯太太？

「把鐵撬給我，老兄。」泰勒穿過鐵絲網把鐵撬遞給他。勒羅伊走到房子的角落，我看不見的地方。

屋頂可能砸在他身上，就像洛警告過的那樣。

沒關係，我竟然這麼想。勒羅伊只是個黑人，是威爾遜太太派來的。況且，普金斯太太不打算幫忙，她只想拿回黃金。勒羅伊不是我的責任，要是屋頂砸在他身上又怎樣。最糟的情況是，他們把他挖出來，發現寶物，接著梅尼諾市長用那筆錢重建松岸莊園，鬼就會離開，而我就會平安又正常，然後也許洛又會再次喜歡上我。

最糟的情況是，勒羅伊死掉。

我真的這麼想，這些想法真的在我腦中跑過。

我聽見屋內傳來一記尖銳的聲音。木板上的釘子被撬了開來，就在地窖的門上方。

只是個黑人。他是小偷，正處於緩刑期間。

因此，我坐在原地，躲在矮木叢裡，等待焦黑的橫樑不支垮下時的轟隆聲。如果我站起來警告他和泰勒，他們會很慌張，對我下手。強姦，說不定是謀殺。

要是有人得受傷，還不如他們去承受。

湯馬士·普金斯肯定有過類似的想法，他們不如我們重要。

我不是那樣的人。我看著一個黑人小孩時不會這麼想。

所以我必須站起來，放聲警告他們。

我站到一半，沒有完全站起來，因爲我很害怕。

「他快找到了。」喬治在我背後說。

「喬治！」

「他的手就放在秘密基地旁邊。」喬治說，「他只要靠上去，秘密基地就會打開。」

泰勒朝我們的方向轉過來；他聽見我的聲音。我縮起身子，從樹叢和落葉間往外觀察。泰勒從外套口袋拿出一樣東西，喔，該死，是槍，不對，是手電筒。光線赫然照亮松岸莊園的側面：紅磚、白色的陶土磚邊飾，和被亂塗鴉的窗框。泰勒把手電筒朝我們的方向照進樹叢，喬治像陽光下的煙消失了。

「你在幹什麼，呆子？」勒羅伊從辦公室的窗邊對著泰勒說，「你要把警察引來這裡嗎？這是你的計畫？」

他沒事。

不是因爲我的關係。

泰勒關上手電筒。

「你找到什麼，勒羅伊？」

「什麼也沒找到。」

「白人女孩說她看見一個寶盒。」

「你在作夢吧，老兄。要是有東西在房子裡，我不是早就找到了嗎？我不是出了名的嗎？」

我的眼睛漸漸適應黑暗。鐵網發出聲響，彷佛金屬線圈被拉了又扯，接著，勒羅伊在泰勒旁邊翻下來。

「可能以前有過。」泰勒喃喃地說。

「可能以前，可能以前，什麼都可能以前怎麼樣，老兄。買啤酒給我。」

他們漫步離去，往下走向池塘，球鞋來回摩擦著落葉和草地。他們又成了人類，跟我差不多年紀的孩子。他們不會傷害我，我也不會傷害他們。

還有，我知道怎麼找到秘密基地了。

喬治說勒羅伊把手靠在某個東西上——牆壁？某層樓梯？——差點推開了秘密基地的門。地窖並不大。我可以在伸手可及的位置找到秘密基地的門。

這就是事實，威爾遜太太，普金斯太太。妳們想讓泰勒和勒羅伊找出盒子，但那個人將會是我。

我的腸胃一陣翻攪。

那個人將會是我。

勒羅伊進了地窖，他人沒事。

所以如果我得進去地窖的話，我也會沒事。

我相信。

我會沒事，我會變得正常，我會救出那張名字清單，讓喬治回家，回到爺爺的身邊，然後拯救自己。

我會變得更好。

否則我將會死。

洛

我以前寫過關於松岸莊園的文章。我從硬碟裡找出檔案，目不轉睛地讀著，企圖把文章變成一場演說。

以奧姆斯德的視角。

一間遠眺牙買加湖的餐廳。只是這次，我看見的是白人坐下來用餐，而我們是服務生，是廚師，是打雜工。

我盯著電腦螢幕；我不停盯著，想要看見松岸莊園遺失的秘密，那份寶物，普金斯遺產，最後只看見自己反射在螢幕上的臉。

過了一會兒，我走下樓，從媽媽放平面圖的架子裡取回凱蒂的那張鬼畫。

我把畫展開，五個大人和一個小孩對著聖經發誓，一群黑人的殘影圍繞著他們。我不想看著他們，如同我不想看著在熱狗攤附近的小混混一樣。

接近夜半時分，文章很明顯沒有半點進展，於是我開始上Google搜尋奴隸照片。有張很著名的照片，一個背部滿是疤痕的男子。他的上身赤裸，把臉轉開沒有看著相機，籠罩在陰影之下。我繼續搜尋，想找到其他露臉的照片，但是就只有這張看著別處的側臉。我找到他的名字，還有他說過的話。「『工頭阿塔尤・卡瑞爾（Artayou Carrier）鞭打我。我痛得在床上躺了兩個月』……可憐的彼得坐著拍下這張照片時所記錄下來的話，一字不差。」然而在另外一個版本，他的名字是喬丹。

所以到底喬丹或彼得眞正說了什麼？他想要什麼？他會對我說什麼？我把他的照片印下來，貼在書桌上方。

天亮之際，我漸漸入睡。我夢見他轉頭，用那雙同樣黑暗、飢渴、沒有生氣的眼睛面向我，就像凱蒂畫的那樣。

我希望那些人不要再來找我們。

◆

星期二，我和凱蒂碰到了大麻煩，就在彼魯奇老師的課堂上。

彼魯奇老師用沉悶的語調說著內戰的各種起因。南北兩方在經濟和社會上的歧異。軋棉機的發明。州政府和聯邦政府之間的權力衝突。我們上到二次大戰的內容時，彼魯奇老師沒有任何困難說出「大屠殺」或「集中營」或「猶太人」等字眼，卻說不出「奴主」或「奴隸」那些會惹麻煩的字眼。

州政府拒絕執行聯邦政府的法令，他說。接著是一八五七年的經濟大恐慌。我早已出了神，正在畫松岸莊園的一樓平面圖，這時整間教室突然安靜下來。

我轉頭。凱蒂在黑板上畫畫。

她的靈魂不在教室裡——我從我的位置可以看見她的臉。她看起來就像當初畫沃克肖像時的模樣。整面黑板，用白色粉筆畫在綠色黑板上的——

是一條鞭子揮過一個人的背，傷口深可見骨。

是一個烙印落在一個人的肩膀上。

「這是在開玩笑嗎？」彼魯奇老師說。

凱蒂沒有回頭。她拿著粉筆，在黑板上拚命畫啊畫，長長的粉筆線變成又踢又蹬的雙腿，被鏈條鎖住的影子從一艘船上掉下去。

「這是什麼批判之類的嗎，凱蒂？」

然後，我也失控了。我站起來，「是啊，彼魯奇老師，就是批判。我們什麼時候談論奴隸制度？什麼時候談論『那些』經濟和社會歧異？」

「洛，你能不能就這麼一次，不要像你爸爸一樣——」

「去我爸，也去你的。上百萬個人被你遺漏在歷史之外。想談一八五〇年代是嗎？讓我們來聽聽一八五〇年代的奴隸是什麼樣子吧。他們總共有五百萬人，個個都受到非人對待。為什麼我們不能在這裡說說發生了什麼事？」

彼魯奇老師的聲音沒有把凱蒂拉回現實，但我的聲音做到了。她盯著黑板上的東西，然後轉身看著所有人。有人說，「好樣的，凱蒂！」彷彿凱蒂刻意畫了那些東西。

最後，她的繼父只得來接她回家。

◆

我回家時，媽媽正在等我。起初，她不知道該說什麼。「你被送去校長室？你對彼魯奇老師大罵？」

是的，媽媽。對不起，媽媽。對不起，我像個黑人一樣衝動，媽媽。

但她眞正在乎的其實是普金斯太太。

「洛，你怎麼可以這樣？」她站起來，揮手要我坐下。我不肯坐。「你知道對那樣的人，機會只有一次。今天桃樂西・普金斯拒絕見休・麥迪生，因爲她說支持團體中已經有人拜訪過了。」

「媽媽，妳記得我跟妳說過這件事跟奧姆斯德有關？我的意思是他眞的涉入其中。我和凱蒂認爲普金斯遺產和他有關聯，他是其中一個神秘受託人。我們也認爲松岸莊園裡仍有東西與普金斯遺產有關，在一個盒子裡，放在地下室。凱蒂說普金斯太太派了人去那裡找，就在我們告訴她東西在那棟房子裡之後。

「不過這也跟奴隸制度有關。我今天挺身反抗彼魯奇老師，我不覺得丟臉。」

「你的朋友凱蒂，跟今天畫那些畫的是同一個女孩？」

是的，媽媽。

「洛，你的朋友很有想像力，大家都很欣賞，但她也是個情緒非常不穩定的孩子。我今天跟她的美術老師談過了，也跟彼魯奇老師和她的所有老師談過了。有些老師很擔心。」媽媽壓低音量，「有些老師認爲她在嗑藥。」

「媽媽，拜託，凱蒂沒有嗑藥。」

「她也正在接受精神科醫生的治療。看看今天發生的事。我怪我自己。我對我的事業太過狂熱，牽扯了不應該牽扯的人——」她搖搖頭，「我乾脆怪湯姆．梅尼諾算了，事情發生就發生了。但是洛，我認爲我們對她而言不是個適合來往的家庭。」

有那麼一會兒，我沒有搞懂她的話。「妳是在告訴我不要再見她了嗎？」

「你父親的工作容易挑起一些非常深層的情緒。查爾斯是個堅強的人，但是就連他都很難下筆寫出他的研究，或去鑽研發生過的歷史，去面對那些支離破碎的生命。

「你朋友的母親突然遇害，在那之後她就變了一個樣。我從她其中一位老師，羅森女士那裡得知，這件事對她而言一直不好受。創傷後壓力症候群之類的，我不知道，我沒有立場診斷她。」

「妳還是說了。」

「洛，你已經夠大了，懂得做出理性決定。你認識她後，卻一直相當魯莽。我很擔心。我擔心的不只是你，我還擔心她的情緒是不是穩定，擔心她有可能對自己無法處理的問題陷得太深。」媽媽把手伸到桌子後方，「我很擔心，是因爲這個。」

她還沒展開那張畫，我就認出來，是奧姆斯德站在一群白人和奴隸之中。但裡面還藏了第二張畫。是沃克。凱蒂畫的我的曾曾祖父。媽媽看著第一張畫皺起眉頭，然後把第二張畫攤開來。

「這是你。」媽媽說。

「他長得像我，但他是沃克。」

「爲什麼她要畫沃克？」媽媽把畫捲起來，兩手握緊，「洛，她很在意奴隸制度、苦難，還有你。我簡直覺得你被人跟蹤了一樣。我不喜歡這麼說，可是她對你感興趣的程度很不健康。還有，為什麼在那麼多人之中，她偏偏把奧姆斯德扯進來？奧姆斯德就代表我啊。」

「媽媽，妳完全搞錯了。」

「洛，我希望你對我們負責，對她負責，暫時別說任何話。我希望你一陣子不要見她，直到她的精神狀況恢復正常。」

「她的精神狀況不干妳的事。」

「她對我的兒子產生影響就干我的事了。」媽媽站起來，突然厲聲說，「洛，好好想一想，她是不是仍對母親的死念念不忘？她只是在哀悼，還是在生氣？她聊過她母親的死嗎？聊過死亡嗎？她是不是對死亡有幻想或不正常的依戀？或幻覺？你知道這些事最後會有什麼後果。」

我想起凱蒂的側臉。凱蒂坐在星巴克，說起害死她媽媽的傢伙。我希望他很痛苦、很痛苦地死去。凱蒂敘述著她走進去的那棟房子，那棟不是隨隨便便就能拍到的房子。

「她不是瘋子。」

她不是那種類型的瘋子。

「我和你父親已經取得共識，你不准去見她。」

「你們有共識，我可沒有。媽媽，別這樣。」

我站起來，在她還沒多說什麼之前離開了。

◆

「她越來越害怕了。」雪兒說，「我希望你知道。」

我們所有人聚集在巴比李的視聽室。「她的行為沒人說得出是瘋得很酷還是瘋得可怕。」巴比李說，「不過我真希望你發飆的時候，我有台攝影機可以對準彼魯奇老師。鼎鼎大名哈佛歷史系教授的兒子對那討人厭的混蛋說他滿口胡言，而主動提起你爸爸身分的人也是他。太完美了。」

「可以不要把我爸媽扯進來嗎？」

雪兒若有所思地看著我。「你老爸打電話給她繼父了嗎？」

「老天啊，希望不要。」

「賭五塊他打了。」巴比李說。

「抱歉，我應該稱呼他你的父親。我知道你和你父親的關係，但我父母就會這麼做，如果有人瘋成這樣的話。」

「你們兩個給我閉嘴。我媽說我不該和凱蒂見面，但我還是會去見她。」

「不得了，」戴瑞爾說，「你父母對某件事持相同意見？」

「你到時候會很忙，根本沒辦法偷偷從你父母身邊溜走。」雪兒說，「忙著準備你的沃克得獎演說。」

「你們知道結果了嗎？」巴比李問道，「怎麼樣？」

雪兒指指戴瑞爾，再指指自己。

所有人都看著我。

「我什麼也沒聽說，我也不在乎什麼該死的演講。」

「我們都收到了決選的完整名單。」雪兒打開她的信，用亮晶晶的指甲輕敲我的名字，給了我一個苦笑，「恭喜。」

◆

當個乖巧的洛倫斯，好好爲了沃克獎練習。忘了凱蒂，忘了松岸莊園，忘了那棟房子融入周圍景色的模樣，就好像音符融入音樂那樣合拍。忘了鬼魂，忘了奴隸制度，忘了凱蒂的白皮膚，忘了她說過她就像我害怕的那些黑人，爸爸媽媽害怕的、我們從未提起的那些人。

盡力贏得沃克獎，打敗我的朋友。沒問題，去吧，接受明擺著的蓄奴賠償。因爲，與其去思考人生，把特權當作補償比較簡單，太簡單了。

我其他的選擇是什麼？星期四照常演講，跟凱蒂一起進松岸莊園，去找血染的黃金和一張寫有死人名字的清單？

然後讓一樓的地板壓垮我們？

要是我夠聰明的話，我會想出一個辦法，在不傷害到人的情況下，把盒子從松岸莊園拿出來。

要是我眞的夠聰明的話，我會在星期四之前想出來。

這表示我應該穿上我的英雄球鞋，準備出發。

離開巴比李家的路途中，我在松岸莊園停下車。我把車子留在停車場，拿了手電筒，爬上小徑，來到了鐵網邊。我在那裡站了好長一段時間，想著那些燒得半焦的平衡木。

我不是英雄。

反之，我打電話給威爾遜太太。

◆

藍山大道旁，一排排的三層公寓是平淡無奇的醜陋紙箱：凹陷的鋁皮牆板，沒有邊飾。街道上沒有樹木，連樹苗都沒有。汽車一輛輛停在路邊，生鏽的老車用散熱漆漆成了金色。我在距離威爾遜太太公寓的兩條街外，替我的Geo小車找到一個停車位。

「威爾遜太太，妳和普金斯太太派人進松岸莊園，尋找理應不該在那兒的盒子。盒子裡有什麼？」

「我不知道你在說什麼。」

「凱蒂看見泰勒和勒羅伊了。」我的手伸到爐子上方，把占卜板重重摔在她的餐桌上。「她快被藏在裡頭的東西給逼瘋了。她可以幫妳找到盒子。」

威爾遜太太噘著嘴唇搖頭。

「她被鬼纏身。」

威爾遜太太的雙眼突然閃爍了一下。

「她不會是唯一一個。」威爾遜太太說，「唯一一個被鬼纏身的人。」

對對對，我們都住在鬧鬼的房子裡。「普金斯太太知道盒子裡裝著什麼。」我說。

「或許吧。」威爾遜太太說，「或許她知道，又或許她是在懷疑某樣她不想知道的東西。她必須保護她的家人。」

「我們早知道湯馬士・普金斯是奴隸商人。歷史有記載。」

「你根本什麼都不知道。」威爾遜太太激動地說。

「請普金斯太太幫忙。請她去查一查房子是怎麼過給波士頓的，請她去提出訴訟，什麼都好。」我草草寫下我的電話號碼，「再沒有其他辦法，我和凱蒂就只好親自把盒子拿出來。我們還有兩天，拜託了。」

出了威爾遜太太的公寓後，我坐在階梯上，恐慌不已。除非奇蹟發生，除非七十二歲的普金斯太太想出辦法，或是我在星期四當天能說萬人的方言、並天使的話語⑱……

等我回到外頭，我的Geo小車仍在原地，只是鎖已經裂開，音響不見了。說不定再過兩天我就死了，所以有什麼關係呢，但我還是失控了。我已經受夠了黑人，我站在街上放聲大吼。

「你們這些偷我音響的混蛋。」

多徹斯特區的每一個人，世界上的每一個人。

他們所有的人。

我們所有的人。

我甚至沒去考慮我可能是被一個白人搶了。

⑱ 原文是speak with the tongue of men and angels，出自聖經。

凱蒂

菲爾臉色蒼白，我從來沒有見過那麼蒼白的臉；他的鼻子白白的，兩眼滿是黑眼圈。媽媽死後，我還沒見過他這副德性。

露西．羅森拿著我的素描本。她和菲爾坐在桌前，瀏覽著她聖誕節送給我的素描本。

「整本都是？凱蒂？」露西．羅森問道。

「都是奴隸的畫。」我說，「我和洛最近一直在討論奴隸制度，所以我畫了不少奴隸。」

「凱蒂。」菲爾說。

他把素描本翻到一頁我根本不記得自己有畫過的畫。

那是一個抱著嬰兒的女人。媽媽和女兒。媽媽彎著身體圍住女兒，努力想要保護她。她們沒有頭髮，骨瘦如柴；嘴唇被她們的牙齒咬破，嘴皮一片片剝落。

草草寫在她們上方的，沒錯，我的簽名，KATEY KATEY KATEY KATEY。

「凱蒂，那是妳的名字。」菲爾說，「凱蒂，我不知道該怎麼想。」

「我的名字不是那樣拼的，我知道怎麼拼我的名字。」

菲爾和露西．羅森互看了一眼。

「沃克太太打電話給我們，給我。」菲爾說，「上星期五，妳跟我說妳身體不舒服，結果跟她的兒子蹺課去了。莫理斯女士也打了電話來。上星期六妳告訴我妳可以自己赴約，妳卻告訴她妳有家族聚會，顯然當時妳又和沃克太太的兒子在一起。現在，又發生學校這件事——」

「莫理斯女士對我沒有任何幫助，我覺得我根本不需要心理醫生。」驅魔師倒有需要。這麼說似乎不妥當。他們看了看彼此。他們很確定我應該坐下，盯著莫理斯女士的胖腳踝。

「這些畫太可怕了，」露西．羅森說，「凱蒂，情況越來越失控了。」

「聽著，」我指著那些畫，「這些事都確實發生過，爲什麼我不該畫他們？」

「這不正常，凱蒂。」

「人曾經把人當作商品買賣。賣掉他們，讓他們餓肚子等等。甚至波士頓人也有參與。爲什麼我不該覺得那是不正常的？告訴我，奴隸制度正常嗎？」

照理我吵贏了這場架，感覺卻不是這麼回事。菲爾和露西．羅森看看彼此，像在說該怎麼跟這女孩解釋才好。這女孩只希望他們還沒有發現其他的畫。

「沃克太太認爲妳不應該再涉入松岸莊園的事了。」菲爾說，「我也這麼認爲。」

「不，菲爾。這個星期四是市政府拆除松岸莊園前的最後一次機會。洛準備發表演講。我必須在場。」

他不知道我在場有多重要。

「沃克太太也希望妳和她的兒子暫時不要見面。」露西．羅森說。

不能跟洛見面？

「凱蒂，」菲爾說，「妳應該跟學校請幾天假。」

「爲什麼？」

「學校行政組不確定妳該不該繼續待在布魯克蘭高中。」菲爾說。

「不。」我不介意不能去學校，我是說，我總是在找各種不去學校的藉口，可是退學？這表示我正式被認爲是瘋子了。

而且見不到洛？

「我會去道歉，菲爾，我只是在黑板上畫畫，這樣而已。」

但是等下次發生的時候呢？我又該怎麼辦？

露西把手放在菲爾的手上。這是相愛的人會不加思索做的舉動。「菲爾，我有個建議。」她說，「凱蒂一直盡心參與拯救松岸莊園的活動。如果不讓她出席會議，未免太不公平。或許我們都應該去。」

我沉下臉，好讓自己不必感謝她。我說聲失陪，然後走進房間，所有的鬼怪屍體圖都藏在床墊下。我的文件夾裡只有小羊小貓的畫。

退學？

房門的另一邊，我聽見菲爾和露西壓低音量談論著「她的父親」，以及震驚和遺棄的字眼。

他們知道我和爸爸說話嗎？

◆

星期三，決定松岸莊園命運的前一天：除了松岸莊園的命運，還有那些人、喬治和我的命運。我可以聞到他們的氣味，在空氣中濃烈又刺鼻，潮濕、腐壞。我還可以嗅到燒肉和某個隱密起來的味道。汗水和恐懼。

最後，我還是待在家裡沒去學校。照理來說，我應該要「休息」，但菲爾和露西一離開，我立刻跑去松岸莊園。

拆除機器已經進駐，房子三面被圍了起來。現場有大型的黃色挖土機、鏟土機，以及大得像鏟雪車的藍色拖拉機，機身傷痕累累。我的心不禁一揪。

房子的一側，有個戴安全帽的男子坐在一輛小型機器裡，正在剷除房子側面的白色磚牆。

「你在做什麼?」

他讓機器閒置，下來跟我說話。

「取一些陶土磚的樣品，小姐，替歷史學會保留起來。」他從地上撿起一塊白色碎磚，「這東西不好，霜容易透過去。」

他將碎磚穿過鐵絲網遞給我。觸感像粉筆，表面雕有一片花瓣的圖案。四片可以拼成一朵花。

「霜讓磚塊裂開，」拆除工人說，「接著磚塊會開始剝落，冰會順勢侵襲到磚塊的後方。砂漿沒了，磚也壞了。妳想要整個磚塊嗎?」

他在牆壁底下的碎片堆中東挑西找，最後找到一個有完整花朵圖案的磚塊。他花了一點時間。松岸莊園的那場大火把外牆的磚塊燒得又黑又灰。

我望著他把喬治家的外衣一塊一塊剝下來。

喬治不在這裡。有別人在的時候他幾乎從來不出現。不過我可以看見房子角落閃爍的黑影。

就在這時，他們來了。他們之於人類就像浪花之於靜水。可怕的神情，駝背的身軀，兇狠的目光。又是那股味道。我聽見他們的聲音，他們的一字一句。我知道他們想要什麼，可是那些字句毫無意義，就像夢話或外語，小時候大人說的話，聽完就忘了。Bumbummey、Ogun Ogun、Himook。*他吊在那裡*，一個聲音用英文說。我無法把他們畫下來，只有殘影，他們之間已經形影不離，共同度過了太久的時間。他們深深依賴彼此；他們太老了。他們聞起來像臭腳丫，像廁所，像嘔吐物，像一窩老鼠。Voku、Ai ai、Emgiboo、Afa、Hikuja、Hey。

我看著他們在工人四周激動地繞來繞去。他看不見他們。他們很可怕、很噁心。那些傷口和疤痕，我不想看，我不想被他們糾纏。可是在這大白天底下，當他們努力去阻止開挖土機的工人、卻無力為之的時候，我心中所想的並不是不想看見他們，而是沒人看得見他們。沒人聽得見他們或同情他們。他們的秘密就像喬治的寶物一樣，將被活活埋葬。除了我，沒人會注意他們，而我也並非情願。最慘的莫過如此，除了我沒人會關心，他們必須靠嚇人來引起注意。即便這樣，仍然沒有人會知道他們在說什麼，或去關心他們，或發現他們的故事，除了我。但沒人會聽我說話。

有一天，死亡也會找上我。死亡降臨在媽媽身上，而我每天滿腦子想的都是噁心的東西，水溝裡的鮮血。但最痛心的是她不在這裡。無論她想對我說什麼卻從未說出的話，我將永遠不會知道。她已經不在了。

我坐下來，看著開挖土機的男子和鬼魂，我哭了。為了媽媽，為了松岸莊園的過去和未來，為了那些奴隸。為了死人無法對活人傾訴的事。開挖土機的男子看著我，一副我舉止怪異的模樣。我不在乎。

我打電話給洛，盡最大努力留言告訴他，永遠不被揭露的秘密多叫人傷心，鬼魂有多傷心，歷史又有多傷心，死亡討厭極了。那是個愚蠢的留言。我希望他會回電，即使他的父母看我不順眼，即使我是個瘋子，即使他不喜歡我。

但他並沒有回電。

洛

今晚，不成功，便成仁。

「查爾斯，你知道我支持松岸莊園吧。」媽媽說。

「我知道，蘇珊，我則是反對它。」

爸爸開著車。媽媽在前座，盡量坐得離他遠遠的。我還沒告訴他們任何一人我也準備發言。拆除老建築的會議總是舉辦在怪地方，只要暫時不作他用的地方都行。這次會議位於波士頓市政府地下室的一個房間。媽媽的朋友稱市政府為「失」政府，一棟坐落在市政府廣場上的巨型磚造航空母艦。梅尼諾也想把廣場給拆除，媽媽不在乎。我喜歡這個地方。如果廣場上有種樹的話，會看起來很美，我希望廣場可以留久一點，讓人終將欣賞到其中的美麗。

梅尼諾今晚沒有出席；會議主席由波士頓公園遊憩局的矮胖白人女子擔任。房間很擁擠，超出摺疊椅可容納的人數；現場有許多環保主義者站在牆邊，穿著橡膠雨鞋和戴著毛線帽的白人。第一排的座位保留給那些提供證詞的大人物。媽媽和休．麥迪生竊竊私語細數著在場人士的身分。有約翰．瓦特內，知名的古蹟維護建築師。有牙買加湖支持團體的人。沒有全美文物保護信託基金會（National Trust for Historic Preservation）或全美奧姆斯德公園協會的人出席。「不妙，」媽媽喃喃地說，「不妙。」

我在尋找凱蒂。無論爸爸媽媽跟她的繼父說了什麼，今晚她還是會出現的。

房間的最後面，靠在牆邊站著的，是威爾遜太太。我大吃一驚，慢慢朝她走過去，「普金斯太太會來。」威爾遜太太說。

「她會幫房子說話嗎？」

「這個我不知道。」

「那麼她來不會有任何幫助。」

我沒看見凱蒂。

爸爸會說普金斯一家都是奴隸商人，我得對此反駁。我看看筆記，確保我把內容都背了下來。這次，我用了我自己的家作爲記憶之宮。湯馬士．普金斯站在正門口：序言，普金斯家族在波士頓歷史上的地位。中廳：松岸莊園，所有波士頓人的中心。媽媽的辦公室：奧姆斯德的觀點。廚房：松岸莊園可以再次成爲一間餐廳。

爸爸的辦公室不在記憶之宮的路徑上，關於奴隸制度沒什麼可說的。

我必須在爸爸之後說話，反駁他所說的一切。

我滿腦子想的都是奧姆斯德，我想著他的心思像一條蜿蜒小徑，誓言用奴隸削弱南方勢力，想要保存松岸莊園好教化我們。

那位嬌小的白人女子，瑪格麗特．戴森，帶著歉意讓會議正式開始。她覺得很遺憾，她說，拆除一棟舊建築總是讓人不捨。媽媽從齒間發出噓聲抗議。約翰．瓦特內站起來，展示他的幻燈片，說明松岸莊園已經嚴重損壞，無法挽救。松岸莊園的支持團體派出一個女人，哈佛的古蹟維護建築師，規劃委員會卻把約翰．瓦特內的幻燈片又再放了一次：水溝邊的灌木叢，缺了的窗戶，燒焦的橫樑。我閉上雙眼也可以看見那些橫樑。有個公園遊憩局的人站起來提出證詞：松岸莊園容易吸引流浪漢和玩火的孩子，總有一天，有人將因此受害，除非他們移除這棟公共威脅，否則波士頓有可能付出上百萬的賠償。一個牙買加湖支持團體的人說附近居民被這棟礙眼的建築物弄得多煩躁，又說要是能夠擁有「純天然」的景觀該有多好。媽媽輕蔑地哼一聲，我們談的可是綠寶石項鍊，有沒有搞錯。另一個公園遊憩局的人站起來，開始說起「紀念」松岸莊園的計畫。

我們和這些人對抗有任何勝算嗎？

「現在開放民衆意見。」

休．麥迪生率先發言：模樣堅定，有耐心。他說，修繕金在哪裡？波士頓的修繕金從來不使用。如果沒有支持團體，除了公園裡的鬱金香外什麼都維護不了。

「松岸莊園支持團體願意籌募整修資金。」休．麥迪生結束發言。

「我們就別就過去的事多做討論了。」瑪格麗特．戴森想不到更好的回答，便這麼說。

我還是沒看見凱蒂。

媽媽是下一位。

「我叫蘇珊．沃克。我是一名建築歷史學家，景觀之家的總裁兼創始人。」媽媽說起松岸莊園的歷史和奧姆斯德對公園的遠見。她用了一些我想用的說法。「綠寶石項鍊不是『天然景觀』。奧姆斯德更動了泥沼河的路線。綠寶石項鍊是所有人的城市公園。如果毀掉松岸莊園，就等於毀掉奧姆斯德的牙買加湖計畫。妳毀掉它，瑪格麗特，就無可挽回了。」

她坐下來，雙手撫過秀髮，媽媽這朵疲憊的蒲公英就要被吹散了。「我表現得怎麼樣，休？」她低聲說。

還是不見凱蒂。

兩個沃克家的人不能輪番起來說話。哈佛的安・露絲克談論著普金斯家族的重要性。桃樂西・克拉克說她在松岸莊園的草地上寫音樂；那裡對她而言是激發靈感和沉思的地方。爸爸仍然等著不說話。一個我們不認識、來自牙買加平園區的男子說，他每天都在公園打太極。兩個遛狗的女士說希望那裡有一間咖啡廳。

瑪格麗特・戴森漸漸失去耐性；她想宣布投票開始。我舉起手。但在我旁邊的爸爸站了起來。

「我叫查爾斯・藍道・沃克。我是哈佛大學的歷史學家，我希望從另外一個角度談談松岸莊園。」

瑪格麗特・戴森準備抗議，但根本沒有機會。爸爸像一條雄偉的密西西比河滔滔不絕說起話來。

「我在哈佛設計學院的同事已經說了普金斯家族對波士頓的重要性。」爸爸不知怎地成功暗示了，跟哈佛歷史學系相較之下，設計學院大概就是小丑學校的水準，「我有一些……其他人是怎麼說的？……『內幕消息』，有關普金斯家族的眞實重要性。身爲哈佛的青年研究員，我協助研究過湯馬士・普金斯的生平。」在哈佛，青年研究員是至高無上的光榮。其中一名正要抗議的委員，閉上了嘴。「那已經是好一陣子的事了。」爸爸說，「而在哈佛出書後，學校內部決定不去提及普金斯家族歷史的某些面向。畢竟，如我同事所指出的，湯馬士．普金斯是波士頓偉大的捐助人。以他為名的普金斯學校、波士頓圖書館和部分由他遺贈所創立的波士頓美術館。這座城市欠湯馬士．普金斯太多人情，所以，」爸爸突然降低音量，小聲地說，「我們有個絕口不提的故事，從來沒有人聽過，一個字都沒有洩露出去，直到今晚。」

委員會的每個人傾身向前。

「我兒子，」爸爸說著，我嚇了一跳，「我兒子認識一個名叫凱蒂的女孩。他曾經問我為什麼叫她凱薩琳，為什麼我不喜歡凱蒂這個名字。事實是，在湯馬士．普金斯的事業初期，有一艘船叫凱悌號，一艘雙桅帆船，船長叫羅伯．麥奎爾，蘇格蘭人，他共有十六名船員，大多航行於非洲和美國南部的港口之間。

「凱悌號是一艘奴隸船。

「我不是要你們對奴隸買賣感到內疚，或去譴責奴隸買賣。你們的祖先已經反省過。而在凱悌號下水的十幾年後，聯邦政府通過了一條偉大又人道的法令。從一八〇八年一月一號開始，無論男女老幼都不能以奴隸的身分被帶進美國。沒有船長可以帶他們靠岸，沒有奴主可以買賣他們。企圖違法的罰金甚鉅，將會大幅縮減湯馬士．普金斯的財富。

「一個企業家應該怎麼做？進口奴隸一直到一八〇八年一月一號才算違法，身為企業家、生意人，他會在法令執行之前盡其所能多出海幾趟。我不要求你們譴責他的作為，畢竟那是合法的。

「一八〇七年的十月，凱悌號踏上最後為數不多的旅程。在好望角，最後一批奴隸貨物裝上凱悌號。一百八十三個男人、五十四個女人和三十七個孩子。

「湯馬士・普金斯對麥奎爾船長下了嚴厲指示，船必須在新年前回到美國。以停靠南方港口爲優先。

「要是船沒有在一月一號以前帶那些男男女女上岸，他們便失去價值。

「我們不知道途中死了多少人，只知道那是一趟漫長旅程；他們因爲暴風雨耽誤行程，被吹得偏離航道，船身也因此損壞。後來，凱悌號開啊開，沒有開進南方港口，而是在新年一早開進了波士頓港灣。

「凱悌號沒辦法卸下貨物。

「我不是水手；如果說錯了還請原諒。凱悌號拋錨停泊，在港灣群島⑲其中一個島嶼避難。脫離了暴風雨，但沒有進港。糧食差不多吃光了，他們在一月天停在波士頓的海面上。天氣寒冷刺骨，海水接近零度。

「麥奎爾船長和大多數的船員來到岸邊。他和湯馬士・普金斯商議了一番，這艘船絕對不可能把貨物卸到美國的任何一個地方。湯馬士・普金斯會立刻受到法令處置。

「大多數的船員獲准離開見他們的家人。麥奎爾船長和兩名船員只把最重要的補給品帶上船。你想，是食物嗎？幾條麵包，幾斤肉？不，他們搬了二十四桶白蘭地到凱悌號上。

「我好奇，」爸爸說，「你們多少人去過那家叫**Finale**的高級甜點專賣店？」

⑲ 波士頓港灣群島（Boston Harbor Islands）：位在波士頓碼頭外34個小島的總稱，屬於國家級公園，其中有17個島屬於麻州的州立公園。

他的聽衆眨著眼睛，面面相覷。瑪格麗特．戴森不確定地舉起一隻手。

「法式火焰薄餅。」爸爸說，「材料有薄餅、柳橙汁、糖霜。每位服務生在糖霜上淋上白蘭地，然後——」

爸爸掃視過在場所有的白人，眼底下方微微一笑。他的雙眼就如新年夜晚的海水一樣冰冷。

「然後服務生替白蘭地點火，因爲白蘭地會燃燒。」

爸爸做出點燃火柴的手勢，接著放手。

「白蘭地會燃燒。一艘舊船，甲板上佈滿焦油，所有的繩子爲了防腐也吸滿焦油。焦油同樣會燃燒。凱悌號載有火藥，以鎮壓『貨物』反叛。火藥會爆炸。

「根據羅伯．麥奎爾事後的說法，以下是凱悌號的故事。他和留在身邊的三名船員正在喝著白蘭地。他們把白蘭地的酒桶收在甲板上，用繩子固定著。其中一名船員看見那些非洲人逃了出來，在甲板上生火。船員和船長想要阻止他們，但非洲人恐嚇他們，他們只得撤退到救生艇上。

「救生艇上的他們企圖警告非洲人的處境危險，可是只有一、兩個非洲人能說上幾個英文字。

「在岸邊，人們看見凱悌號熊熊燃燒。他們聽見哭聲和尖叫聲。一百八十三個男人、五十四個女人和三十七個孩子。有些想必早在旅程中死去，有些想必是爲了逃離大火跳進海裡。或許曾有個年輕人在這趟漫長又摺騰的旅途中，靠著無比的體力僥倖存活；或許曾有個男人希望自己至少可以踏上乾燥的大地，想辦法生存下去；或許曾有個懷裡抱著嬰兒的女人；或許曾有個像妳一樣的歌手」——爸爸用手指著一臉驚嚇的桃樂西．克拉克——「一個睿智的老人，或是像我兒子一樣的男孩。他們可能跳進冰冷的海水，可能待在船上被燒死，也可能在爆炸中喪生。

「他們通通都消失了。

「無人生還，連個女人、孩子都沒有活下來。

「這件事被報導成一件慘重意外。湯馬士．普金斯和羅伯．麥奎爾非常遺憾，當然，他們不是有意的，我的確相信他們不是有意的。」爸爸說，「因爲不可能有人能夠背著良心做出這種事。他們丟下兩百七十四個人，沒有食物，沒有水，在嚴寒中，沒有半吋土地可落腳。船上除了一桶桶易燃的白蘭地，什麼也沒有。但這不是白人的錯。不，是那些無知非洲人的錯。他們不知怎地找到一些火柴，誤打誤撞把白蘭地點著了。是那些非洲人把船弄沉，毀了自己。理事會同意了，保險公司同意了。湯馬士．普金斯獲得與凱悌號同等價值的賠償，外加船上的貨物，沒付半點罰金。

「我太太——」爸爸轉身看媽媽，我也跟著看過去。媽媽整個人瞠目結舌，雙眼充滿淚水和憤怒，「我太太很重視奧姆斯德的遺產，我也一樣。他是個廢奴主義者，他爲了解放黑奴而募款。湯馬士．普金斯是個慷慨的偉人，一位慈善家，我相信奧姆斯德在普金斯身上看到這些特點。

「我相信保留松岸莊園有其重要的歷史意義，普金斯家族自一八〇六年起就一直住在那裡。波士頓能有今天，是普金斯家族的功勞。我是個歷史學家，我也很感激過去。

「我已經說得夠多——」瑪格麗特．戴森毫不掩飾地搖起頭來；爸爸說得她震驚不已。「我太太和其他的可敬人士認爲應該留下松岸莊園。我愛我太太，我尊重她的看法。但是我每次造訪港灣群島，就會聽見人群被活活燒死的尖叫聲。每次看見松岸莊園，就會希望這是我最後一次見到它。

「因爲在一八〇七年，當湯馬士・普金斯送凱悌號到非洲去時，他是爲了要籌錢。

「籌錢支付松岸莊園。」

◆

沒有人說半句話。

沒有人說半句話，連我也沒有。瑪格麗特・戴森環視著整個房間。我回頭看身後。爸爸開口說話前，我旁邊本來有幾隻舉起的手。他們再次猶豫地舉起手，然後又放下來。

再沒有其他人打算發言了。

我也不例外。

我不可以爲松岸莊園說話，今晚不行。不久後，我會重拾氣力問自己，爸爸到底他媽的是什麼意思，竟然在我和媽媽面前說這個故事，親自埋葬松岸莊園。然後，這個故事會是我和爸爸媽媽三人之間的衝突。

但是今晚，這個故事是那些人的。

在門邊，我看見凱蒂。

她聽見了。她在哭，毫無保留地大哭。

我伸出雙手：等我，但她搖頭。她轉身背對我，逐漸消失在陰暗的走廊上。

等他們投下不可避免的一票，等休・麥迪生跳起來抗議，等我用肩膀推擠著穿過人群，走到門口時，她已經不見了。

凱蒂

就在我們準備出發前往松岸莊園會議前，同情心過剩的露西・羅森走進我的房間，開始整理我的床鋪。自作多情。沒人要求她整理我的床鋪，沒人叫她進我的房間。我的房間是我的事。於是，她發現了，所有鬼魂和屍體的圖，但真正逼得他們帶我到廚房的，是男子吊在樓梯間的那張畫。

「這張畫的是行刑。」我把一些畫推開來，有穿上漂亮鞋子跳樓的女人，有拿手機的男子。「好吧，我很糟糕，我有時候會畫像這樣的畫，可怕的畫，例如那些奴隸，菲爾。很噁心沒錯，但我沒瘋。」

「這不是行刑。」菲爾說，「妳還記得。」

「你在說什麼？」

「妳知道我們在說什麼，凱蒂。」露西說。

我完全不知道她在說什麼。

「我在說妳的父親。」菲爾說。

「我父親怎麼了？」我可沒有畫他的畫像，「我還是嬰兒的時候他就死了。我根本不記得他。」

「凱蒂，」菲爾說，「夠了。」

「凱蒂，」露西說，「妳父親在妳六歲的時候過世的。」

「不對，我根本不記得我爸爸。」爸爸是我幻想出來的。

「我丈夫從戰場回來後奄奄一息，」露西說，「妳父親回來後則是染上了壞習慣。他和安妮在妳一歲時分開。我和安妮以前常常一起吃中餐，一起大哭。妳父親在街頭流浪，大家都無能為力。我們試過了，菲爾也試過了。」

「菲爾？」

「我們都是朋友。」菲爾說，「從大學時期開始。」

「這太蠢了，我知道我親生父親是什麼時候死的。」

「妳等一下。」菲爾站起來，留下我和露西在一起。

我需要冰淇淋的時候，冰淇淋在哪裡？每當他覺得我壓力大，總會帶我出門吃冰淇淋。我想吃冰淇淋。我想先吃冰淇淋，晚點兒再吃披薩。我想盯著莫理斯女士的胖腳踝，悶得發慌。我不要現在這樣。

「安妮努力想讓妳遠離他。」露西說。

「請妳安靜。」

突然間，我在腦海中看見像鬼魂一樣的東西。我在二樓的窗戶邊，有個男人站在前院，抬頭對著窗戶又哭又叫。

「他想——」露西把眼睛閉上一會兒，再睜開來。「他愛妳，凱蒂，可是他的狀況每況愈下。安妮對他聲請了保護令。他一直想到家裡見妳。」

那個在前院的男人。他是鬼，需要做一件他無法親自去做的事情。我必須替他完成。

「這裡。」菲爾說。

我看著一張菲爾放在面前的墓碑快照。菲爾心想我可以看見上面的日期。

「有天深夜，他來到走廊上。」露西說，「當然，安妮把門上了鎖，她一直都這麼做，接著她打電話報警。後來有個男的，她每次說到這件事總是說有個男的，在她的門外說，『沒事了，他走了。』她沒有開門。她說她只是很慶幸樓下的比爾太太沒有聽見他。第二天早上，她準備送妳去上學的時候，妳先走到走廊上。妳看見他。」露西說，「妳第一個看見他。」

我看見他。

他的舌頭伸在外面，臉黑得發紫。繩子深深嵌進他的脖子，就在髒兮兮的舊迷彩外套上方。油膩膩的頭髮黏得到處都是。有一股臭味，像狗屎，像嘔吐物。他的右手在繩子下方舉到一半，血跡斑斑，企圖抓開繩子。他終究還是不想死。

他的外套口袋裡有一包香菸。

我認識他，我認識他，我認識他。

我轉身，從露西身邊跑開。我披上外套，拿起背包，往樓下衝去。

◆

我跑了好幾條街才停下來，大口喘著氣。

我在一座冷冽的小公園裡：一片骯髒的雪地，一輛報廢的塑膠三輪車，一架結了霜、吱吱作響的鞦韆。我坐下時，鞦韆上的橡膠座椅發出裂開的聲響。

「你這個懦夫，跟我說話。」

我甚至懶得低聲說話了。爸爸幾乎從來不曾在我房間以外的地方見我，但他現在最好出現。

「你想見我，你說你愛我。別再說什麼我離開對妳比較好的鬼話。我們現在必須談一談。」

「我眞的愛妳。」爸爸說。

他坐在另一架鞦韆上，襯得他身材高大。我每次見到他，他都穿著T恤，但今晚，他穿著一件舊迷彩外套，肩膀緊繃，雙手插進口袋，彷彿很冷的樣子。

鬼會覺得冷嗎？鬼和活人有同樣的知覺嗎？還是這又是另一件他們做不到的事，就像沒辦法打開聖誕節禮物和對正常人訴說他們的故事？

「在樓梯間把我嚇得半死？這是愛？」

他該有個答案。他沒有。他坐在鞦韆上，來回輕輕擺盪，低頭看著地板。

「凱蒂？」他說，「那不是我。」

「別給我說謊。」

「是，我是自殺，我在樓梯間上吊，後來妳看見了我。我他媽的有夠蠢。我很抱歉。我早該道歉，只是我不想提起這件事。可是妳想我是那種人嗎，凱蒂？在比爾太太的樓梯間一次又一次上吊自殺，就爲了嚇妳？然後每晚來見妳，讓妳忍著不能對我訴苦？」

「所以在樓梯間的不是你囉？」

「凱蒂？」他說，「那是妳。」

有那麼一會兒，他的直言不諱讓我啞口無言。

「是妳，」他說，「想要和我打交道。孩子，妳認爲妳看得見鬼？妳也真的看見鬼了？這不代表妳是正常的。」

我從來不曾跟爸爸提過樓梯間的男人，沒有。我跟爸爸說學校的故事，說我做了什麼，老師又說了什麼。我從來沒有告訴他我很怕樓梯間的男人。我從來沒有提過鬼的事情，直到我遇上喬治。我只是跟他說你是我幻想出來的，然後他說妳看得見鬼。

我從來不曾告訴他我害怕什麼。

提起鬼的人是他。

「爲什麼我要跟你討論你的所作所爲？你是那麼愚蠢，那麼愚蠢，那麼——你對毒品上癮，是個酒鬼、毒蟲——」

我從來沒有跟他提過，當他站在門外哭泣而媽媽把我留在屋內的那些時刻。我已經大得有印象了才對，但我就是想不起來。那是另一個男人，不是爸爸，跟我沒有關係。啦啦啦。

「對，」他說，「我是酒鬼，毒蟲，我神智不清。有沒有想過我可能把這些問題傳下去？」

我打了個哆嗦。「沒有。」

「妳當然有，孩子，妳連阿斯匹靈都不敢吃。不過——這種事我不太懂。」他說。他從口袋拿出那包永遠抽不完的菸盒，不疾不徐點燃那一根抽了好多年的香菸。「每次他們告訴我答案時，我又開始神遊。是，我有可能把問題傳下去，所有問題，酒癮、毒癮和精神問題。妳以爲我不擔心嗎？早在安妮過世前，惡運就發生在妳身上了。妳的惡運就是我。我有可能把問題傳給妳。」他的雙眼開始失焦。他望向整座公園，看著其他人看不見的東西。「戰場發生太多事了，你會因此受影響。有東西從天而降，有東西爆炸，事情一而再再而三發生，過了一陣子，仍然不見減緩。或許，凱蒂？或許妳有點不幸，妳知道嗎？」

「我的人生到處可見屍體，一大堆人對我說謊，還有你糾纏著我，現在你說或許我有點不幸，而你很抱歉？」

爸爸站起來。「聽著。」他說。他面向我，我看見樓梯間那男人的臉。發紫的臉，伸出來的舌頭。在那張臉後面，就像一塊玻璃的另一面，是爸爸的臉。

「聽著，」他說，「聽著，仔細聽好。當初沒人救得了我。安妮救不了，妳也救不了。這不是妳的錯。但妳必須去處理妳的問題。只有妳。這是妳的任務。妳打算怎麼做？」

那張臉漸漸消失，爸爸又出現了。嚇我的，讓我心驚膽戰，讓我害怕到覺得死亡正在等我，準備來抓我的，不是爸爸。「我希望你是我幻想出來的。」

「我看見鬼，我看見許多屍塊，」爸爸說，「人在人行道上被炸成碎片，但我從不害怕。我很好。妳可別這樣。要害怕，要非常非常害怕。」

你在人行道上看見屍塊。「我跟你不一樣，」我對他大吼，「不一樣。」

「妳以為我很好受嗎？知道我是妳樓梯間的惡夢？知道妳正在經歷我經歷過的事？聽我說，要好起來。他們主動說要幫妳，寶貝？接受吧。因為死了可不好玩，再怎麼樣的生活都比死亡來得好。妳要活著，好好享受，無論有多困難，去享受生活。」

「走開！」

他漸漸消失，留我孤零零在這世界上。

◆

我在公園坐了好一會兒才發現自己好冷。後來，我走到地鐵站，等待那搖搖欲墜的老舊D號線車廂。我看著車站鏡中的自己。我哭得滿臉鼻涕，鼻涕因爲冷風乾燥龜裂，像個流浪漢，像爸爸。

我跟你不一樣。

我去會議遲到了。我把市政府繞了一圈，尋找敞開的門，最後在市政府後面找到一扇，就在樓梯下方。我站在洗手間的鏡子前搓了搓臉，直到我看起來像是純粹受寒了的模樣，但願如此，然後等著遲遲不來的電梯。

等我找到房間時，我聽見的是洛他爸爸的聲音。我站在走廊上，以免菲爾和露西在裡頭找我。

凱悌號，我聽見他說。無人生還，連個女人、孩子都沒有活下來。是啊，他們死了但沒有離開。籌錢支付松岸莊園。

我感覺到他們在我周圍。我聞到他們的氣味。我在他們之中，我們大家漂浮在一艘破船上，在一月天的冷空氣裡，無法著陸。我找機會往房裡一看，沒看見菲爾或露西，但整個房間都擠滿了他們。他們站在摺疊椅後方，站在委員會成員的座位後方；他們蹲在背包旁邊，擠進每個空曠的角落。

普金斯太太在那裡。擺著冷漠的表情，低調地坐在角落。他們像蒼蠅般圍繞在她的身邊。湯馬士．普金斯怎麼可以再次做起奴隸買賣？

一件始於意外的事情發生後，人們漸漸習慣，因爲不這樣不行。例如，自殺、謀殺、再也見不到媽媽、人在四周爆炸、活活燒死一船人、見到鬼。

怎麼能對這些事習以爲常？

人辦得到。

也許那些事情漸漸變得習以爲常，也許故事說著說著便成了生活重心。

也許那些事情將日日夜夜糾纏著你。

那張金沙發，喬治的爺爺對自己說了什麼故事？也許，爲了不把自己嚇死，他得想辦法說服自己奴隸買賣沒有錯，他得說那是他們的錯，是他們的族人把他們賣掉，總得有人把他們買下來。他們碰上白蘭地，把酒點燃，死了。這是一件可怕的事，但不是他的錯。

也許這樣還不夠。也許他得說，再做一次沒什麼不對。當然，他指的不是火燒船，那是一件可怕的意外，他指的是其他的事。下一次，他的船長會小心，會好好對待奴隸。他送白蘭地給他們了，不是嗎？大家會看見的。下一次，大家會看見奴隸買賣是樁再正當不過的生意，這樣就可以再次爲之。

我感覺到他們包圍著我。他們不信任白人，也痛恨所有白人。那位燒傷、被大海吞噬的母親站在我附近，懷裡抱著燒傷的孩子。她轉過凹陷的眼窩看著我。整整兩百年，這些人迷失在這裡，生死都被監禁著。

至於喬治，口口聲聲說寶物是爲了他們的喬治，同樣被監禁著。他守著這份意味買下更多奴隸的寶物，守了一百五十年。

這一切非停止不可。

我可以看見洛，他朝我這裡望過來，對我打著手勢：等我。

「動議發起拆除松岸莊園。」瑪格麗特・戴森說。

我們該怎麼辦？把洛的爸爸今晚那故事的另一半說出來？說湯馬士・普金斯準備再做一次？這樣有辦法阻止嗎？

有任何幫助嗎？

「動議表決通過。」瑪格麗特・戴森說。洛的媽媽輕聲哭了出來，把臉埋進雙手。休・麥迪生跳起來抗議。

我思考著喬治對秘密基地所描述的話，他說小偷勒羅伊的手就放在秘密基地的旁邊。他只要靠上去，喬治說，秘密基地就會打開。我也做得到，我可以伸手去推。我被推動著，彷彿鬼魂手中的占卜寫板。事情終於發生了，感覺很簡單，很自然，很理所當然。我不害怕。

我給了洛一個警告的眼神——我愛你，別像我一樣蹚進這灘渾水——然後我離開了。

洛

我坐在車子的後座，傳簡訊給凱蒂，等我。我們回家後，媽媽走進辦公室，關上房門。爸爸過去關心她一會兒，然後轉身走進自己的辦公室。

我跟上去。我必須在出門自殺前說點什麼。

「怎麼了，洛倫斯？」

「叫我洛，我的名字是洛。」

「你知道我對這個名字的感受。」

「我知道，你說過了。你也知道媽媽對松岸莊園的感受。」

爸爸在書桌後方坐下，彷彿我是在會晤時間找麻煩的學生。

「如果你願意花心思注意的話，你也該知道我對松岸莊園的感受。爲什麼你今晚要說那個故事？」我走上前，關上門；這是我倆之間的事。「你早就贏了，他們早就決定拆除松岸莊園。爲什麼你還要當著媽媽的面說那個故事？」

「這個故事需要有人說出來。」爸爸說，「跟你媽媽無關。」

「那些人被活活燒死，我很遺憾，你不知道我有多遺憾。可是爸，你就非得說出來，讓你看起來高人一等。今晚你的每句話都在作戲。爸，你搬出那件染血襯衫，搬出大西洋中央航線和流亡的猶太人，然後你大張旗鼓，擺明那些白人是錯的，而你永遠是對的，然後毫不客氣享受著名利、Lexus轎車、哈佛頭銜。」

「你以爲我很好受嗎，洛倫斯？你以爲要我忍著好幾年不說這個故事很容易嗎？要我走過普金斯街，忍著不在地上吐口水？」

「我想你忍得住的，爸。」我的四周，他的辦公室裡：爸爸被其他名人包圍著。爸爸的大人物書桌、高級小電腦、白色皮椅，還有奶奶的打字機。「你就跟白人一樣，你活得像他們。或許你不好受，因爲你根本喜歡這種生活方式」——我指著那台破舊但實在的打字機——「你喜歡過雙重生活。如果你做得到，儘管做吧。可是，爸，你知道你不能在哪裡這樣亂搞嗎？你不能這樣對待你的老婆，我的媽媽。她只是很自然以白人的思維行事，因爲她就是白人，你不能因爲自己難受，就讓她覺得傷心、難受。她沒有殺任何人，她不知道那棟房子的歷史，所以她無法下決定，而且你根本沒告訴她。你也不能像那樣打擊我。我要愼重決定自己成爲怎麼樣的黑人，你不能用罪惡感否定我，讓我覺得唯一方式是活得像你一樣。總有一天，你眞的得戒掉自命爲黑人領袖的習慣，爲家人站出來。」

「洛倫斯——」

「我的名字是洛，請用我的名字稱呼我。」

我趁他沒能叫我離開前，甩上房門，上樓走回我的房間。

我沒有騙自己，我知道對爸爸大吼大叫不算數。我本該在會議上說點什麼。無論爸爸說了什麼故事，無論我有多震驚，當初在會議上，我都應該挺身而出。那是我們永遠無法彌補的錯誤，不過這裡有另一個我們仍可改正的錯誤。肯定是一場糟糕的演講，我那麼做，有可能只是爲了讓自己好過。

就像爸爸一樣，只是爲了讓自己好過。

我的名字是洛，請用我的名字稱呼我。該死。

我拿起電話打給凱蒂。

她沒有接電話。

我傳簡訊給她，凱蒂，接電話。

凱蒂答應過我她不會一個人進去。

等我。

好，我邊思考邊迅速套上牛仔褲。好，在約翰．瓦特內的衆多照片中，那張可怕的地窖照片清楚浮現在我的眼前。靴子。安全帽。要是我在地下室時，橫樑眞的垮下來，就算戴上紙做的帽子也一樣，所以只能碰運氣了，嗯。

裝備盡量輕便。安全帽、手套、手電筒，還有毛衣、羊毛背心和防風上衣，因爲天氣冷。與此同時，我一直按著快捷鍵撥電話給凱蒂，直到手機電池沒電。

要是當初我開口，她就會留下來聽我說話。現在不要想這個，沒時間了。

我在餐桌的水果盆底下留了一張字條，然後打空檔讓車子滑下車道，不讓人聽見我離開。

即使穿了好幾層衣服，天氣仍然冷得要命。車輪在冰上打滑。凱蒂肯定得用走的；她肯定還沒到。後照鏡結冰了。等我在普金斯街旁的停車場停好車後，靴子底下已經結了一層平滑的冰，整座城市陷入嚴重的暴風雪。

通往松岸莊園的小徑上，我打開手電筒尋找蹤跡。有一些人跌跌撞撞騎著腳踏車來過這裡；車胎印很模糊。我想起凱蒂的腳踏車，心不禁一揪。

凱蒂的腳踏車停放在房子附近一棵高大的灌木叢下，就倒在最低矮的樹枝底下，像一具凍僵的屍體。從那裡開始，她的腳印在雪地裡成了一個個凹洞一直朝鐵網前進。

鐵網附近，大雪紛飛。她已經攀了過去。在鐵網後方，我好像看見她的腳印朝著房子前進。雪在燈光下積得太厚，看得不是很清楚。

「凱蒂！」我舉起雙手，隔著鐵網大喊。「凱蒂！」

她肯定得帶手電筒吧。我抬頭看著二樓，希望看見一絲光線。

她不會出現在那裡的。

她會在地窖。

地窖的窗戶用木板釘死。我跑到房子前面，尋找透出的光線。

「凱蒂！」

只有風雪在燈光下盤旋而過的呼嘯聲，大得足以蓋過聲音。

鐵網是一格格結冰的黃色塑膠網，雪花不斷蓋在上面。我用靴子一踢，結果靴子滑掉了。我綁緊安全帽的帶子，打開帽子上的燈。

「凱蒂！」

這時，我的手機響起，就放在防風外套底下，羊毛背心的口袋裡。我拉開拉鍊，慌亂地東摸西找；是凱蒂家的號碼。

「喂？凱蒂嗎？」

「你知道凱蒂在哪裡嗎？」

我過了一會兒才認出那是凱蒂的繼父。他的聲音聽起來很害怕。

「斯蒂芬斯先生？我想她在松岸莊園。我人在這裡，她的腳踏車也在這裡，可是我沒看見她。我想她跑進去了。」

「在那裡等著，洛，在那裡等著，我們馬上就過去。」

等？不行。我用手套抓住積雪的濕滑鐵網，腳尖跟著踏上去，開始往上爬，費了好長一段時間才狼狽地摔過另一邊。

該從哪裡進去，該去哪裡找她？我沿著房子側面前進，跌跌撞撞地走在結冰的地面和殘磚破瓦上。沿途是一扇又一扇封死的窗戶。有扇窗戶的木板掉了，但位於房子的上風處；磚牆結滿冰霜，滑得根本爬不上去。我抬起頭，門廊上方有三扇打開的窗戶，風雪吹打著窗台。門廊右側缺了些邊飾，於是磚牆上多了許多黑色缺口，好像梯子一樣。

我不加思索爬上去，雙腿一晃跨過窗台，成功進入松岸莊園。

我唯一聽見的是自己的喘息聲。安全帽上的頭燈照亮一堆碎水泥，我擺動我的頭看見更多殘骸。地上的反光是一盞破掉的燈泡，有扇門底部的鏈條脫落了。我的雙臂痠痛，臉頰冷得又刺又癢。灰塵和陳腐的燒焦味讓黑暗變得加倍漆黑，此外，空氣中還多了一股沉重感、緊張感。

「凱蒂！」

牆壁和風雪吞噬了我的聲音。凱蒂，拜託。

腳印弄髒了地板。沾著殘雪、濕答答的新腳印毫不猶豫地往門口走去，走進黑暗中。

「凱蒂，回答我！」

在我腳下的地板突然上下震動起來，接著是一連串的餘波。我從頭燈裡看見地板往下沉。就在這時，地板像一張紙突然裂開。整棟房子在咆哮。我撲上花崗岩窗台，緊緊抓住房子外的一角，然後把雙腿伸出來，站到屋頂的石瓦上，接著摔到地上滾了一圈，開始狂奔。我撞上黃色塑膠鐵網，臉頰被劃傷。我抓住鐵網，轉頭一看，看見松岸莊園的煙囪在燈光下搖晃。磚塊砰地掉落地面，其中一座尖屋頂微微下陷，往旁邊傾斜。

接著，整個屋頂垮了下來，尖屋頂消失了，一面牆的灰塵瓦礫像巨人的巴掌襲上我的臉。

◆

我有個女朋友，她需要幫助，我在必要時刻卻沒有挺身出來說話。我說得太慢，穿越房間時走得太慢。我沒有陪在她身邊，我跟父母回家。

她走進了那棟房子裡。

我在醫院過夜，臉上縫了幾針，然後又回到松岸莊園。

第二天早上，警察帶著警犬來到現場，卻只換來更多屋頂坍塌。

因此，我們最後還是找來了所有需要的建材搬運設備。湯姆・梅尼諾的手下從屋頂開始，小心翼翼地往下拆起了松岸莊園。我站在南方的草坪上觀望：我和媽媽、凱蒂的繼父菲爾・斯蒂芬斯以及美術老師羅森女士，我們徹夜禱告著。

媽媽說，「對不起，洛。眞的對不起。」

道歉已經沒有用。

星期五放學後，流言已經傳開，許多學生也來到這裡，站著低聲說話或聊著與凱蒂有關的故事。我聽到一些以前從來不曉得的事情。她以前會看著時尚雜誌畫洋裝。她會玩溜溜球。許多人前來說他們是她的朋友。他們說到上星期，她是如何挺身反抗彼魯奇老師。有人帶了花。雪兒和戴瑞爾帶了披薩。還有人帶了泰迪熊。泰迪熊代表死亡。我們都在等他們找出凱蒂的屍體。

凱蒂。我在爸媽廚房裡親吻的凱蒂，跟我一起蹺課找寶物的凱蒂。大冷天在星巴克外告訴我她看得見鬼的凱蒂。這輩子唯一會告訴我她看得見鬼的女孩。凱蒂：綠眼睛、捲頭髮、爬上松岸莊園而擦傷的膝蓋、沾滿木炭的手指。我永遠見不到她玩溜溜球了。我永遠沒機會邀請她去跳舞了。

她是白人又有什麼關係？她是凱蒂。

我在大雪中、在寒風中等待著。

幾台挖土機開始挖鑿松岸莊園的屋內，降下巨大的怪手，撈起滿滿的木板和水泥；挖土機拆掉屋頂，剩下高大的煙囪兀自聳立著，甚是難看。景觀已經失去焦點。漫天灰塵汙染了白雪，把樹木染成灰色，彷彿樹木正漸漸消失不見。媽媽先離開，又紅著眼眶回來，低著頭，站在孩子們留給凱蒂的花束和小熊旁邊。

地窖到處都是碎石瓦礫。挖土機往下挖，我們繼續等待著。

開挖工程進行到了第三天，地窖已經挖去一半，房子也不再坍塌。兩隻德國牧羊犬和牠們的主人現身，狗狗開始在現場聞來聞去。跟之前的狗不一樣，牠們是專找屍體的狗。

「牠們應該找找那個盒子。」我說，「她就是爲了那個盒子進去的，那就是她會在的地方。讓牠們去找盒子。」

我離開所有的人，往湖邊走去。在通往牙買加湖的漢考克階梯附近，我面向灌木叢彎下腰，吐出披薩、咖啡，所有吃進去的東西。

我們在等待他們能尋獲什麼，但那都將不再是凱蒂。機器用力撞擊磚造外牆和損壞的窗戶。我撇過頭，看著牙買加湖，看著鴨子和天空中的雲朵，看著穿著紅色運動服在慢跑的人，氣喘吁吁跑過漢考克階梯。我的朋友們來到我身邊坐下，後來又離開了。太陽在天空中移動。

我等待著。

◆

這段時間，爸爸人在哪裡?他帶了食物。他和媽媽小心翼翼迴避對方，彷彿他們身在平行宇宙，只要碰面就會摧毀彼此。我坐在大石頭上俯瞰著牙買加湖，他走過來，在我旁邊坐下，直到我叫他走開。他回來帶了三明治給我，我不吃，他只是站在一旁。

他一句話都沒有對我說，一句話都沒有。這讓我隱隱約約感到很生氣，也很害怕，竟然連爸爸都沒話可以幫上忙。

◆

星期六晚上，媽媽要我回家。拆除工人準備徹夜施工，拆除地窖的地板。「如果……如果發現什麼，」她說，「我會打電話給你。我保證。」

我把手機拿去充電。充電時，我坐在一旁。我看著訊息——訊息有很多——其中一封是凱蒂寄來的。

剎那間，全世界翻轉過來，變得明亮，然後我看見留言的日期。

我不想聽她說話，因爲要是聽了，將是我最後一次聽見她的聲音。

我呆坐了大約半小時，按下按鍵。

「……洛，最叫我心痛的，是媽媽不在這裡。無論她有多在乎，我有多在乎，她永遠無法簡單地抱抱我，或是在我的額頭上親一下。無論她想對我說什麼，卻從未說出的話，我將永遠不會知道。她已經不在了。」

我按下按鍵，儲存留言，直接倒在床上。我仍然穿著外套，從工地回來弄得又黑又髒，下巴全是鬍碴，鬢角處還有傷口的縫線。我拿起枕頭，貼著臉，對著枕頭拚命大叫，直到我的胃、喉嚨、眼睛發疼才停止。

她不在這裡。

凱蒂走了，不在這裡，她有可能在其他地方，跟她的爸媽在一起，或喬治；或喬丹、彼得或凱悌號上的罹難者；或湯馬士・普金斯、沃克和奧姆斯德；或跟松岸莊園在一起。

她跟歷史在一起，她看得見而我看不見的歷史，我和爸爸媽媽永遠不得其門而入的歷史。凱蒂已經穿過去，留下我在另一端。

半夜三更，我醒了過來。我仍穿著髒兮兮的外套，坐在書桌旁，凝視著手機上的綠色文字，充電完畢。

我把凱蒂的號碼設在快速撥號的清單上。我一把抓起手機打給她，聽著電話轉進語音信箱。

沒希望了，沒希望了。

但我還是拿起車鑰匙，回到松岸莊園。

凱蒂

黑暗，黑得彷彿把我活埋；雷聲，響得彷彿我在龍捲風中心的磚造大鼓內；到處是呼嘯聲、撞擊聲，且塵埃瀰漫。煤灰等物從煙囪搖晃而落，我淚流不止，又咳又喘，簡直透不過氣。就這樣持續了好幾個小時。我蹲下蜷著身體，把頭埋在雙臂間，透過衣袖呼吸。恐怖的暴風雪在我的頭頂上方吹打磚塊，風聲淒厲，嚇得我差點昏倒。好可怕，好可怕，我的腦袋簡直一團亂。

最後，當暴風雪終於停止，四周變得非常、非常安靜。

「哈囉？」我盡全力大聲說話，想知道自己是不是聾了。聲音傳來回音，但不知怎地很微弱。我聽不見外頭的任何聲音，聽不見普金斯街上的汽車引擎聲，聽不見風雪的低沉呼嘯聲，連耳邊空氣流動的微小聲音都聽不見。

我也看不見任何東西。

我仍可以聞到外套的氣味。我的雙眼全是沙子，被灰塵弄得溢滿淚水，所以我猜我還活著。

「哈囉。」喬治說。

我摸著我的臉，我的耳朵，我的嘴巴。我可以感覺到自己在呼吸。我也可以感覺到自己快變得歇斯底里，但我不能發作。

「喬治。發生什麼事了？你看得見嗎？」我不在乎發生了什麼事，我只想出去。

我帶了那支搖晃就會發亮的手電筒。我把手電筒打開，沒有壞。空氣中塵埃飄揚。雖然房間很小，但我幾乎看不見牆壁。房間兩端低矮，中間呈弧形拱起。我蹲在低矮的一端，而另一端，老舊的毯子和棉被堆得像小山一樣高。

這裡眞的是個秘密基地。是喬治向我示範如何打開的。先在煙囪凹室的一側壓下一塊磚塊，再到另一側壓下另一塊磚塊，這樣就解開了暗門。我一推，整扇暗門開始沿著生鏽的鐵軌向後滑動，發出尖銳的聲音。凹室的兩邊不是直線；是圓桶狀。等暗門來到桶子最寬的部分時，左右兩邊就出現了可以擠進去的空間。

然後，就在我擠進密室後，外面開始天崩地裂，我只得把暗門關起來。

「得有人放妳出去。」喬治說，「妳得小心不要關上門，把自己困在裡面，艾迪叔叔這麼說過。因爲妳沒辦法靠自己出去。得有人放妳出去。」

我被困住了。

我不要這麼想。我只要想，洛知道我在哪裡，我在地窖裡。

我聽見他在叫我，就在喬治對我示範如何開門的時候，就在我聽見那駭人的尖叫聲和坍塌聲之前，就在我把門推上之前——

洛一定沒事的。他不是笨蛋，也不是瘋子。他還沒花太多時間跟鬼打交道，他不會追隨我而來的。他說他會，可是一旦事情眞的發生了，他比誰都清楚嚴重性。與我相較之下，他是聰明人，是理智的那一個。他會告訴他的媽媽，他媽媽會打電話給公園管理局，然後他們都會來找我，很小心、很小心地找。

洛不會被一扇暗門給愚弄的。懂建築的洛可不會。

他會找到我的。

洛沒有死。

我知道他沒死。

喬治好奇地看著我的手電筒。我搖了搖手電筒給他看。「這是利用磁鐵發電的手電筒。」我告訴他，喬治看起來很茫然，「這表示我們不愁沒有光。」這是LED燈，藍光、不太亮、有點可怕，但只要我需要，電力能一直維持下去。

也許得維持更久，但我不會想到那裡去。

「洛知道我在哪裡。」

至少這裡沒有外面那麼冷，這裡像地窖一樣冷，不到狂風暴雨那樣冷。

不過我真希望能喝上一杯咖啡。

我可以鑽進那堆老舊的被窩，雖然看起來又髒又硬，但至少可以保暖。

對面牆壁有個包在大煙囪內的小煙囪。小煙囪底下有個被煙燻黑的小壁爐。我可以對著煙囪向上叫，但是我叫不出來，頂多是小雞嘎嘎叫的聲音，不然就是咳個不停。如果我手邊有火柴或可燃的東西，我就可以生火取暖，真希望我會抽菸，身上有火柴。

要是有辦法生火，我就可以發送信號。

我用手電筒照了照房間四周。我想我可以燒那些毯子。

如果我找得到盒子，我可以把它燒掉。一個沾滿焦油的黑盒子。可是我沒看見。最糟糕的事莫過於此。盒子不在這裡。

「喬治，你的盒子在哪裡？」

我看見自己拆掉寶盒，用毯子和盒子生火。洛正在找我，他抬頭看見煙囪，看見黑煙，弄懂了我在哪裡。

在手電筒的藍光照射下，喬治簡直像個真人。他蹲在毯子旁邊，現在當我再仔細一看，發現那不是一堆如小山高的毯子，而是幾張毯子蓋著某樣東西。

「在這裡，凱蒂。」

金幣，寶藏。如今我對寶藏已經不再興奮，但至少我知道裡面裝了什麼。

我把手電筒放下，拉開毯子。那些毯子很僵硬，聞起來有酸臭味，彷彿死了很久的動物屍體動物。老鼠窩，噁。別傻了，凱蒂。我把毯子拉開。

然後我跳起來，大哭，頭撞上磚牆。我的腳下有東西嘎嘎作響。

鮮血從頭頂滑到我的額頭。這不是我大哭的原因。

「喔，喬治。」

「對不起。」喬治說，「對不起，我不是故意要嚇妳的。」

喬治沒有被活活燒死。

他在這裡，散落一地的屍骨，被蛀壞的外套和褲子，破掉的皮靴，骨骸縮在一個黑色木盒旁邊。

我自己跑進了秘密基地。

得有人放妳出來。

「當時很暗，」喬治嚴肅地對我說，「我很害怕，可是沒有人過來找我。」他把臉湊近手電筒，仍好奇地看著。他是半透明的藍色，如塵似煙。「別擔心，我已經不在那裡了。我在這裡。」

「洛已經來找我們了。」我告訴他，「他會找到我們的。」

「那就好。」喬治說，「凱蒂？」

「怎麼了？」

「孤獨好難受。」

我希望我可以握住他的手。「你願意陪在我身邊嗎，喬治？我希望你能陪在我身邊。」

「我答應妳。」

◆

我把難聞的毯子移到房間的另一端，喬治說他的外套可以給我穿。好噁心，好噁心，但我還是解開他骨骸上的外套穿上。有了這麼多東西堆在周圍，我確實沒那麼冷了，只是覺得很餓，很累，慢慢口渴起來。眞希望我會抽菸，口袋裡有火柴。眞希望我會抽菸喝酒，甚至像爸爸一樣吸毒，招惹上除了鬼魂以外的各種麻煩。眞希望我在家，眞希望。

我試著打手機，我在老早以前就應該想到這個辦法，但這裡根本收不到半點訊號。

我試著呼喚爸爸。他可以幫上很多忙。我需要他的時候，他到哪裡去了？

他不在這裡。

媽？

她也不在這裡。

我問了喬治一個早該想到的問題。「這個房間是用來做什麼的？」

「給那些我們不談論的人。」喬治說。

「那些我們不談論的人在這裡？」

一間牆壁很厚的密室。幾張舊得有百年歷史的毯子。一個小到不能再小的壁爐。沒有窗戶。從房間裡面，人沒有辦法出去。

是監獄。

我眼睛一瞟，*我不要看*，一對模糊的母子蹲在喬治旁邊。喬治沒看見他們。更多人出現，像塵埃一樣在角落徘徊。

這個房間是給誰的？奴隸？普金斯在這裡經營奴隸買賣嗎？

大火發生時，喬治關上門把自己鎖在裡面。密室入口想必被樑柱和水泥擋住了（就像現在這樣，我不會去想）。艾迪叔叔以為喬治被燒死了。火災過後他沒去尋找喬治。整個家族就這樣離開了。

可是等他們回來後，為什麼沒有去找喬治？因為艾迪叔叔不希望讓這個房間引起注意。他不認為喬治和盒子在這裡，他以為都燒掉了。他想要掩飾這個房間的存在，所以從來沒有打開。他在藏有密室的煙囪周圍重建松岸莊園，然後送給他的朋友奧姆斯德，主張松岸莊園不該被拆除的人。

於是，這間密室成了永遠的秘密。

密室。

藏著秘密的密室。

而盒子裡，藏著秘密的答案。

我撥開讓人皮膚刺癢的毯子走出去。寶盒放在房間的另一端，在喬治的殘骸旁。他的屍骨四散，我在周圍小心翼翼踩著步伐。「對不起，喬治。」盒子重得幾乎扛不起來，我只好一路拖到房子的另一端，骨頭散落滿地。

正當我回到房間的低矮處，煙囪被重重撞了一下，砰。「喔，該死——」磚塊落在我剛剛離開的地板上。我聽見外面傳來更多碎石滑落的聲音。這間圓桶狀的密室連一點聲響都會形成回音，砰、砰、咚、咚、咚、咚、咚、咚，直到回音漸漸減弱，成了如鬼魅般的呢喃聲。

我和喬治看著彼此。

「那是什麼聲音，喬治？你可以去看看嗎？」

「凱蒂，妳要我離開妳？」

「我有光。喬治？你離開的時候，我要打開這個盒子，可以嗎？」

我的喬治想了一下。

「我不會破壞放在裡面的東西，我會像你一樣妥善照顧。你會回來，我不會害怕，一切都會沒事的。」

是啊，說得倒簡單。但喬治相信我。他點點頭，漸漸在門後消失。

剩下我和盒子。

還有關心盒子的那些人。

盒子裡的東西是給他們的。沒了喬治在場，手電筒的藍色光束漸漸被黑暗給吞噬。掉落的磚塊在四面八方低聲迴盪著。Hikuja、Hey、Emgiboo。

我努力保持鎮定，注意力回到寶盒上。

焦黑的木盒子，包覆著鐵條。想當然耳，盒子上了鎖。我拿著手電筒靠近鎖的地方。是銅製鎖頭，看起來非常堅固。

如果我有個大釘子，或髮夾，或冒險故事裡的主角所擁有的任何工具，我就可以把鎖解開，前提是我知道怎麼解鎖的話。

如果我有鐵撬，我就可以把盒子撬開。

如果是洛，肯定會記得帶鐵撬。

洛沒事，他正在找我——

喬治出現在我旁邊，突然得一如往常。「凱蒂，外面有好多好大的吊車，就是那些用來替船上貨的吊車，」他的眼睛睜得老大，看起來很害怕，又有點激動，「凱蒂，他們在拆艾迪叔叔的房子。」

「他們會發現我們，」我抱著希望說，「還有寶物。我們可以帶盒子出去，然後你就可以回家，回爺爺身邊了，喬治。你知道這裡有沒有盒子的鑰匙嗎？」

喬治搖搖頭。

「那麼我得把盒子強行打開了。我會小心。」

我用雙腳固定住盒子底部不讓它移動，再用戴著手套的雙手抓住盒子邊緣的鐵條，使勁一拉。

盒子無動於衷。

鐵條在牙買加湖附近經過了一百五十年，已經生了水鏽結成一團。我拉得好用力，盒子甚至被我稍微拉離了地面。還是沒有反應。

不過，生鏽的鐵條也變薄不少，像喬治的骨頭一樣脆弱易碎。我不需要打開盒蓋。

我把腳抬高，用力踩下去。

好吧，盒子不如看起來脆弱。我踏到盒子上面，開始跳上跳下。喬治在我的身邊慌張得手舞足蹈，喔，凱蒂，小心點。我站在盒子上，不斷用靴子踩啊踩，直到灰塵弄得我咳嗽打噴嚏。

小心點，小心點，小心點……

就在這時，我踩對了位置，聽見鐵條和木頭啪一聲裂開的聲音。

我撕下一塊毯子包住手，把脆弱的生鏽鐵條給摺斷，然後慢慢地拿開盒蓋的殘骸碎片，堆在壁爐旁邊。

盒子上層放的全是紙張，很好，因爲無論下層是什麼東西，紙張提供了很好的保護。我一邊拿出紙張，一邊細看。舊帳本，支付帳款，一封寫給艾迪．普金斯的感謝函。

而在這些紙張的正下方，有三張老舊的重磅紙，標題用棕色的古字體寫著：一八〇七年十月，凱悌號之乘客名單。

四周，我聽見竊竊私語的聲音。

接著，有隻手差點把名單搶了過去：一隻若隱若現的手，有著粉色的破指甲和乾裂的焦黑皮膚。我看著那隻手，彷彿看著自己的手。

「來，這是你們的。」我把名單遞給他們。他們讓我周遭的空氣蒙上陰影，讓我冷得椎心刺骨。我隱約感覺到他們用手肘推擠我，用手指抓我。我聞到他們的惡臭味。但他們抓不住那張紙，指尖穿透過去。

「這是什麼，凱蒂？」喬治說。

「這是那些人一直在找的東西，喬治。」

他們的名字，他們的故事，他們的身分，他們的人生。

「我唸出來吧。」我對他們說。

一八〇七年十月，凱悌號之乘客名單，

海岸角城堡。

1.男性，約二十歲，高大，兩頰有刺青，斷鼻，耳朵戴骨製耳環。

但是這樣就沒了。他的名字呢？當初成為奴隸而被奪走的名字在哪裡？他的真實身分又在哪裡？我開始大聲唸起來。

「男性，約二十五歲，身材中等，雙手有刺青。」這一行被劃掉，旁邊注釋寫著：「途中死亡。」

「女性，約十五歲，臉頰有T字疤痕，有個黑白混血的嬰兒。」只寫了這麼多。

「男性，據稱三十歲，鞭傷，跛腳，懂得修補船帆。」

懂得修補船帆倒挺厲害的，但他們的名字都不見了，一個名字都沒有。

「上面關於你們的事就說這麼多了。」我大聲告訴他們，彷彿他們眞懂英文似的。洛說過奴隸商人給他們編號，是我自己一直以爲奴隸商人肯定把他們的名字寫了下來，可是這裡什麼也沒有，沒有寫名字，沒有寫他們從哪裡來的，或那個跛腳男子是怎麼受傷，或那嬰兒的親生父親是誰，都沒有。奴隸商人何必在乎？這些人永遠不再是人了，他們不需要名字。我想她是遭到了強姦，就是年紀跟我一樣大、帶著嬰兒的女孩。懂得修補船帆的那個男子，或許他曾是一名水手，但在名單上，他們只是一群行屍走肉，變成寫著年齡、性別、特徵的一行字，變成數字。是商品、貨物，不是人。

Afa，Hey，Hey。我在呢喃聲中聽見幾個字，但我完全不懂是什麼意思。

「但願我可以幫上什麼忙，但有關你們的事都在這裡了。」

Afa、Nem、Hey、Nem。有個聲音從一片呢喃聲中獨立出來，是男人，聲音低沉，聽起來很生氣。有那麼一瞬間，我看見一張男人的臉，眼角的匆匆一瞥，但我可以把他畫下來。深皮膚，額頭和兩頰佈滿螺旋狀的部落刺青。鼻子燒毀，雙眼凹陷，只剩眼窩沒了眼球。他戴著三角帽，革命軍戴的那一種。他伸出缺了手指的焦黑斷手，卻觸不到我或那張紙，就像喬治觸不到聖誕球一樣。Nem、Mgubene。他只是寒冷地窖裡的一記哆嗦。

喬治蹲在旁邊，看著他看守了好久好久的那個破盒子。「喬治？你知道他在說什麼嗎？」Mgubene、Mgubene。應該有鬼語這種東西，但喬治只是看著我，一臉茫然。

Afa、Nem、Mgubene。

「我幫不了你們！」我對男子大吼，發出的卻是粗聲粗氣的噪音。「我但願我可以，」我舉起紙張，凱悌號的貨物清單，「可是上面沒有你們的名字！」

煙囪又開始隆隆作響，我急忙跑回盒子旁邊。手電筒的藍光幾乎要熄滅。我再搖了搖，這時有個很沉的東西從天花板掉下來。煙囪附近的磚牆彎彎曲曲裂了一條縫。

好，信號，得趕快發送信號。

寶盒裡可能還有東西。地窖沒有其他東西，沒有給他們或給我的東西。

他們在我周圍生氣地竊竊私語，我幫不上他們。

我小心撬開剩餘的盒蓋，把盒子裡的東西一個一個拿出來。

大多是紙張。更多的紀錄，更多的帳本，一張接著一張的紙。唸完凱悌號的乘客名單後，我再也不想讀其他紙張。不過在紙堆中，以及許多皮製小袋子和小盒子之間，塞了一些東西。財物。一條鑲有綠寶石及白寶石的舊式金項鍊。一對跟我手指一樣長、鑲有閃亮粉紅寶石的耳環。一大串珍珠。我拿起珍珠項鍊時，線化作灰燼，珍珠一顆顆彈起來，落回盒子裡。

寶物。我竟然有些在乎起來，寶物的魅力眞叫人驚訝。

Nem mgubene，那男子說，Afa mgubene。

「我但願可以幫上忙，我很抱歉。」我在紙堆中找來找去的同時，不斷發現珍珠。我把珍珠放進口袋，拿出其中一顆放進嘴裡吮，因爲我的嘴巴實在乾得不得了。

沒有火柴，沒有打火機，沒有鬼語和英語的雙語字典，也沒有三明治或一瓶可樂。

沒有可以用的東西，什麼也沒有。

有時間的話，我可以找出當初那群人簽署普金斯遺產的信件。

我想我沒有那麼多時間了。

◆

吊車還是什麼玩意兒開始衝撞煙囪，灰塵和磚塊掉落在壁爐邊，蓋住了盒蓋的碎木殘骸，一陣砂塵飄到空中。天花板的縫隙越來越大。我擠進密室最低矮、最安全的角落，蜷縮在毯子裡，靠著破敗不堪的盒子，一邊把珍珠當作喉糖一樣吸吮，直到差點吞下去才停止。我把珍珠吐出來，放進口袋，眨眨眼，發著抖，最後漸漸沉睡。

我夢見我在一間購物中心。電梯失火了，濃煙不斷從電梯裡竄出，不同的是濃煙有眼睛和牙齒，而且試圖跟我說話。電梯門一打開，裡頭全是火焰。大家從火中尖叫著跑出來。我跑到外頭，濃煙跟在後面，我可以聽見撞擊聲和尖叫聲，但我沒有回頭。著火的人群激動地想要抓住我。Mgubene、Afa、Nem。

我拚命跑啊跑，著火的人群離我越來越遠，天色也漸漸變暗。我絆了一跤，繼續往前跑，忍著漆黑和寒冷跑下一條蜿蜒小徑，經過不停掃著臉頰的松樹林，穿過茂密的灌木叢，跑進有棒球場和公園長椅的地方。我的腳踏車鎖在長椅上。我可以騎上去逃跑，但我沒有鑰匙，何況我必須帶上喬治。

「看。」喬治說。

我回頭一看，看見松岸莊園陷入火海。喬治也回頭看著莊園，飽受驚嚇，但他必須回去。我們都得回去。松岸莊園在燃燒，

我掙扎著醒過來，LED藍光手電筒幾乎已經熄滅。我再搖了搖，於是光又亮起來，塵埃密布的空氣中開出了一道光。

如果我讓光往上照著煙囪……

外面肯定跟這裡一樣滿是灰塵，如果我讓光往上照著煙囪……要是我到煙囪底下，又有更多磚塊掉下來，一定會砸到頭。

我必須一試。我挑了幾片長木板，每片木板約有一英尺長。我把手電筒固定在兩片木板之間，就像被兩根大筷子夾住一樣。我很冷，手電筒又滑又重，灰塵讓人喘不過氣，而且我必須離煙囪越遠越好，不過我還是伸長了雙臂，讓手電筒保持平衡往上照。

不，這麼做太傻了，我沒有在思考，腦袋昏昏沉沉的。我在手電筒四周堆了幾個磚塊，讓手電筒保持平衡往上照。這招好多了。

我蹲在房間角落，裹著發臭的毯子，盯著手電筒看。每過幾分鐘我得用棍子把它弄出來，搖一搖讓它繼續發亮，然後再放回去。

有好長一段時間，我的腦袋空空如也，眼前除了藍光和餘暈什麼也看不見。沒有那些人，沒有喬治。我只聽見煙囪傳來的嘎吱聲和一次刺耳的撞擊聲。

我甚至連機器的聲音都聽不見了。

他們放棄了嗎？現在外面幾點了？星期幾？是白天還是晚上？如果是白天，他們看得見我的

光嗎？

我看了手錶一眼，但灰塵模糊了雙眼，我看不見時間。

他們是不是放棄了，決定直接拆除松岸莊園？他們現在是不是正在拆牆壁，把牆壁撞碎，再把碎石鏟進地窖？

把我活埋？

我想我剛剛不小心睡著了。我的雙腳發麻，燈光已經完全消失。我的雙臂沒了知覺，身體漸漸消失，因為我看不見它。

「喬治？」我東摸西找，倒在地上，伸手不見的五指摸到了手電筒。我搖搖手電筒，再度看見自己，看見我那變黑的髒手，裂開的指甲。我仍在這裡，想到差點哭了出來。

「凱蒂。」喬治說。

我好渴。我想哭，可是不想把水分浪費在眼淚上。**陪在我身邊，喬治。**

我答應妳。

我聽見挖土機的震動聲。有人在外面。我搖了搖手電筒，再放回煙囪底下，往上照發送信號，然後拖著發麻的雙腿半滾半爬地離開。

我會不會只是把光照在煙囪的轉摺處？有人看見那道光，知道我在這裡嗎？也許我應該改把光線照進門縫，也許碎石之間有縫隙，也許有人會看見——

就在這時，所有東西突然崩塌，磚塊和瓦片從煙囪轟然落下。我放聲尖叫，雙手蓋住頭，躲到房間的低矮角落。大量灰塵覆蓋在我身上。我用手摀住鼻子、眼睛、耳朵，把毯子拉過來蓋住自己，整個房間在四周轟隆作響。

等聲音平息了，我睜開眼睛。

卻什麼也看不見。

◆

光消失了，這裡好冷。

我用一隻手摸摸另一隻手，再摸摸臉頰，臉上沾滿了砂礫和鮮血。我被四分五裂了。鮮血從耳朵流出來，雙腳摩擦著磚塊，身體各處只感覺到寒冷和顫抖。

喬治——

我聽不見我的聲音。我仔細聽著自己的氣息，卻聽不見。我的耳朵在抽動，對聲音已經麻木。

若是我尖叫，有回音，就表示我還活著。可是當我一叫，只聽見自己不停在咳嗽，咳得喉嚨都痛了。

凱蒂。我可以聽見喬治的聲音，不過或許不再是用我的耳朵聽了。

我也可以聽見他們，就如往常般急迫。

Speeg，Speeg afa mgubene，Speeg nem，Mgubene。

Ndele，另一個聲音說，Ndele，Atu。

Speeg nem mgubene。

喬治！救救我！發生什麼事了？

Enfasu，Omelek，那些聲音說，那些如煙似塵的聲音說。O speeg，第一個開口的男子懇求著。

有件事惹得我咯咯笑了出來，我想我仍活著。我想起《魔戒》，想起主角們在黑暗之中尋找一扇門的情節。Pedo mellon a minno[20]：說出朋友，即可進入。後來出現一道光，一扇門，他們就此獲救。說出朋友，即可進入。朋友。我心想，這就是終點了。我不會害怕。媽媽在門的另一邊，但願我會找到那扇門。那裡有爸爸和媽媽，不再有鬼魂纏著我。我不會害怕，可是我不想死。說出朋友。Pedo mellon a minno。說出朋友，即可進入——

Speeg，男子說，Speeg nem。

Speak。（說出）

Speeg nem。

「Speak name（說出名字）——」

記憶中，我看見一個男人，一個黑人，長得像洛但皮膚黝黑得多，留著一頭短髮。一個我曾經畫下的男人，在當初有光、我也有雙手的時候。

沃克。

在他的家鄉，如果一個人死後說出那人的名字，他的靈魂就會痊癒，獲得安息。

Speeg nem。什麼是mgubene？

Speak name Mgubene。（說出姆固班這個名字）

他仍記得他的名字。

「姆固班。」我用嘶啞的聲音大聲說。

這一喊彷彿出現了我需要的火。他是光，從一道比火更明亮的光線中升起。一個眞人，穿著藍色連身衣的男子，有捲曲的棕色短髮和大耳朵。他對我微笑，我在他後方看見一座村莊、一排柵欄和許多房子。陽光下的村民朝他跑去，他也轉身進入光裡跟他們相會。

緹蒂亞洛，一個女人呼喚著。「緹蒂亞洛。」我說。那是一個有著高顴骨和堅定眼神的高挑女人。她望著我的後方，大笑出來，看見了她心愛的人。

尤飛。「尤飛。」他很高大，皮膚非常黝黑，兩頰有螺旋狀的部落刺青。他環顧四周，舉起雙手，驚訝地伸展十指。或許懂得修補船帆的就是他。

這招可能不是對所有人都奏效，他們並不是全部來自同個地方，不可能全部擁有同樣的信仰，但這是我唯一能做的，說出他們的名字。

梅茲。「梅茲。」他是個小胖子，眨著眼睛彷彿大夢初醒。

「法蒂瑪。」她很嬌小，有著又粗又濃的眉毛和黃褐色的皮膚。她把手伸進煙霧中，拉出一圈長長的白色面紗繞住自己，傲然佇立著。

「奧隆威。」他是個又高又瘦的男孩，下巴尖尖的，體格看起來經常跑步。牛群在他周圍哞叫。有隻狗開始吠叫，聽起來欣喜若狂。

⑳ 魔戒中的精靈文，翻成英文的意思是：Speak friend and enter。

「里安卓・達庫尼亞。」那是一個單耳戴著耳環的輕盈男子。他用手在胸前畫個十字，大笑一聲對我鞠躬，像在半空中接球一樣接住他的名字。

恩黛萊。「恩黛萊。」抱著小孩的那個女人。她好年輕，就是名單上只有十五歲的那個：有著柔順黑髮的黑人女孩。阿圖，她說著，舉起懷裡沒手沒腳的焦黑肉團。「阿圖。」我說完，她輕輕發出類似呻吟的聲音，開心摟著她那完美的孩子。他吃著母親的奶，膚色比她的黑色奶頭淺得多。她東張西望：他們一起在什麼地方？她嘟起嘴巴。她沒有回到村莊裡，但無論在哪裡，只要在一起。

「麥麥提。」他大喊Ashadu Allah ilaha！「伊曼武。」他皺起眉頭，拍打著身體，彷彿在口袋裡找東西似的。「安凡達、圖比凡蘇。」他穿著斑紋獸皮，像國王般雄壯威武，像洛的爸爸。他在黑暗中移動，帶領大夥兒前進。「阿塔莎。」我說得舌頭打結。「曼圖、肯德、伊吉貝、阿麗莎、果門。」兩兄弟，「阿圖霍、阿摩內。」光線如此明亮，如此變化多端，來自好多地方：綠色叢林、黃色草原和田野，一道來自海邊的刺眼光線，一股潮濕的暖意。我仍然頻頻發抖，連雙手都看不見，但我看得見那些人。「印吉貝、奧圖盧、阿米娜。」孩子們朝她奔去。「奧瑪凡。」他合起雙手，向我鞠躬。磚塊不斷掉入煙囪，空氣中塵埃滿佈。我吸著指關節，只為了有足夠的口水繼續說話，一邊吃進了灰塵砂礫。有個水手往上爬，好像爬著船纜一樣瀟灑地進入天空。「查彌兒、吉瓦尤。」他們緩緩消失在光線中，走向村莊，登上小船。他們的同伴對他們伸出手來。

有些人向後退，搖搖頭。其中一人不停憤怒地對我咆哮，人群則川流不息地從他旁邊經過。有人丟給一個女人釣魚線。有人抱著一隻猴子。有人親吻妻子，把孩子高高抱起。有人說了個笑話，然後自顧自地大笑起來。有人在火上烤魚，味道好香，讓我的口水直流，同時仍然繼續喊著名字。我聽見鳥鳴。

他們離開得差不多了，光也消失了，只剩下咆哮男子在說話。後來，連他都安靜下來。密室好黑，好冷。我能聽見的，只有外面挖土機的撞擊聲，以及紛紛掉落的磚塊。

「凱蒂？」

我感覺到手中有隻冰冷的小手。

你看見了嗎？那就是天堂，喬治。

「發生什麼事了？」

我想他們已經放棄找我了。我聽見殘磚瓦礫在滾動，在門外堆疊。我想他們正在拆房子。

我想他們正在把我們活埋，喬治。

你想去天堂嗎，喬治？見你的爺爺？

「我會陪在妳身邊，凱蒂。我答應過妳。」

你已經盡忠職守夠久了，你可以回家了。你會看見你的親朋好友，或許那裡還有一隻狗——

聲音突然變得響亮，轟隆作響；松岸莊園正在坍塌。磚塊如土石流般到處朝我們滾滾而來，我嚇得躲進密室裡最狹窄的角落。「喬治。」我哽咽地叫出他的名字，「喬治．普金斯。喬治．普金斯。」接著，我感覺到他的手從我的手中溜走。「凱蒂．馬倫斯！」我大喊著，「媽！爸！」

這時候，我也看見了一道光。

洛

昨晚媽媽把我送走，因爲她預期拆除工人會找到凱蒂的屍體。而我預期回到松岸莊園時，會看見一輛已經無須響著警報器的救護車。

然而，現場尚未出現救護車。所有人都站在一起。媽媽正在跟凱蒂的繼父和一個戴著安全帽的人說話。他們還沒找到她。

「除了煙囪附近，他們已經把地板都拆光了。」斯蒂芬斯先生說。他緊張得不停發抖。

「我們昨晚又派了狗去找，」戴著安全帽的男人說，「什麼也沒找到。」

「這或許是好消息。」斯蒂芬斯先生滿懷希望地說，但沒有人這麼覺得。

松岸莊園成了露天房子，就像個模型屋。我們可以從南面看見所有的房間。左邊是餐廳，餐廳有個放瓷器的櫥櫃。櫥櫃的門是打開的，裡頭空空如也；右邊是起居室或辦公室。這個房間有一座華麗的雙管煙囪，就是當初凱蒂說她待過的房間。現在，這個房間已經完全沒了地板；所謂的地板是地窖的橫樑和堆在煙囪底部的碎石瓦礫。太陽剛剛升起不久；泛光燈仍然開著。

「那些狗在煙囪附近沒有找到任何東西。」男子說。他想必是拆除大隊的工頭。「你確定她在裡面？」

我和媽媽以及戴著安全帽的男人看著煙囪底部周圍的碎石瓦礫。

我懂建築；我看著那座煙囪的底部；我知道問題出在哪裡。煙囪不夠穩固，等拆除機器到了煙囪底部附近敲敲打打，煙囪遲早會倒。要是有設備或工人待在地窖，就會壓到他們。

「我兒子看見她的腳印往樓下走去。」媽媽說。

「嗯哼。」戴著安全帽的男子說，「好吧。」

爸爸看起來彷彿在這裡待了整個晚上。

「從煙囪頂端往下拆呢？」媽媽說。媽媽，竟然在告訴他該如何拆除松岸莊園。

「我想也是。」他說著，點了點頭，「顛倒過來，從上面開始劃平。你們都先給我回來。」

他把我們趕走，不讓我們留在可以看見煙囪底部和碎石瓦礫的地方。斯蒂芬斯先生向前走，想靠近去看，卻被揮手趕了回來。我站在他的身旁，爸爸媽媽則站在各自的平行宇宙，就在附近，但不是太近。

大型黃色挖土機發出刺耳聲音，朝松岸莊園後面的角落前進。挖土機的爪子升到破屋頂的上方，彷彿蜻蜓點水般輕輕拆除屋頂的頂端。煙囪一陣搖晃。我們聽見磚塊砰地滾進煙囪裡，撞到轉彎處時發出如槍聲般劈劈啪啪的聲音。

機械手臂朝子母車彎下來，爪子一開，倒出灰塵和碎磚。

然後，機器手臂再度升起，來到煙囪上方。爪子挖著磚塊，破碎的磚塊宛如土石流滾進煙囪內部。煙囪四周的牆壁也碎落一地。挖土機的爪子再晃回來，把煙囪頂部敲掉。越來越短的煙囪不斷吐著灰塵，彷彿最後一次，有人放火燒了松岸莊園。磚塊重重落在碎石瓦礫上。

斯蒂芬斯先生轉身離去。

羅森女士拿了甜甜圈和咖啡放到我手裡。我用手捧著，沒有胃口。

挖土機停下來。掉頭離開。巨大的鏟土機開過來，鏟起了殘磚碎瓦和結冰的草。

挖土機再次進駐，在搖搖欲墜的短煙囪上方彎下機械手臂，開始開挖那一堆碎石瓦礫。

煙囪底部的四周，到處是混雜著灰泥的木樑、破碎的牆壁和地板，以及碎磚碎石。煙囪底部有一條巨大的橫向裂縫。碎石瓦礫堆疊在煙囪的地基處，看起來是支撐煙囪的唯一力量。那就是我們要求拆除工人移開的東西。

拆除機器停了下來。工頭從房子旁邊走出來，在地窖邊蹲下，低頭往下看。他走到我們面前，看著媽媽，而不是我或斯蒂芬斯先生。

「我們準備擊落那座煙囪剩餘的部分，讓它直直倒下來。」

他對我們說的意思是，他會照顧到他的工人和機器，不再去顧慮凱蒂。斯蒂芬斯先生點點頭，僵硬得像木偶。

「你想去我的車子裡坐一下嗎？」我問斯蒂芬斯先生，「那裡比較暖。」他搖頭，但羅森女士牽住他的手臂帶他離開。他和羅森女士如傷兵般依靠著彼此。

「你也想去嗎，洛？」媽媽問道。

「不了，我……」

「我知道，寶貝。」她說，「但這樣比較好。」

「我要留下來。」

陽光從湖邊斜斜地照過來，照進了地窖，打在煙囪底部的破損磚塊上。我能看見一部分的凹室。

挖土機轟隆一聲發動引擎，緩緩駛到房子邊，我們所在的這一側。機械手臂伸長到煙囪的高度，接著爪子一把抓住，開始搖動。房子沒那麼輕易倒下；挖土機的後胎貼著地面，拚命後退。其中一根花崗岩樑木自行斷開，有一面牆也向外跟著倒下，發出極大的撞擊聲，但煙囪仍然屹立不搖。

我蹲下來，低頭看著磚造凹室，裡頭幾乎塞滿了碎石瓦礫，可是看起來有點不對勁，怪怪的。

「媽媽——」

「退後，洛，你太靠近了。」

「妳不覺得那個凹室怪怪的嗎？它變形了。」

現在，兩台機器正一前一後開著工。挖土機退後，鏟土機降下鏟子，扛起了樑木。樑木丟進子母車時，整個地板都在震動。

凹室不應該長那樣。

爸爸走到我們身後。

鏟土機掉頭離開。挖土機伸長機械手臂抓住煙囪，開始用力拉啊拉。煙囪在搖晃，這時挖土機猛力往上拉，一面牆倒了下來——

我這一生當中，接下來發生的事解釋了我們是一家人的原因，沃克家的完美時刻，因爲我們三人同時看到了問題所在。凹室出現一條大裂痕，整排磚塊都裂開來。凹室後方在震動。「那是——」我說，接著媽媽又說，「喔，查爾斯，看啊！」然而，朝挖土機奔去的人是爸爸，速度比我還快。穿著名牌大衣的爸爸邊跑邊揮手，幾乎跑到挖土機的爪子底下，害得媽媽不得不追過來，把我們往後拉到安全的地方。爸爸扯著喉嚨，對拆除工人大叫著說，「停下來！」

「那是什麼？」

「那個，」媽媽說著，伸手指向——

開口說出答案的人卻是我。

◆

「那是一座監獄。」那天下午凱蒂在醫院甦醒，我倆手牽手坐在一起時，她這麼低聲說。除了幾次起身幫她加薑汁汽水外，我們一直握著彼此的手。

「不是。」我說，「那是地下鐵路的地鐵站。」

「普金斯？」凱蒂低聲說，「是好人？」

「普金斯在一八四八年重建房子時，他蓋了一個地鐵站。」一個藏身之處，給黑人用的。

「作為彌補？」她嘶啞地說。

「因為凱悌號？我猜是吧。」

那麼奧姆斯德到南方去的事呢？他在幫普金斯做什麼？不是發送有毒糖果而是在散布消息嗎？給鐵路承包商送錢？

忙著我們一直以來知道他在做的事？告訴白人奴隸制度沒有好處？

世人將為奧姆斯德改寫一套全新的傳記。

「普金斯囚禁了黑人。」凱蒂嘶啞地說，「他不能信任。」

不。

「給我白紙好嗎？拜託？」

「現在？」

等我帶著新的素描本和鉛筆回來時，她已經睡著了。醫院的人要我把東西留下來回家。第二天早上，我到醫院時，她正在畫畫，紙張在她四周散落一片。一張又一張臉，一個又一個人。包著白色頭巾的女孩，開懷大笑的男子，抱著寶寶的女孩，戴著三角帽的男子。凱蒂在每個人旁邊草草寫下名字。

我那看得見鬼的女孩。

我的女孩。

凱蒂

由於受到寒冷和灰塵的侵襲，加上被磚塊打中等等，我必須在醫院住幾天。奇怪的是，好多人來看我。

洛、菲爾和露西．羅森來了之後，普金斯太太也來了。她看起來彷彿準備赴刑場似的。她帶了花。

「我曾經希望沒有人知道設立普金斯遺產的原因。」她說，主要是對洛說，多過對我。「現在大家都知道了。我可以想像你們怎麼看我們。」

「他設立的原因是因為凱悌號？」洛說。

「那件事讓他終日心神不寧。」普金斯太太說，彷彿她是從湯馬士．普金斯的口中親耳聽來的，「他總是不斷付出，為人非常慷慨大方，你們知道的。那則報導被壓了下來，他知道他的朋友們永遠不會提起。」她說到朋友時加重口氣。我猜洛的爸爸收不到她的聖誕卡了，「但他的良心過意不去。他希望藉由普金斯遺產作為彌補。」

我和洛傾身向前仔細聆聽。波士頓已經正式宣布松岸莊園的地窖將成為國家歷史遺跡之類的紀念物，考古學家紛紛帶著小鉗子到那裡勘查。這表示沒有半個我們認識的人看見普金斯遺產的信件，也肯定沒有人知道普金斯遺產是什麼。

「他捐出三分之一的財產，剩下的錢用來冒險一搏。你們知道幫助奴隸逃亡的刑罰相當嚴重。他集結他的朋友，然後資助像塔波曼太太等人把他們的人從南方帶過來。他把逃亡奴隸藏在他的房子裡，就在當初妳被困住的地方，馬倫斯小姐。他過世後，他的兒子繼續承接下去，在戰後撥款蓋了許多學校。」她指的是內戰。「後來，換我們接手直到一九七〇年代。我和泰德賣了我的訂婚戒，幫自由之夏[21]運動提供資金。結果不太好。我擔心盒子裡可能裝了什麼，擔心盒子裡的東西可能怎麼評論我的家族背景，怎麼評論他。」她看著我們，略顯怒氣，「湯馬士・普金斯是好人，他做了很多好事。現在，世人只會因為凱悌號而記得他。」

好一陣子，大家一句話也沒說。普金斯太太緩緩站起來，走過來看我的畫。畫全都攤放在床尾。我已經盡力了，不確定自己畫得對不對。阿圖寶寶的鼻子是長那樣嗎？我記得尤飛的刺青嗎？

「就像水溝邊的廢水。」普金斯太太喃喃地說，「他對羅伯・麥奎爾說，『想辦法把他們處理掉。』他的意思並不是……不過我猜大家因為那件事記得他才叫正義吧。」

「凱悌號的事？」洛說，「不好意思，普金斯太太，像凱悌號那種事情一天到晚都在上演。非洲賣出了兩千萬個奴隸，上百萬人死亡，全是被謀殺的。就拿桑格號[22]來說吧，大家都知道那

[21] 自由之夏（Freedom Summer）：1960年代初期，發生在美國密西西比州的著名學生運動。參與者大部分是來自美國北方的白人學生，主要目的是要盡其所能地終止政治上排黑的狀況。

[22] 史稱桑格號大屠殺慘案（The Zong Massacre）：桑格號是英國利物浦一家販奴公司的奴隸船，1781年9月，在駛往美洲途中，爆發了瘟疫，船長科林伍德下令將133名染有瘟疫的黑奴投入大海，後來，又謊稱船上淡水供應緊缺，不得不「緊急拋貨」，把一部分黑奴投入大海，妄圖以此謀取巨額保險。

件事，每個非裔美國人都知道。像凱悌號的船多的是。」

洛看著普金斯太太，普金斯太太也看著洛。

「所以我們幫助過的每個人都知道我們是出於內疚幫助他們的囉？」普金斯太太突然激動地說，「所以他們是同情我們？還是鄙視我們？」

我連忙插話。因爲吃進灰塵之類的，我沒什麼聲音，但我還是盡力開口。「妳仍然幫了啊。」幫了一些。事後。

「我們幫了多少人？」普金斯太太說，「不夠，永遠都不夠。唯一有幫助的是當初阻止事情發生。」

這話說得再正確不過。

普金斯太太轉身看著我畫的那些人。她對他們說，「原諒他，我希望你們能原諒他。」

他們現在只是一張張畫，看起來不像被殺害的樣子。他們看起來生氣勃勃，自由自在。

「但願他當初認識他們。」普金斯太太說。

◆

普金斯太太離開後，洛也暫時離開。他說他必須打幾通電話。他咧著嘴笑，像是想到了好主意。

洛的爸爸出現了，他也看了那些畫。這個是豊，他說，這個男的是阿杉地。「白人很少可以精確畫出黑人的臉孔。」他說。洛回來後，告訴他爸爸我一直在研究歷史。「妳的心地正直，凱薩琳。」他不情願地說，一邊指出幾個細節錯誤的地方，雖然我很確定它們沒有錯。

等他離開，洛的幾個朋友來到病房。從小學開始拍電影的傳奇人物巴比李．波帝斯帶了攝影機、燈光、電腦和掃描器，同行的還有一個美得驚為天人的黑人女孩，以及明年即將成為布魯克蘭高中四分衛明星球員的戴瑞爾．強森。要不是那個黑人女孩明顯在跟戴瑞爾．強森交往，我可能會很忌妒她。「老兄，我絕對可以利用這個搞出一些名堂。」巴比李對洛說。「凱蒂，我可以掃描妳的畫嗎？妳介意嗎？」黑人女孩突然拿起一張畫，葡萄牙男子的畫。「我也姓達庫尼亞。」她說。「我叫雪兒．達庫尼亞，里約人，嗨。」戴瑞爾．強森只是看著那些畫，一張接著一張，看著那些皮膚和他一樣黝黑的人。

巴比李開始掃描我的畫，對其他人交代事情。他們對我微笑，彷彿全都藏著秘密。

「洛，這是怎麼回事？」我嘶啞地說。

「是為了沃克獎！」雪兒說，「我們的洛為了沃克獎準備了一些計畫。」

於是，洛把計畫告訴我。

洛

沃克獎的基本規則：進入決賽的人必須講他們所寫的文章。如果寫了這篇卻講另一篇，就會喪失資格。

但是規則沒有說一旦喪失資格後，演講人必須坐下。

金恩博士紀念日的前一個週末，雪兒和戴瑞爾在一起練習他們的文章。爸爸也希望我在他面前試講，所以我練習了他以爲我會用的那篇文章，一直練到好像有那麼一回事爲止。剩下的時間，我待在巴比李的家，跟他和他爸爸和凱蒂還有媒體器材混在一起。凱蒂拚命畫畫。我花了很多時間與其他的決賽者通電話，又花了很多時間畫草圖，做PowerPoint，然後用所剩無幾的時間練習另一篇文章。

我花了最多時間通電話的人是普金斯太太。

以往，沃克獎在非洲人會堂舉行比賽，不過在成功募得重建的四百萬之前，我們改在特雷蒙教堂，一間維多利亞式的大穀倉舉行。星期天中午，所有決賽者有機會用麥克風在空地練習。巴比李和他父親在大廳鬼鬼祟祟地走來走去，一邊尋找電源插座。

「老兄，」巴比李說，「你這麼做要是害你爸的頭爆炸，我可不會去清。」

「這個嘛，他殺了我以後，別忘了在我的葬禮請個DJ就行了。」

「這眞的有用嗎？」

「喔，肯定有用。」

金恩博士紀念日這天，當我看見特雷蒙教堂的群眾時，差點亂了手腳。爸媽認識的每個人都在這裡。爸爸整個系所的人，包括秘書都來了。斯迪牧師、戈麥斯牧師、麗姿．沃克，教堂的人，甚至還有坐輪椅的老婦人。很多學校的學生也在這裡，大多為了戴瑞爾而來，我看見我認識的每個人幾乎都在這裡了。

而在視野和聲音絕佳的第三排位置，坐著普金斯太太和她年邁的丈夫，以及他們一整排的朋友。

我們十名決賽者坐在第一排，穿著最高級的西裝和洋裝，照名字的字母依序從胡安．阿爾瓦利排到洛．沃克。這輩子第一次，我很高興做最後一個。

第二排中間坐著一群評審。而坐在他們旁邊，隔了三、四個座位表明今年他不是評審的，是爸爸。

此時，德瓦爾．派區克進場，所有人高聲喝采。他簡單講了幾句話，比賽便正式開始。

「我們第一位演講人：胡安．阿爾瓦利。主題是：『我的波多黎各：民族、種族及文化。』」

雪兒是第二位，贏得了很多掌聲，雖然前一位波多黎各人說了不少與她相同的觀點。戴瑞爾是第五位。他是所有演講人裡口條最差的一個，說話很慢，吞吞吐吐，可是他的第一句話就已經擄獲了所有觀眾的心。「一直到高一以前，我不識字。」他談到身為一個有閱讀障礙的高大黑人是什麼感覺，連他的朋友都覺得他是笨蛋。「認為我只會踢足球，什麼都不會。」戴瑞爾說，

「我球踢得好，我並不排斥，也沒什麼好排斥的。我希望可以一輩子與足球爲伍。我也以爲我能欣然接受我是個笨蛋，直到我遇見一個女孩。她說除非我學會閱讀，不然她不會跟我約會。」

我愛那個傢伙。我記得幾年前的戴瑞爾是什麼樣子，高大、愚蠢、易怒。我愛雪兒，是她讓戴瑞爾有了改變。我愛她不斷對我嘮叨。我愛我朋友們的勇氣。他們做得到，我也可以。

「洛．沃克。主題是：『非洲人會堂。』」

講台上，燈光照著我的雙眼，但我仍看得見評審、觀眾，還有爸爸。在觀眾席後面，我看見巴比李。

「我的主題本來是非洲人會堂。」我說，「現在我不打算講這個。」

觀眾席開始議論紛紛。評審個個坐直身子，彼此竊竊私語著。我沒有往爸爸的方向看去。我剛剛讓自己失去比賽資格。其中一位評審準備開口說話，我學到爸爸的眞傳，立刻繼續往下說。

「因爲一個多禮拜以前，發生了一件事，一件影響我很深的事。我本來要跟你們談非洲人會堂，然後請你們捐錢重建。這是個好主意，你們都知道。捐錢。但是今天，我想跟你們談點別的。

「你們當中有些人認識我的家人。我的父親是查爾斯．藍道．沃克，他寫了許多有關蓄奴賠款的書籍，激怒了每個人。我的母親是白人，她是一名古蹟維護建築師。我呢？我大半輩子都覺得自己白得當不了黑人，黑得當不了建築師。

「我花了很多時間思考這件事，甚至連參加沃克獎的比賽都不是很高興。我夠資格當個黑人站在你們面前嗎？我怎麼能在這裡侃侃而談，好像很了解自己？

「接著，上禮拜，我的女朋友在一棟倒塌的房子裡困住了。你們都讀到松岸莊園倒塌的新聞。她當時就在松岸莊園裡。她很幸運，也很勇敢。她躲進了一個隱密的地下避難所，是這棟房子的白人家族在內戰前所建的，一個地下鐵路的地鐵站。

「現在，我要講個我並不覺得光彩的故事。在我們還沒發現她困在那裡沒死之前，我正在觀察煙囪，觀察房子，以及煙囪搭造的方式。當時，我滿腦子想的都是即將失去她了，我以爲自己再也見不到她。即使如此，我仍在觀察建築物。

「我想，這樣的我可以是個建築師，無論我是黑人或白人，好人或壞人，這就是我。

「這是我的天賦，我決定不再爲了與生俱來的天賦感到抱歉，不再堅持我的人生必須平凡簡單。

「一旦我不再試著變得簡單，我開始注意到其他人有多複雜。」

這句話是給巴比李的暗示。整間房子暗下來。一片黑暗中，巴比李的爸爸在我身後降下投影機螢幕。沃克獎舉行一百零七年以來，參賽者除了站起來演講，從來沒有做過其他事。沒有用過大眾媒介。不過反正我已經失去資格了，倒不如把事情搞大一點。

螢幕上的幻燈片是我們十位決賽者。昨天巴比李在特雷蒙教堂前面拍的。

「這個，嗯，可能需要你們的配合。上台吧，各位。」

你確定我們不會全部失去資格嗎？雪兒問過我。

不會，只有我。他們不能判我們所有人失去資格。

我們站在這裡，十個非裔美國人，爲民族發聲的青年候選人，站在照片前面的講台上。巴比李把麥克風交給胡安・阿爾瓦利。

「胡安・阿爾瓦利。西班牙人、非洲人、阿拉瓦克人，還是純正的波多黎各人。」

雪兒接過麥克風。「雪兒・達庫尼亞，來自美麗的里約和嘻哈之城底特律。」

「查爾斯・艾略特。媽媽是紐西蘭原住民，爸爸是溫哥華黑人。所有人以爲我的家族是從南方自行解放，其實我爸爸的白人家族在一七八〇年去了加拿大，我們是保皇黨。天祐喬治國王。」

「艾伯特・福斯特。顯然我是黑人和華人的混血，不過因爲我是領養的，我的父母都是白人。」

到了隊伍盡頭，巴比李在我之前搶過麥克風說，「我有全國運動汽車競賽協會的血統。」我從他手中搶回麥克風。

「洛・沃克，來自喬治亞費城和布瑞托街。」昨天凱蒂畫下所有的決賽者。現在，我們的臉一個接一個閃現在大螢幕上。「我們是非裔美國人，非裔巴西人，或華裔，或西班牙裔。我們聚在這裡，是因爲我們應該爲民族發聲，並爲自己的身分感到驕傲，但我們的祖先，跟豐和阿杉地一樣，是英國人、波蘭人、納瓦霍族、委內瑞拉人。我們和希臘人、愛爾蘭人、俄羅斯猶太人交往。我們的民族?當初金恩博士發表我有一個夢想的演講時，如果說他夢的是我們的民族，他其實是夢著世界上每個國家、每個民族。」

現在，凱蒂畫的那些人閃現在大螢幕上。

「儘管當初在非洲也是這樣。這些是我女友的畫，畫的是在一趟橫越大西洋中央航線的旅途中，船上奴隸的可能模樣。這些人主要來自西非各個部落。不同的國家，不同的語言。我們是一個民族，卻從來不只是一個民族。」

這時候，他們開始轉變。凱蒂和巴比李爲了讓這部分的演講順利進行，不眠不休地畫畫和修圖，一直忙到今天早上。葡萄牙水手慢慢變成了地鐵司機。一對兄弟穿著紅襪隊的T恤。

「這些人本來可以是朋友，是鄰居。但是他們沒有，因爲所有人都在旅途中喪生了。這裡就是事情的始作俑者。他的名字是湯馬士．普金斯。」他坐擁黃金財寶，出現在大螢幕上。「他擁有一艘載滿人的奴隸船，卻不能賣他們。」凱蒂的畫又回到螢幕上。本是奴隸的他們，現在成了穿著學士服的女孩、律師、汽車維修廠的技工。「他讓他們活活被燒死。」

觀眾同時激動地抽了一口氣。

「當我們像黑人那樣思考——我們必須這麼做，美國這麼教我們——這就是種族戰爭。他是白人，我們是黑人，他有能力對我們這麼做，而他也眞的做了。這是不對的，簡直天理不容。

「但，如果我們其實是來自於世界各地呢？他的所作所爲不僅是錯的，更是一場悲劇。他沒有認出他的兄弟姊妹，於是他殺了他們。

「你可能在想，『這個男人是我的兄弟？放屁！』湯馬士．普金斯也是這麼想。湯馬士．普金斯在事後的解放運動中捐了很多錢，在自己的房子裡建了一座地鐵站。但他從沒想過他是在幫助他的兄弟姊妹。

「我們怎能跟他這樣的人生活在一起？我有白人血統，我們大多數人都有。我們怎能跟他們生活在同個世界、同一條街、同樣的房子裡？我們怎能讓那種人的血液存在於我們的體內？存在於我們的家族？我們怎能生活在他們的暴力之下而不以牙還牙？

有一會兒，我什麼話也沒說，因爲我眞的不知道。我想起一個星期六晚上的藍山大道，想起坐享白人特權的桃樂西．普金斯。在什麼國家我們是兄弟姊妹？

「我爸爸，」我終於開口繼續說，「我爸爸發表過很多演講。你們都認識他，他教過我一個演講的訣竅。在心中想好一棟房子。策畫演講內容時，在腦海裡把房子走過一遍，然後正式演講時再走一遍。如果是重要的演講，內容很複雜，就必須是一棟大房子。

「我們身爲非裔美國人，與湯馬士．普金斯那一類人繼承共同的歷史回憶，就是美國最偉大的精神所在。我們的存在是美國不可抹滅的事實。大衛．沃克曾說，『比起白人，美國更該說是我們的國家。』因此，爲了談論我們自己，爲了發表足以代表我們重要性的思想和演講，我們必須建一棟大房子。如果我們要說給我們的兄弟姊妹聽，房子就得夠大，才可以容納所有的人。然後我們可以說，『進來吧，這是我們的房子。在這裡，我們說西班牙語，說葡萄牙語、賴比瑞亞英語和正統英語。我們吃炸雞，吃法國料理，吃中國菜和泰國菜。房子裡包含了廚房、理髮廳、教堂、軍營、律師事務所、大學教室。無論你是誰，這裡都有你的位置。』我們的房子必須非常大，才有資格對那些遭遇最爲悲慘、最爲迷惘的同胞們說，『這裡也有你的位置，這棟房子也是屬於你的。進來吧，但這不單單是你的房子。』

「這就是金恩博士發表我有一個夢時想蓋的房子。這就是」——我用手示意其餘的決賽者——「我們正在蓋的房子。每年沃克獎比賽時我們努力蓋的房子。

「而我？我不是演講人。就像我說過的，我想成爲一名建築師。

「我想向大家介紹湯馬士・普金斯的後裔，桃樂西・普金斯。」

即使有戴瑞爾的攙扶，普金斯太太還是花了一分鐘左右才走上講台。那整整一分鐘內，偌大的觀衆席沒人發出半點聲響。那女人很有膽識。

「我的名字叫桃樂西・普金斯。我的祖先是一名奴隸商人，他也協助煽動了鴉片戰爭。」她對艾伯特・福斯特微微點頭。說實在的，我並沒有聯想到他。「在他死前，他捐出了一大筆錢作爲……我想有人稱之爲蓄奴賠償。」我看見爸爸在觀衆群中動了一下，「他死的時候，相信自己無論做過多少事也改變不了犯下的罪過。我猜他做過好事，認爲自己爲此陷入危險。但是他爲黑人做過好事，正如他也對他們做過壞事。我覺得他永遠不可能跟一個黑人坐下來一起用餐，或愛爾蘭人，或猶太人，或中國人——」

普金斯太太微微一笑，就像個海盜。

「我不打算做好事。

「松岸莊園是靠買賣奴隸的收益蓋起來的。一八九二年，我們的家族把松岸莊園捐給波士頓市政府，好讓房子可以改建成餐廳。最近，我聽從洛・沃克先生的建議，請我們的律師檢視了契約，看樣子當初捐出去時有但書，松岸莊園必須維持成一間餐廳，對大衆開放，要不就必須是公共場所。倘若都不是，市政府又沒有予以整修使用，松岸莊園將回歸我們家族所有。

「過去十三年來，波士頓市政府一直握有維修松岸莊園的經費，卻一直沒有去實行。我明白他們不想做。看樣子松岸莊園又再次回到我和我丈夫的手裡。」

吃我這一招，湯姆・梅尼諾。

然而，我注意到休．麥迪生坐著的位置，我可以從台上看見他的苦笑。松岸莊園已成廢墟。大螢幕上，松岸莊園以奧姆斯德夢想中的面貌出現，然後是最後那些日子裡的樣子，最後，一片廢墟。

螢幕暫時變成一片漆黑。我是一名建築師，我心想。我是一名建築師，我是一名建築師。那些等等放出來的幻燈片，是我的演講，是我必須貢獻的東西，是一切的一切。

我沒有太多時間，所以只畫了草圖，但它就這樣出現在螢幕上，我的演講，我的天賦。一間在花園裡的房子、在公園裡的餐廳。有一件事恆久不變：第四棟松岸莊園與樹林和奧姆斯德的曲摺小徑完美融合在一起，可謂渾然天成。新房子仍佇立在相同的地基之上，相同的殘垣敗壁，相同的地鐵站和煙囪。剩下的部分是玻璃。其他煙囪的垂直處升起許多拱門，就好像樹幹和樹枝，兩者之間則全是玻璃。廚房在房子的中心，一個你會想邀請朋友進來的廚房，一個可以完成事情的地方。房裡有一排樓梯，通往地窖的地鐵站。

外觀看起來有點像教堂，又像樹下的開放式餐廳。看起來像……我想起我和凱蒂第一次眞正聊起天時，她給我看她畫的那幅水仙花，春意盎然，姿態優美。就像那樣。像爵士樂。我不禁感到自豪，眞的。

「我擁有一間早該改建成餐廳的房子。」普金斯太太繼續說，「我想要再次把房子捐出去。這一次，不捐給波士頓市政府，太官僚了，不覺得嗎？這一次，我要捐給會善加利用的人。不是爲了彌補，而是爲了擁有一間闔家光臨的房子。我們要把松岸莊園建成一處非營利機構，每個人都可以用十塊錢或同等勞力買進股票。如果有人覺得太少，請買多一些。我希望在有生之年能夠在我們的餐廳裡用餐。謝謝你們。」

「謝謝妳。」我對著麥克風說，「房子的外觀最終可能不是這個樣子，不過如果你們想買進的話，講台上的每個人都可以幫忙記下名字和收錢。」

「我們所有人都會幫你們簽字入股。」戴瑞爾湊到麥克風旁，用低沉的聲音說，「所有決賽者都會幫忙。別等了，我們給自己辦了個小比賽，看看今晚我們可以拉攏多少人簽字加入！」

「請以熱烈掌聲，」雪兒說，「給我們的洛、餐廳和普金斯太太！」

利用每位決賽者是雪兒的絕妙主意：我們分散在每個出口，站在摺疊桌旁，慫恿大家簽字成爲松岸莊園餐廳信託基金的一員。評審在討論的同時，決賽者的親朋好友前來向他們道賀，紙上塡滿了姓名、地址和電子信箱，桶子裡裝了滿滿的十元紙鈔。教堂的那些老婦人朝我走過來，說我把沃克獎比賽變成了買賣場所很不得體。她們說難道我不記得耶穌對那些在聖殿裡做買賣的人做了什麼嗎？又說孩子啊，難道你不知道白人說起手足情誼的時候，指的是什麼嗎？說完後她們付了她們的十塊錢，得到和隔壁桌普金斯太太付的一千五百塊相同的餐廳股份。「親愛的，他們在問我們的電子信箱。」在普金斯太太那桌的一位白人老太太，聲音顫抖地對她老公說，「我們有嗎？」或許她以爲電子信箱是黑人的玩意兒。

凱蒂頻頻被人要求畫他們的肖像畫，她只好把她的桌子交給戴瑞爾在足球隊的一個朋友負責，然後開始畫畫募款。

戴瑞爾呢？他也得放下桌邊的工作，因爲我的兄弟戴瑞爾贏了沃克獎。

查爾斯・沃克的兒子沒有贏得沃克獎。輸掉比賽值得嗎？無論爸爸怎麼說，値得。巴比李高舉著我畫的那張餐廳草圖，媽媽站在原地抬頭欣賞，臉上掛著大大的笑容。

但爸爸才是我必須去聊聊的對象。跟媽媽互相擁抱後，我繼續走，走到爸爸身邊，他站在評審附近，大家正在向戴瑞爾和他的養母道賀。

「爸，對不起，我知道你希望我贏，我本來也希望。」我比預期中渴望得到這個獎。「直到幾天前，我才知道自己眞正想說什麼。」

爸爸搖搖頭。「松岸莊園，」他說，「這麼多地方，偏偏是松岸莊園。你要它繼續營運下去，但不作古蹟，變成像多元文化俱樂部的地方，還有熱狗攤。手足情誼？你應該在房子上展示出那些死人的臉。」

「是啊。」在磁磚上吧，我想。或刻進玻璃……

「你對這一切感覺怎麼樣呢？這樣在比賽中胡鬧，你覺得很舒服嗎？」

「不，一點也不，爸。」我壓低聲音，「我一點也不舒服，無論害自己失去資格，請其他人上台演的那場戲，或演講時使用幻燈片。我在那棟建築物上設計了那些玻璃也不太舒服，因爲玻璃很容易招人破壞。交白人女友或老跟你爭吵時更不舒服，你在我的人生中是那麼偉大的人，又擁有一切。但是，如果我要有個像樣的人生，就得是個不舒服的人生，因爲，可惡，如果我很舒服，我根本什麼事情都做不了。」

「舒服。」爸爸說著，臉上帶著詭異的表情看我，「舒服。讓我告訴你什麼叫不舒服，兒子。自由之夏。十九歲那年造訪阿拉巴馬州。後來，告訴我媽媽我要娶你的媽媽。還有我即將出版的新書，也會讓很多人不舒服。洛，說到不舒服這檔事，我可以給你很多教訓。」

「我希望你可以，爸。」

我希望他會這麼做。

他當然會了。突然間，我發現一件事。

好吧，關於我爸爸，有一點要說清楚。

爸爸以後仍會一直做很多比我厲害的事。無論我要不要，他會一直不斷給我意見。他會一直不停督促我努力走出他的盛名之累。一直一直下去。

這種感覺就像可以依靠他一樣。

他的日子也過得不舒服。

他把他的不舒服獻給我作爲禮物。

「你知道你應該怎麼做嗎？」爸爸說，「你應該跟非裔歷史博物館交換郵寄名單。支持非洲人會堂的那群人會——你在傻笑什麼？」

「沒事，爸。沒事。」

我剛剛發現父親叫我洛。

凱蒂

失去某人，即使是媽媽，雖然叫人傷心欲絕，卻又有點塵埃落定的感覺。有好一陣子，你會無法相信日子總有好轉的一天。沒了她，我該怎麼撐過高中二年級，或交個真正的男朋友，或開始思考大學之路？

後來，沒了她的我做到了，很困難，但我做到了。

有洛、雪兒、戴瑞爾和巴比李在身邊，準備種種大學事宜也簡單多了。洛的爸媽給我們不少建議。雖然他們並沒有眞的認同我，但我不打算離開，這點他們很清楚，所以只好給建議。洛的爸爸是個非常可怕的人，不過一旦明白他期望的是其他人和他一樣強硬，然後予以反擊的話，他其實還不錯。至於洛的媽媽……她給我很多書去讀，每次見到我就拿食物給我吃，像這樣慢慢培養感情。

我有了新的心理醫生。雖然不是布魯斯．威利，但至少不是莫理斯女士。他沒有對我的心情下定論，而是詢問我的感覺。

我想我感覺還不錯。

最奇怪的是，我好像變得有點受歡迎。我回到學校時，大家開始跟我說話。當然，都是因爲一些蠢到不行的原因，像是我困在一棟倒塌的房子裡。他們現在問的問題，就跟當初沒有問出口的問題一樣蠢。「妳一個人走進那棟房子嗎？可不可怕？妳眞的發現一具死屍嗎？」蠢。

但是人並不蠢，你知道嗎？我喜歡人群。

雪兒已經打定主意洛會邀請我參加畢業舞會，她堅持我必須做好準備，所以現在我變成了她的私人時尚課題，我們跑去逛街。我忘了我喜歡漂亮衣服，還有逛街。我又開始畫起時裝以及肖像畫。

我們所有人聚在星巴克裡。我有了不是幻想的朋友。

自從松岸莊園事件後，除了記憶中的印象，我還沒畫過鬼。

現在他們通通離我遠去。

大部分是如此，一個除外。

在一個陽光普照、強風凜凜的晴朗四月天，松岸莊園正式宣布成爲歷史古蹟。當然，現場沒有房子，大概幾年內都不會有，所以他們對著地上一處用帳棚蓋住的洞舉行揭幕禮。不過這仍是個開始。所有人都在場。我看見桃樂西・克拉克和麥迪生一家，還有穿著連帽外套的胖小子和高高的瘦小子，泰勒和勒羅伊。菲爾和露西手牽手站在人群邊緣。巴比李拿著攝影機鑽來鑽去。瑪格麗特・戴森介紹湯姆・梅尼諾出場，他發表了一番談話，可是風不斷吹進麥克風，根本沒人聽懂他在說什麼。

我好奇我會不會看見凱悌號上大聲咆哮的男子，就是那個不想要我叫他名字的鬼。我好奇失去朋友的他，現在過得怎麼樣。無論如何，今天他不在這裡。

我和洛手牽手站在講台上，旁邊是普金斯太太。湯姆・梅尼諾向大家介紹普金斯太太，叭啦叭啦叭啦叭啦恩人什麼的，接著她也致了詞。

在煙囪底部以及我差點死去的那個房間上方覆蓋了一層防水布。防水布發出啪的聲音，彷彿風中的船帆。我抖了一下，洛緊緊抱住我。

「太靠近了嗎？妳想離開嗎？」我搖搖頭。讓我心煩的不是地窖。是仍等著我去完成的事。

我和洛必須在揭幕禮上說些話。等熬過揭幕儀式、切過蛋糕，各自嚐完每塊不同口味的蛋糕後，我們接著去辦我的事。

普金斯太太和威爾遜太太回到樹林邊，普金斯太太的勞斯萊斯古董車就停在那裡。威爾遜太太直挺挺地站著，普金斯太太穿著一件看起來肯定有八十年歷史的鼠皮大衣。她的雙手塞在皮手筒裡，手筒彷彿鼠皮大衣那皮膚又乾又皺的嬌小祖母。但她的頭髮在風中飄逸，像個海盜，兩頰氣色紅潤。

「至少我們的喬治回家了。」她說。上星期，她爲喬治重新辦了一場葬禮，我有出席，感覺很奇怪。「謝謝妳找到他，讓我們可以將他安葬。」

「沒什麼。」安葬。希望如此。在場出席揭幕禮的不只有活人。喬治正好奇看著普金斯太太那輛勞斯萊斯車篷上方飄浮的女人。

他對我說過，*我會陪在妳身邊*。

喬治很執著字面上的意思。喬治很負責。

「威爾遜太太，我可以跟妳聊一下嗎？」

「在這之前，我想要送你們一人一份禮物。」普金斯太太說，「馬倫斯小姐，妳先來吧。雖然我和芙羅倫絲意見相左，但我認爲年輕小姐都喜歡珠寶。妳冒著生命危險找到這個，它該是屬於妳的。」

普金斯太太從皮手筒抽出雙手，把東西交給威爾遜太太。她的右手握著它。「請伸出妳的雙手，馬倫斯小姐。」

於是她把握在手中的東西倒進我的雙手。

綠寶石像陽光下的泉水閃閃發亮，還有紅寶石和鑽石，匯成了一道日光。是一條金項鍊，珍珠被重新串起。

哇。捧在手中的這一秒，它是屬於我的。普金斯遺產的海盜寶物。美極了。

如果我賣了這東西，大學就有著落了。

我看看洛，洛也看看我。

「普金斯太太，妳眞的很慷慨。」我趁自己還沒捨不得放手之前，趕緊還給她，「這眞的很漂亮，可是如果妳打算送出去，這該是屬於他們的。」我轉身對松岸莊園點頭示意。

「親愛的，妳這麼做叫人欽佩。我同意，這應該歸信託機構。但我眞的希望給妳一樣東西，只怕妳覺得這禮物不夠好又老氣。」普金斯太太說。「不過芙羅倫絲說我這麼做是對的。如果妳收下了，我會非常高興。」

威爾遜太太遞給普金斯太太一個紙袋，紙袋印著HALLMARK，看起來有些歷史。普金斯太太把紙袋交給我。裡面裝的東西平平的，很方正，用微皺的薄紙包裹起來。「小心點，是玻璃。」

我打開來，是一幅畫。

是喬治。

那是一幅喬治的畫，附了從他第一場葬禮留下來、有一百五十年之久的乾燥花。普金斯太太又在相框裡塞了一朵新的白色薔薇花，來自喬治的第二場葬禮。

我只是用手捧著，對她點了點頭，拚命忍住淚水。

「再來是沃克先生。」普金斯太太說著使個動作，威爾遜太太就遞上第二個紙袋。普金斯太太把它交給洛。「沃克先生，你是歷史學家也是建築師。等我和泰德離開以後，波士頓圖書館會接收我們一大筆財產。我想這個不需要給他們。拿去吧，祝你的前途一片光明。」

給洛的紙袋裡裝了一個漆成黑色的小鐵盒。洛打開盒子，裡面有一截粗粗短短像是斷指的咖啡色玩意兒，還附了一張紙，後來我才看見上面的燈芯。

「我在小時候曾經點燃過一次。」普金斯太太說，「沃克先生，希望你不會介意我送你華盛頓的東西。他有蓄奴。」

「這是華盛頓的蠟燭嗎？」洛說。

「這只是一根普通的蠟燭。」普金斯太太說，「被一個平凡人點燃，在這個平凡的世界裡送給了另一個平凡人。如果你把它賣了，我可以猜得到你會把收益捐給松岸莊園。不過——我希望你擁有一樣湯馬士・普金斯的東西，試著想想他的好。」

「謝謝妳。」洛說，「我會的。」他會的，我的洛。

走回松岸莊園的路上，有支樂團正在演奏舞曲。瑪格麗特・戴森正在跟吃著蛋糕的湯姆・梅尼諾說話。一些人在松岸莊園前面的草坪上跳舞。這裡將是唱歌跳舞的好地方。我看見洛的父母正在和對方比手畫腳，他們總是一副準備吵起來的模樣，改都改不了。洛看看他們，再看看我，接著聳聳肩，咧嘴一笑。

「過去讓他們稍微分開一下吧。」我對洛說。「普金斯太太，謝謝妳所做的一切。威爾遜太太，可以借一步說話嗎？」

洛小心翼翼地把鐵盒子塞進口袋。普金斯太太跟著洛，朝他的父母走過去。威爾遜太太的目光掠過我的身後，直視著普金思太太車篷盡頭的位置。

「妳怎麼知道喬治的事？」我裝傻問她。

「妳那天拼了G-E-O。」

喔。

「在我信耶穌，並開始替普金斯太太做事前，」威爾遜太太說，「我是幫人算命的。人啊會把許多事說出來，然後很驚訝我會知道。」

「可是，或許妳有……嗯……天賦？」

我們看著彼此。威爾遜太太擅長用眼神逼視得對方不敢看下去。我極力擺出苦苦哀求的表情。

「我時不時會有直覺。」威爾遜太太說。

「聽著，事情是這樣的。當初我困在密室裡的時候，」我說，「我拜託喬治陪在我身邊。而他似乎對規矩和責任看得很重？他答應過我一件事。」

「我答應過妳。」喬治說。

先去別的地方，喬治。回到房子旁邊，好嗎？我和威爾遜太太有話要說。

喬治聽話地往松岸莊園走去，一邊焦心地回頭看我，好像我準備把他趕走。

「他答應過我，所以他——我的意思是，他現在已經完成松岸莊園的使命，寶物安全了，他可以離開。所以他離開了松岸莊園。可是他去哪裡？他來看我，簡直是隨時隨地。以前我在夜裡做功課時，爸爸常來看我。現在成了喬治。如果我把喬治送回這裡，他會回來，可是他又變得孤零零一個人，讓我覺得我得過來這裡看看。但我不想一直擺脫不了松岸莊園。」

我怎能對他說不？可是我也想做其他事，我希望有眞正的朋友，我希望在我畫某人的肖像畫時，可以肯定那只是他們的畫，無關其他。

至於我和洛？我們決定慢慢來。但是如果喬治像這樣在身邊逗留，連慢慢來都不可能發生。我不希望我們的關係成了不可能。

「妳想要把喬治送走？」威爾遜太太說。

「我想要他——我想要他快樂。」

「我們現在談的是妳。妳希望他永遠離開？」她說，聲音聽起來異常自信，就像會在爐子上方放占卜板的女人。「辦得到。妳想讓誰離開就離開，永遠不會再出現。妳要做的就是停止關注。」

這就是我一直以來等著從爸爸、從莫里斯女士、從任何人嘴裡聽到的話。我可以擺脫鬼魂。我可以成爲正常人。

我多渴望當個正常人。

我回想起當初畫完沃克時倒在洛的懷裡哭泣。洛對我說，這是個天賦。接著我又回想起在密室裡最後那段時光，我大聲呼喊他們的名字。我想起那些鬼。

失去喬治？我要做的就是不看他，不跟他說話，不去想他很特別、很負責或很重要。不去想奴隸的重要性，學著像彼魯奇老師一樣，快速略過內戰的成因，不讓一張奴隸的臉惹得心碎。

威爾遜太太等我開口說話。這一刻就像當初我拿著刀子踏上走廊，知道自己可以割斷繩子，可以把那個鬼逐出去。雖然不知道自己在做什麼，但是我感覺到我的未來掌握在自己手中。我不去想我會失去什麼。

這個決定將來我一定會後悔。

「我想要保留我的天賦，我願意繼續見到鬼。」

威爾遜太太的頭點了一下，彷彿我身處童話故事，剛剛對自己下了咒語。

「不過，要是有什麼辦法可以平衡一下，不要永遠看不見鬼，」我說，「又不會一天到晚看見他們的話……」

她考慮了一下。「有個辦法可以幾乎看不見他們。」

「妳可以教我嗎？」

「比起我，妳可以從一些人身上學到更多。」她想了想，「妳來我家找我。我認識一個女人，是個通靈師。她或許可以跟妳解釋一些事情。她還沒打從心底接受耶穌。」威爾遜太太補充說，好像這就是我想聽到的。

短期內，我的人生還會繼續怪下去。

「言歸正傳，這個喬治。像我現在已經信仰耶穌的人，和鬼打交道不是我該做的事，不過我可以試試幫助他。這孩子有特別喜歡的東西嗎？當我沒問，我有很多跟他同年齡的孫子。妳跟我來。」

威爾遜太太離開車子，往森林走去，我也跟了上去。她低頭看了一叢又一叢灌木，接著把鞋子塞進涵洞，抬頭瞇眼看著一棵樹。「叫妳的喬治到這裡來。」

爲什麼我會認爲沒有人在公園死去？威爾遜太太抬頭看著群樹，松鼠的影子沿著樹枝在奔跑。鳥兒鼓著翅膀歌唱。我輕輕呼喚喬治，他出現在我身邊，和我一樣困惑。有東西在雜草裡窸窸窣窣地移動。我們三人來到棒球場旁邊的草地。在投手丘的旁邊，有一隻頂著巨大鹿角的鹿正在吃草。牠沒有抬起頭，沒有注意到我們。

「來，」威爾遜太太說，「看著對面那條街。如果妳看到什麼就告訴我。」

她噘起嘴唇，靜悄悄地吹了聲口哨。

我聽見刺耳的剎車聲，聽見一記尖叫聲，又赫然靜止。意外發生在好多年以前；那輛車裝了尾翼。（我可以看見那場意外，我可以畫下來，但我不必再這麼做了。）在街道對面，害怕跑開壓死他的車子的，是一閃而過的影子，實實在在的物體。光線照著黑白相間的毛皮和受驚嚇的雙眼，是一隻斑點小狗。

「喔。」我的喬治說著，開始跑了起來。喬治和小狗在草地中央相遇。喬治張開雙臂抱住小狗，摸著牠，對牠說牠是乖狗狗。小狗害怕得發抖，鑽進喬治的臂彎，然後甩一甩身體，看樣子好像打起了精神，決定重新看待新生活似的，舔了喬治的臉。

喬治手裡有一顆影子球，棕色的舊皮球。小狗嗅嗅那顆球，微微扭動身體。皮球飛過草地，小狗叫了一聲，飛快地追過去。喬治也笨拙地跟在後面，開心地放聲大笑，完全沒有想到我。

然後他們就走掉了，消失在陽光下。

「就這樣？我是說，他走了嗎？」我問道，突然很擔心。

威爾遜太太搖搖頭。「有一天，妳會需要妳的喬治，會需要所有纏過妳的鬼。只是現在這陣子妳可以脫個身，休息一下。」她拍拍我的手臂，「有機會來我家坐坐吧。妳要回去揭幕禮上了嗎？」

「等一下。嗯，威爾遜太太？下次我去找妳的時候，妳可以教我怎麼做餅乾嗎？」

她微微一笑。「有何不可，孩子。做餅乾是世界上最簡單的事。」

「那是妳不知道我做菜有多難吃。」

她轉身回到揭幕禮上。當我看著她後方的松岸莊園時，有那麼一瞬間我以爲我看見了喬治的房子恢復原狀，像玻璃般清澈透明；但是後來陽光明亮起來，而一切又成了廢墟。

我站在草地中央，獨自一人。沒有幻覺，沒有鬼魂。今晚，菲爾和露西（我的父母，我試著這麼說。至少是我的繼父繼母）、洛的父母以及我和洛要一起共進晚餐。

然後該是回學校的時候。日子還是得過。

我想念媽媽，沒有一天不想。從我被困在松岸莊園的前一晚開始，爸爸就沒回來過，我也很想他。

或許不久以後我會再次看見爸爸媽媽。希望如此。

我從鬼的身上學到不少教訓。別自殺，就算穿上漂亮鞋子也一樣，不值得。開車時別講電話。

但也別像普金斯太太那樣，把自己鎖在過去，因爲這是我從鬼的身上學到的另一個教訓：一旦死了，很多事情再也做不了了。打開聖誕節禮物、交男朋友、做餅乾、找寶藏、蓋房子。死掉糟透了，活著有趣多了。

所以好好過生活吧，嗯？就算日子再難熬，像爸爸說過的。

我回到揭幕禮上，大家正在跳舞，即使人人都穿著外套。洛的爸媽跳著一種舞步，包括許多和對方比手畫腳的動作，又可能他們仍在吵架。普金斯太太和她年邁的丈夫跳著華爾滋。松岸莊園前方的草地上，我的男朋友和他的朋友們正在一塊兒跳舞，有雪兒和戴瑞爾，而巴比李正在教洛一些複雜的舞步。

我還有好多要學，好多人要認識，好多日子要過。

我跑向洛，他抱住了我。「想跳舞嗎？」我問他。

「等等。」他說，「必須由我問妳，別問爲什麼——」他深吸一口氣，「不。當初在七年級的時候，我本來打算約妳去舞會，可是我沒有那個勇氣。已經拖了太久了，所以，妳想跳舞嗎？」

「你沒有勇氣約我？」

「凱蒂・馬倫斯，妳願意跟我跳支舞嗎？」洛又問了我一遍。

「我們一起問吧。」我說。

我們一起數，一、二、三。

「你願意跟我跳支舞嗎？」我們同時說。

「我願意。」我們說，「我願意。」

國家圖書館出版品預行編目(CIP)資料

幽冥之謎 /莎拉．史密斯作；周倩如譯. -- 初版
. -- 臺北市 : 春天出版國際, 2017.04
面 ; 公分. -- (D小說 ; 6)
譯自 : The Other Side of Dark
ISBN 978-986-94652-1-2 (平裝)

874.57 106004941

D小說 06

幽冥之謎 The Other Side of Dark

作者　莎拉．史密斯
譯者　周倩如
總編輯　莊宜勳
主編　鍾靈
出版者　春天出版國際文化有限公司
地址　台北市信義路四段458號3樓
電話　02-7718-0898
傳真　02-7718-2388
E-mail　frank.spring@msa.hinet.net
網址　http://www.bookspring.com.tw
部落格　http://blog.pixnet.net/bookspring
郵政帳號　19705538
戶名　春天出版國際文化有限公司
法律顧問　蕭顯忠律師事務所
出版日期　二〇一七年四月
定價　270元

總經銷　楨德圖書事業有限公司
地址　新北市新店區寶興路45巷6弄6號5樓
電話　02-8919-3186
傳真　02-8914-5524
香港總代理　一代匯集
地址　九龍旺角塘尾道64號 龍駒企業大廈10 B&D室
電話　852-2783-8102
傳真　852-2396-0050

ISBN 978-986-94652-1-2　Printed in Taiwan